Erwin Chargaff

Alphabetische Anschläge

Klett-Cotta

Vorwort

In meinem letzten englisch geschriebenen Buch hatte ich ein Format gewählt, das mir, und hoffentlich auch manchen Lesern, gefiel. Das Buch – *Serious Questions* – An ABC of Skeptical Reflections (Birkhäuser, Boston, Basel, Stuttgart, 1986) – bestand aus einer Reihe von Essays, meistens kurz, einige länger, deren einziger Zusammenhang auf der alphabetischen Anordnung ihrer Titel beruhte. Der Inhalt war bunt gewürfelt; nur der milde Zwang des Abeces hielt ihn zusammen. Ich bin nämlich ein großer Verehrer der Mannigfaltigkeit und trete dafür ein, daß Sammlungen von Essays nicht unter der Diktatur des Buchtitels leiden sollten. Prokrustes, der erste große mythische Vertreter des Konsenses, ist nicht geeignet, solche Bücher zu benennen.

Prokrustes – schon sein Name knirscht von zerbrochenen Wörtern, gemarterten Gedanken – ist sicherlich auch der Ahnherr der Übersetzungskunst. Mit ihm wollte ich nichts zu tun haben: aufgefordert, mein englisches Buch selbst ins Deutsche zu übertragen, zog ich es vor, ein völlig neues zu erzeugen. Hier ist es.

Obwohl ich gerne das Alphabet in strahlender Ganzheit präsentiert hätte, fehlen die Texte für X und Y: weder Xerxes noch Xylophon, weder Yohimbin noch Ytterbium konnten mich hinreichend inspirieren. Das ist ein Mangel, den das Englische, zumindest in bezug auf Y, nicht aufweist: was kann man nicht alles schreiben über *year, yellow, yes* oder *young*!

Ich habe hier versucht, möglichst viele verschiedene Beispiele für die große Reichweite des Essaybegriffs, wovon der V-Text handelt, zu geben. Leider fehlt ein wichtiger Grenzbereich: das Prosagedicht, *le poème en prose*, mit dessen großen Schöpfern – Baudelaire, Mallarmé, Rimbaud, Turgenjew – man sich nicht messen möchte.

Am Ende der einzelnen Stücke finden sich Hinweise auf verwandte Texte. Die Essays sind ungedruckt, mit Ausnahme der folgenden, die, meistens nach weitgehender Umarbeitung, hier aufgenommen wurden: G-Text, in Klett-Cotta, Das erste Jahrzehnt, 1977–1987, S. 96; P-Text, in Jahrbuch 1987 der Deutschen Akademie für Sprache und Dichtung, S. 24; V-Text, in Jahrbuch 1984 der Deutschen Akademie für Sprache und Dichtung, S. 114.

Alt werden

A

Was Altern heißt, weiß ein jeder, oder er wird es bald merken. Darüber ist unendlich viel geredet und geschrieben worden, aber die Generationen, wie sie aufeinander folgen, schauten auf den alten Hiob, den alten König Lear, den alten Goethe, ohne dabei etwas zu lernen. Seltsamerweise hat sich die Kunde von der Gegebenheit des Lebens, diese tröstliche, alle Diskussionen aufhebende Erkenntnis, niemals weit verbreitet. Man schrieb immer wieder die neuen alten seichten Bücher über die Religion oder die Geschlechter, aber vom Leben selbst lernten nur wenige. Die meisten streckten die Hände aus und warteten in unbequemer Haltung auf das ihnen noch zustehende Kleingeld. Dieses wird aber nur nach dem Tod ausgezahlt. »Postume Freuden, bittere Freuden«, sagten sie und wurden nicht mehr gehört.

Dem viele Tausend Jahre währenden Gerede etwas hinzuzufügen ist nicht einladend. Nur eine Bemerkung: »Die Kunst zu sterben« – Titel vieler Bestseller des Mittelalters – ist bereits zur Zeit der Renaissance verloren gegangen, »die Kunst alt zu werden« lebte jedoch noch lange weiter, wenn auch nicht als Buch. Noch in meiner Jugend herrschte die jetzt undenkbar gewordene Ehrfurcht vor dem Alter. Die Alten, so nahm man an, mußten viel gesehen und erlitten haben; so kriegten sie Weisheit. Jetzt aber, wir wissen es, kriegen sie Alzheimer. Unsere Neigung, aus allem auf der Welt »ein Problem« zu machen, ein medizinisches, ein soziales, hat auch das Altwerden dazu gemacht. Sterben haben noch alle getroffen, jetzt aber brauchen sie einen Schwätzer, der ihnen den Takt ihres Verfalles fachmännisch vormacht. Dabei ist, denke ich, die gegenwärtige Blüte der medizinischen Forschung nur die Verwirklichung des von mir schon vor Jahren synthetisierten Sprichworts »Ärzte machen Kranke«. Und wenn vollends der Wunschtraum der Fachtrottel in Erfüllung geht und das menschliche Genom, was immer das ist, völlig analysiert und in seiner Genzusammensetzung bekannt ist, wird es sich herausstellen, daß alle Menschen krank und vielfältiger Gentherapie bedürftig sind. (Übrigens, hätte der gegenwärtige närrische Gesundheitskult schon im 18. Jahrhundert geherrscht, so wäre Mozart nach Amniozentese wahrscheinlich abgetrieben worden.)

Ursprünglich sollte der Titel dieses Textes lauten »Alt Werden (mit der Feder in der Hand)«. Dann aber hatte ich die komische Vorstellung, wie ich mit einer Schwanenfeder in der Hand durchs Leben wandle, vielleicht in Nachahmung des Oscar Wilde, der bei seinen viel verlachten Vortragsabenden in Amerika mit einer Lilie in der Hand das Podium betrat. (Auch trug er Kniehosen, um die »Roughnecks« noch mehr aufzubringen.)

Meine Feder war natürlich die uralte Füllfeder, die mich schon seit Jahrzehnten begleitet hat. Wir sind beide zusammen alt geworden, aber ihr sieht man es viel weniger an, denn sie ist, im Gegensatz zu mir, ein amerikanisches Fabrikat, aus jener Zeit stammend, als das Land noch nicht verlernt hatte, Gegenstände von sehr hoher Qualität zu erzeugen.

Was ich also tun will, ist, einige Betrachtungen anzustellen, wie sie einem alt werdenden Schriftsteller allmählich – denn das Altern erscheint zuerst als Rinnsal und dann als Katarakt – in den Sinn kommen. Der Einwand, daß ich kein Schriftsteller sei, sondern ein Naturwissenschafter, gilt nicht; wer sich der Schrift bedient, um ein Publikum anzureden, und bestände dieses auch nur aus fünfzehn vertrockneten Kopien von Professor Dryasdust, der ist ohne Zweifel ein Schriftsteller. Unfähigkeit, Talentlosigkeit, Uninteressiertheit sind keine Entschuldigungen: er ist eben möglicherweise ein sehr schlechter Schriftsteller. Milde Dyslexie mag der Karriere sogar zuträglich sein.

Ich habe also immer mit der Feder in der Hand gelebt, obwohl der Gegenstand dieser Schreibarbeiten oft wechselte. Dabei konnte ich nicht umhin zu bemerken, daß das Publikum, an das ich mich wandte, sich noch rascher veränderte als der Gegenstand, den ich behandelte, oder als das Vokabular, dessen ich mich bediente. Um es kurz zu sagen, was die sich im Druck verewigende Naturforschung betrifft, wurde ich immer altmodischer. Der Einfluß, den die Mode, diese geheimnisvolle Urkraft, auf die Rezeption und sogar auf das Vorhandensein geistiger Erzeugnisse ausübt, wird meistens unterschätzt. Es wurde wahrscheinlich zu allen Zeiten mehr Wertvolles abortiert als zur Welt gebracht. Jetzt aber verhindert die Mode sogar die Empfängnis. Wir leben in fiebrigen Zeiten, in denen die Gesellschaft aller Länder, die sich als zivilisiert bezeichnen, einen Mechanismus entwickelt zu haben scheint, der bedeutende geistige Leistungen fast unmöglich macht.*

Sogar Heraklit mag sich am Ende seines Lebens altmodisch vorgekommen sein, aber ich hoffe, daß das Gesicht des Finstern sich mit einem Lächeln überzog, wenn er daran dachte, daß er selbst es gewesen war, der uns gelehrt hatte, nichts sei beständig auf dieser schwankenden Welt. Was würde er zu unsern Wissenschaften sagen, die eigentlich nichts sind als Ausradiermaschinen?

Wer jetzt Naturforschung betreiben will, muß von vornherein drei primäre Hindernisse überwinden. 1. Er muß einen Platz finden, wo er sich der Forschung widmen kann; 2. er muß das für seinen eigenen Unterhalt und für seine Forschungstätigkeit notwendige Geld auftreiben; 3. er

* Wie häufig der Fall ist, müssen auch hier die Naturwissenschaften ausgenommen werden, obwohl es zweifelhaft ist, wie oft man selbst bei den aufsehenerregendsten »Durchbrüchen« dieser Wissenschaften von bedeutenden geistigen Leistungen sprechen kann; sehr oft ähneln sie vielmehr erfolgreichen Börsenspekulationen.

muß die Ergebnisse seiner Forschung veröffentlichen können. Ich glaube nicht, daß diese drei Voraussetzungen auf Widerspruch stoßen werden, es sei denn, daß jemand behaupten wollte, Forschung sei ohne Arbeitsplatz, ohne finanzielle Unterstützung und ohne Veröffentlichung ihrer Resultate vorstellbar. Das trifft aber unter den gegenwärtigen Verhältnissen nicht zu. Eine vierte Vorbedingung, die mir auch unerläßlich erscheint, wird wahrscheinlich weniger Zustimmung finden. 4. Der Forscher muß mit dem Strom schwimmen. In diesem Erfordernis zeigt sich die Kraft der Mode. Obwohl man überall auf Lippenbekenntnisse zur Originalität stößt, wird im allgemeinen nur das Gängige gefördert. Anstöße zu Richtungsänderungen stammen gewöhnlich von neuen Apparaten und neuen Krankheiten. Höchst selten allerdings, wenige Male in einer Epoche, kommt ein Mensch, dem ein goldener Kiesel von ungewöhnlicher Form auf den Kopf gefallen ist, und er hat den Verstand aufgebracht, ihn sich näher anzusehen. Solche originellen Beobachtungen sind dann eine wahre Rarität, denn sie erschaffen neue wissenschafliche Moden. Der ursprüngliche Beobachter wird selten geehrt; es profitieren vielmehr die Nachahmer und Nutznießer. Man denke an O.T. Avery, den Entdecker der chemischen Natur der Gene: viele Tausende von Biochemikern, Molekularbiologen, Genetikern, Virologen usw. leben von seiner Entdeckung; er aber ist im Begriffe vergessen zu sein.

In den Vereinigten Staaten versuchen häufig altgewordene Naturforscher krampfhaft bei ihren Leisten zu bleiben, aber meistens kommt wenig dabei heraus, höchstens ein bißchen Beschäftigungstherapie, wozu sich die Naturwissenschaften weniger eignen als andere Berufe. Der Versuch, in den alten Furchen zu verharren, hat auch ökonomische Gründe: die Professorenpensionen sind in Amerika sehr niedrig, und wer einen Forschungskredit erhält, kann meistens etwas für die eigene Tasche abzweigen. Jedenfalls wollte ich nicht mitmachen und schloß mein Laboratorium.

Ich hatte einige Beweggründe. Obwohl ich als Kritiker der Naturwissenschaften gelte, halte ich sie für zu wichtig, um sie bloß als Therapie zu betreiben. Mein recht ausgebildeter Sinn für Qualität warnte mich, daß meine Arbeit, sollte ich sie fortsetzen, nicht mehr auf der von mir angestrebten Höhe bleiben könnte. Die Forschung war unter mir weitergerannt, und ich war in Gefahr, ein Rip van Winkle der Biochemie zu werden. Hätte der Wissenschaftsbetrieb sich mehr oder weniger in den alten Grenzen gehalten und wäre er nicht das geworden, was er jetzt ist, so hätten meine Beweggründe nicht ausgereicht, um so radikal Schluß zu machen. So aber fand ich, daß mehr als fünfzig Jahre genug war. Der entlaubte Gelehrte mußte sich also nach einer andern Tätigkeit umschauen.

Nun lag mir die Rückkehr nahe zu einer Beschäftigung, die ich eigentlich niemals aufgegeben hatte, dem Schreiben. Sätze zu bauen, wie sie dem vom Sprachgeist angetriebenen Nachdenken entspringen; zuzusehen, wie die Wortkaskaden im Fallen steigen, im Steigen fallen; sich daran zu erfreuen, wie die Begriffe assoziationsgetrieben aneinander kleben und gleichzeitig einander abstoßen; die Spannung zu erleben, in der Klang und Sinn ein überirdisches Netz errichten, worin alles gefangen und geborgen ist: all das war mir immer als eine große Lust erschienen. So entschloß ich mich also, ein Epikur der Agonie, mir die Endzeit sozusagen vollamtlich damit zu vertreiben. In zwei Sprachen konnte ich Sätze bauen, die nicht sofort zerfielen, und ich tat es in beiden. Was mir jedoch unbegreiflich erscheint, ist, daß diese Sätze so verschieden ausfallen, je nachdem, ob sie englische oder deutsche Sätze sind. Jede Sprache verfügt über eine eigene Magie, über ein eigenes

Aroma, das sie jedem Gedanken und Zusammenhang, ja der Wirklichkeit selbst übermittelt. Ich glaube nicht, daß man gleichzeitig eine Sprache sprechen und in einer anderen denken kann. Wer in Übersetzungen redet, redet falsch. Daher denke ich auch, daß die Frage, in welcher Sprache man träume, unsinnig ist: man träumt auf träumerisch. Daher auch meine Scheu vor Übersetzungen von Gedichten und bewußter Prosa.

Das soll natürlich nicht heißen, daß ich es als unmöglich betrachte, auf Pidgin-English einen Cheeseburger zu bestellen oder eine wissenschaftliche Arbeit in jede beliebige Sprache zu übersetzen. Wo es sich lediglich um den Informationsgehalt handelt, also um Computerprosa, sind Übersetzungen durchaus zulässig. Aber weiter kann ich nicht gehen; auch die wissenschaftliche Prosa eines Hume oder Kant, nicht zu reden von Schopenhauer oder Wittgenstein, erleidet, aus ihrer Sprache gerissen, einen wesentlichen Verlust. Der menschliche Atem ist durch ein mechanisches Schnurren ersetzt.

In Abwandlung eines alten Scherzes könnte man sagen, daß fachwissenschaftliche Prosa sich zu Prosa verhält wie Militärmusik zu Musik. Im vergangenen Jahrhundert wurden sogar naturwissenschaftliche Arbeiten noch *geschrieben*, jetzt werden sie gestammelt oder gebellt. Dem Sprachadoranten bietet sich wenig Gelegenheit, seine Fähigkeiten zu erproben. Die meisten Forscher betrachten das Verfassen von Aufsätzen oder kurzen Mitteilungen als eine lästige Pflicht, die zum Besteigen des wissenschaftlichen Olymp dazugehört. Aber auch diejenigen, denen Schreiben Freude macht, empfinden eine gewisse Verlegenheit wegen der zeitraubenden Arbeit, denn sie wissen, daß das, worauf es ihren polyglotten, also eigentlich nur einer Klappersprache mächtigen Lesern, ankommt, nackte Information ist, deren automatischer Osmose ein sorgfältiger Stil abträglich ist. Wer will schon einem Totenschädel eine Allongeperücke aufsetzen?

Jedenfalls fand ich mich ein oder zwei Jahre nach meiner Emeritierung endlich in der Lage, nur das zu tun, was mich unterhielt, ohne die National Institutes of Health, die National Science Foundation oder die American Cancer Society mit amüsieren zu müssen. Endlich konnte ich etwas unternehmen, was nicht der Menschheit nützlich zu sein vorzugeben brauchte. Alle Tätigkeiten, von denen niemand sagen kann, wozu sie gut sind, bedürfen der Ausrede, daß sie der Menschheit dienen. Von all dem war ich befreit. Dem Sisyphus war sein Felsen abhanden gekommen; er konnte ausruhen. Gibt es ein besseres *encomium senilitatis*?

Der Gegenstand, über den zu schreiben ich mir vornahm, fand sich von selbst, ungesucht: ich will ihn *Kritik* nennen. Das ist ein schillerndes Wort, das seiner griechischen Urbedeutung längst entkommen ist. Der *kritikos* war jemand, der zu unterscheiden und zu urteilen imstande war. Der Kritikaster oder der Krittler ist eine weniger einnehmende Persönlichkeit, gar nicht zu reden vom Rezensenten, der in den Tag schreibt, was der nächste begraben wird. Wenn man heutzutage sagt, »er kritisiert alles«, so meint man, daß dieser Mensch an nichts einen guten Faden lasse, er sei ein Nörgler.* Und weiß Gott, es gibt genug in unsrer Welt, das verdient verworfen zu werden. Das ist jedoch nicht meine Vorstellung: mir erscheinen die großen jüdischen Propheten als Kritiker ebenso wie der heilige Paulus, Montaigne ebenso wie Pascal, Goethe nicht weniger als Kierkegaard, Léon Bloy oder Bernanos ebenso

* Daß die Kritik am Kritiker, die darin besteht, daß man ihn als Nörgler herabsetzt, eines der Werkzeuge des Totschweigens ist, beweist das Lebenswerk des Karl Kraus. Er wußte sehr wohl, warum er sich selbst als »Nörgler« in den »Letzten Tagen der Menschheit« auftreten ließ.

wie Karl Kraus. Sie dachten nach, sie ordneten durch Unterscheidung, sie urteilten. Daß manche es dabei bewenden ließen, andere jedoch Schlüsse zogen, indem sie ihre Leser oder Hörer belehrten, ermahnten, beschworen, mag dazu gehören, ist aber nicht Teil meiner Definition; manche Kritiker überlassen es dem Publikum, selbst die Schlüsse zu ziehen. Kritik ist also eine öffentliche Form des Nachdenkens, wobei der Gegenstand Kultur sein kann oder Wissenschaft, Politik oder Erziehung, Moral oder Triebleben, die Schöpfung oder ihre Vernichtung durch die Menschen.

Auch die Form, in der ich mich ausdrücken wollte, stand fest. Einer, der Hunderte von wissenschaftlichen Arbeiten geschrieben hat, ist von der Zuchtrute des Forschungsbetriebs zum Essayisten geprägt. Der Essay ist, glaube ich, zwar nicht die populärste, aber die überlebensfähigste Form der Prosa. Und so bin ich eine Art von Kritiker geworden, kurzatmig und ganz ohne Anspruch auf fachliche Salbung. Da ich über alles Mögliche geschrieben habe und unsere Zeit ihre spärlichen geistigen Erzeugnisse säuberlich in etikettierte Fächer einzuräumen liebt, sitze ich zwischen mehr Stühlen als mir lieb ist.

Ich habe früher von Kritik als einer öffentlichen Form des Nachdenkens gesprochen. Zum Öffentlichen gehört die Öffentlichkeit, also ein Verlag und ein Publikum. Das erste will ich nicht erörtern, vom zweiten ist, fürchte ich, nicht viel vorhanden. Hätte ich von meiner schriftstellerischen Tätigkeit leben müssen, so hätte der Ertrag meiner sieben deutschen Bücher kaum für ein Vierteljahr meines Unterhalts gereicht. Bei meinen drei auf englisch geschriebenen Büchern sieht es noch schlechter aus. Ich bin also im wahren deutschen Sinne ein freier Schriftsteller geworden – frei zu hungern, gäbe es nicht die Rettungsnetze vergangener Beamtenrechte.

Unsere Zeit hat aufgehört, mit Menschen zu rechnen. Man sieht nicht mehr den einzelnen, sondern eine Pappendeckelmarionette, ausgeschnitten aus einem Trivialschema, das einer Klasse, Rasse, Nationalität oder einem Berufsstand entspricht. Wenn man alt wird, wird man jedoch sehr einzeln und, ich würde sagen, sogar einzigartig. Oft wirkt man störend, denn man entspricht nicht dem betreffenden Trivialschema, auf dem geschrieben steht »Alter Esel«. Ich war demnach nicht erstaunt, in den wenigen mir vor Augen gekommenen Rezensionen meiner Bücher häufige Hinweise auf mein vorgeschrittenes Alter zu finden, vielleicht als Milderungsgrund, als Erklärung dafür, daß der Urgreis nicht auf soziologesisch schreibt.

Wie dem auch sei, ich kann mich über meinen Entschluß, nicht mehr dem Wohl der Menschheit zu dienen, nicht beklagen. Seit ich der Naturforschung entsagt habe, ist mir das Geheimnis der Natur, das Wunder der Welt klarer geworden; ein Geheimnis und ein Wunder, dessen Mittelpunkt die Stille ist. Nach so viel Geschrei eine solche Stille! Nach so viel Pomp so wenig Asche!

Verwandte Texte: B, E, F, H, K, M, T, V, Z

BÜCHER

Schon als kleiner Bub hatte ich angefangen, mir eine Büchersammlung anzulegen. Zuerst bestand sie aus Geschenken, schlechten Übersetzungen guter Bücher, wie Don Quichotte oder Robinson Crusoe, Gullivers Reisen und Tausendundeine Nacht. Das waren elend zusammengestrichene Ausgaben, auf schlechtem Papier, häßlich gedruckt, abstoßend illustriert, fest gebunden. Dennoch gaben sie dem Kind, was es brauchte. Grimms Märchen waren natürlich auch darunter; ich nahm sie mit stumpfer Begeisterung auf, ganz ohne Ahnung und Vorgefühl, daß sie später ein Jagdrevier abgeben würden für minderbegabte Psychoanalytiker, die dem armen Wilhelm gerne die Mitschuld aufpelzen möchten dafür, was aus Deutschland geworden ist.

In Wien, als ich zehn Jahre alt war und ins Gymnasium kam, hatte ich bereits Anrecht auf ein kleines Taschengeld. Ich sparte es zum Ankauf von Büchern meiner Wahl, besonders von solchen, die in meines Vaters Bücherschrank nicht vertreten waren. Und was war meine erste Wahl? Ich schäme mich sie einzugestehen: es waren Theodor Körners Sämtliche Werke. Der dicke rote Band aus der Sammlung von Hesses Klassiker-Ausgaben steht noch immer herum bei mir und sieht mich vorwurfsvoll an, denn ich glaube nicht, daß ich seither oft hineingeschaut habe. »Darauf kommt es aber gar nicht an«, würden die meisten Amerikaner meiner Bekanntschaft sagen, »Bücher sind dazu da dazusein, die Regale zu füllen, sie sind ein buntes Möbelstück«. Und wirklich, keine Photographie eines Collegeprofessors ohne den Hintergrund eines unordentlich bestückten Regals. Nur die Naturforscher ziehen so etwas wie eine Zentrifuge als Hintergrund vor, oder sie halten ein Hühnchen, das sie später töten werden, in der Hand.

Jedenfalls hatte ich, als ich Wien 1928 nach Absolvierung der Universität verließ, um meine erste Reise in die Vereinigten Staaten anzutreten, bereits eine hübsche kleine Bibliothek versammelt. In den letzten Jahren der Mittelschule und auch später, als ich Chemie studierte, verfügte ich nämlich über ein kleines Einkommen aus Nachhilfestunden, und so konnte ich einiges Geld für den Ankauf von Büchern abzweigen. Die letzten Bücher, die ich mir anschaffte – ich erinnere mich noch genau –, waren die fünfbändige Ibsen-Ausgabe, die bei S. Fischer erschienen war, und die recht häßliche Gesamtausgabe von Nietzsche bei Kröner. Diese Werke gibt es noch, aber der Hauptteil meiner Sammlung ging 1942 verloren, als meine Mutter den Weg in die Ermordung antreten mußte, meine Bücher und auch alle anderen Sachen dem plündernden Bildungstrieb der zum Volksbewußtsein erwachten Wiener Bevölkerung überlassend.

In den langen, langen Jahren, die darauf folgten, ist meine Bibliothek zu sehr beträchtlichen Ausmaßen angewachsen und droht schon seit einiger Zeit, uns aus der Wohnung hinauszudrängen. Ich gehöre nämlich zu denen, die Bücher nicht wegwerfen können. Sie reden zu mir mit feinen Stimmen, in vielen Sprachen; und wollte ich eines in den Mist werfen, käme ich mir vor wie jemand, der ein neugeborenes Kätzchen ertränkt. Ich will die Büchermystik nicht übertreiben, aber als ich jung war, hatte das Buch noch keineswegs den Charakter eines rasch verluderten Konsumartikels. Zum Beispiel hatten neue Bücher einen schwer zu beschreibenden deliziösen Geruch, eine Aura der Virginität, die sie beim Lesen bald verloren. Zeugen einer verschlossenen Welt, nahte man sich ihnen nur mit frisch gewaschenen Händen. Ich gehöre zu jenen wahrscheinlich im Aussterben begriffenen Menschen des Buches, für die es ein magisches Idol geheimer, in unser Leben hereinreichenden Sphären ist.

Wie sehr das Buch im Laufe meines Lebens seinen Charakter verändert hat, wie tief es gesunken ist, das zu schildern ist nicht leicht. Schon im Aussehen der Bücher prägten sich seinerzeit nationale Eigenarten aus. Englische, französische, italienische, deutsche Bücher waren leicht zu unterscheiden. Eines hatten sie alle gemeinsam: man wußte und bemerkte es auch, daß sie von Menschenhand mit Lettern gesetzt waren. Obwohl häufig bereits in größeren Auflagen erzeugt, trugen sie doch das Merkmal der Handwerklichkeit: Menschen hatten sie geschrieben, gedruckt, korrigiert. Von vielen Büchern konnte man sagen, daß sie schön waren. Sie waren angenehm zu lesen, der Satz war geschmackvoll, sie lagen leicht in der Hand. Das letztere galt besonders für die englische Belletristik mit ihrem federleichten und doch kräftigen Papier. Amerikanische Bücher waren auch damals fast durchwegs häßlich. Aber wie viele wunderbare Bücher gab es unter den deutschen und englischen! Auch die frühen Ausgaben der französischen Pléiade waren ein Vergnügen zu lesen. Daß die Druckbögen immer geheftet waren und die Einbände oft schön und haltbar, gehört auch zur verblichenen Glorie der Buchproduktion. Daß ich das leicht-in-der-Hand-Liegen, die Klarheit des Drucks, die Annehmlichkeit so hoch preise, hat einen guten Grund: früher las man mit dem Buch auf dem Tisch, jetzt liest man meistens mit dem Buch in der Hand. Ich denke natürlich ans normale Lesen, nicht an das Stöbern in Folianten.

Mit dem Naziregime und dem daraus folgenden Zweiten Weltkrieg endete die Epoche des gut gemachten Buches. Das fünfhundert Jahre alte edle Handwerk des Buchdruckers verschwand. Was hatten die unzähligen Hände nicht alles gesetzt! *Hamlet* und *Faust*, den *Contrat social* und das *Kommunistische Manifest*, den *Wandsbecker Boten* und die *Fleurs du mal*. Menschliche Hände sind nicht unfehlbar, und so hatten sie nicht wenige Druckfehler hinterlassen. Aber dafür gab es die Druckfahnen, mit deren Hilfe manche Autoren ihre Werke wiederholt umschreiben konnten, denn für den Verfasser sieht das gedruckte Werk ganz anders aus als das Manuskript: die ersten Fahnen sind ihm nur Rohmaterial, erst dann kann er die Wirkung auf den Leser schätzen und seine endgültigen Dispositionen treffen. Ein jetzt lebender Schriftsteller muß von Neid und Rührung ergriffen werden, wenn er die Korrekturfahne einer Druckseite betrachtet, wie sie von Balzac, Baudelaire oder Karl Kraus umgearbeitet werden konnte. Noch ich konnte es selbst in der »Fackel« lesen, das Gedicht, in dem Kraus »seinem Drucker« zum 60. Geburtstag gratulierte:

Genosse einer zeitentfernten Welt,
wo Geben durch sich selbst den Dank erhält:
der, was er gibt, mit seiner Seele gibt
und Lettern hat für Worte, die er liebt...
der aus dem Wirrsal der unheilgen Schrift
ein Wunderwerk der Worterscheinung trifft,
daß dem, der dem Erfinder nie verzieh,
der Druck erscheint als hellere Magie...

Ist eine derartige Huldigung heutzutage nicht unvorstellbar; ebenso unvorstellbar wie die gereimten Verse, in denen sie ausgesprochen wurde? Sie wurde im Juni 1924 gedruckt, im Fackelheft Nr. 649–656. Wie herrlich altmodisch man noch sein konnte, vor nicht viel mehr als sechzig Jahren! In dunklen Stunden packt mich die Angst, daß die Erde selbst das Mitlaufen mit dem Einszweidrei des Sauseschritts der Zeit nicht aushalten könne.

Kraus hat Gutenberg nie vergeben, weil er ihn als den Urheber des »Untergangs der Welt durch schwarze Magie« betrachtete. Der altgewordene Skeptiker muß jedoch erkennen, daß die Welt geradezu lebt von endgültigen Untergängen. Wäre er gläubig, so müßte er daraus ableiten, daß es ein Prinzip gibt, das uns aufrechterhält durch alle unseren Untergänge. Bei näherem Zusehen glaubt er jedoch zu bemerken, daß wir eine unendliche Treppe mit unzähligen flachen Stufen hinuntergleiten. Ihr Name ist Fortschritt, und an ihrem Fuß herrscht das absolute moralische und gesellschaftliche Chaos. Viele Generationen haben gedacht, unten angelangt zu sein — aber gebt uns Zeit, gebt uns Zeit! (»Guter Rat ist teuer«, sagte Pythia, und gab schlechten.)

Das sogenannte Taschenbuch – schmierig gedruckte Seiten mit abscheulichem Papier, flüchtig zusammengeklebt in einen abstoßenden Umschlag – ist ein Produkt der letzten vierzig Jahre. Wie alles Schlechte ist es gewohnheitsbildend. So kenne ich viele Leute, die sich weigern, ein normales Buch in die Hand zu nehmen; sie könnten Gedrucktes nur als Wegwerfprodukt zu sich nehmen, sagen sie. Und wirklich, hätte ich selbst gesagt, was macht es schon, daß das Vehikel rasch zerfällt, wenn nur der Text etwas taugt? Aber das ist nicht wahr, denn es ist schade um ein zerfallendes Buch. Vor vielen Jahren las ich ein ausgezeichnetes Buch von E. M. Cioran, *Précis de décomposition*, welches als Taschenbuch des Gallimard-Verlags 1966 gedruckt war. Wo immer ich das Buch öffnete, zerfiel es, seinem Titel »Zerfall« getreu, in lose Blätter. Der *Précis* war noch lange nicht zu Ende, aber ich war umgeben von einem flatternden Friedhof vermischter und schwer zu ordnender Fetzchen: ein raschelnder Beweis für die Richtigkeit der Ansichten des großen Nullifizierers. Das Buch konnte nicht produziert worden sein, um gelesen zu werden. Es war als Wegwerf- oder ungelesenes Aufstellprodukt konzipiert. Fast alle Länder erzeugen ähnlich mürrische Taschenbücher, ob sie nun Livre de poche, Bantam, Oscar oder dtv heißen. Die englischen Penguins sind vielleicht etwas besser.

Mit der Ehrfurcht vor dem Buch war es also vorbei. Dazu paßt auch, was aus dem Verlagsgewerbe geworden ist. Da auch das vorliegende Buch einen Verleger brauchen wird (ich bin zu alt und zu schwach für Samisdat), will ich mich in Diskretion hüllen, um so mehr als ich die amerikanischen Verhältnisse besser kenne als die deutschen. Für die Besitzer der großen Schlachthäuser von Chicago gibt es seit etwa 1900 die Bezeichnung »meat packers«, d. h. sie verkaufen die Produktion der Fleischerei, sie schlachten und packen. Ganz ähnlich würde ich die amerikanischen Verleger »book packers« nennen, auch sie schlachten und packen. Ein Unterschied: die Großfleischer sind wahrscheinlich größtenteils karnivor; Vegetarier widmen sich kaum diesem Gewerbe. Die Verleger andererseits sind weit davon entfernt librivor zu sein; sie sind Buchvegetarier. Und noch ein Unterschied: die Großfleischer geben sich wahrscheinlich nicht damit ab, ihren Rindern beizubringen, wie man ergiebig wird; die Verleger bestellen die meisten Bücher, die sie dann verkaufen; unprogrammierte Dichterträume werden keine Bestseller. Daher sind in Amerika die Steaks besser als die Bücher.

Wer in seinem Leben viele Bücher erworben und gelesen hat, wird sich nicht freuen, wenn ihm, wie es häufig der Fall ist, verkündet wird, das Buch sei jetzt im Absterben, es sei gleichsam eine von der Evolution verurteilte Spezies. Eschatologische Voraussagen werden gewöhnlich gemacht, nachdem sie bereits eingetroffen sind; aber was das Buch angeht, ist es, glaube ich, noch nicht ganz so weit. Anzeichen sind allerdings vorhanden. Da unser ganzes Leben von stupiden Slogans dirigiert wird, hören wir, daß wir unter anderem im Zeitalter der Informationsexplosion leben. Wenn man die Millionen von *faits divers*, die die Wissenschaften alljährlich erzeugen, als Information gelten läßt, so ist das wahrscheinlich wahr. Aber das sind

Explosionen, die wie ein Feuerwerk an uns vorbeigehen: das Wir, das angeblich informiert wird, gibt es überhaupt nicht. Tatsächlich werden »wir« immer ignoranter. In den Wissenschaften jedoch, mit denen ich vertraut bin, hat die Überfülle häufig trivialer Informationen – gepaart mit der Verehrung für das Allerneueste – das Buch, wie es meine Generation noch gekannt hat, wirklich umgebracht. Ein groß angelegtes Handbuch der Molekulargenetik hätte heute nicht mehr Sinn als, sagen wir, ein Handbuch der Börsenkurse. Die heutige Notierung hat die gestrige ausgelöscht, die Daten sind nur für den Chronisten von Interesse, nicht für den praktizierenden Forscher, der als richtiger Arbitrageur ohnedies keine Zeit zum Lesen hat. Die meisten wissenschaftlichen Bücher sind jetzt Wegwerfmonographien.

Man wirft sie aber nicht gerne weg, denn sie sind teuer. Dazu ist allerdings zu sagen, daß Bücher im allgemeinen, verglichen mit anderen Dingen, eher billig geworden sind. Als eine Subwayfahrt in New York 5 Cents kostete, kriegte man für das Hundertfache, 5 Dollar, ein schönes Buch. Jetzt kostet die Reise 1 Dollar, aber das gleiche Buch wäre für 100 Dollar kaum verkäuflich; es würde heute 30 oder 40 Dollar kosten und wäre weniger schön. Ob meine Art von Voodoo-Ökonomie, die ich dem Präsidenten Reagan abgeschaut habe, zutrifft, weiß ich nicht.

Daß Bücher zum Lesen da sind, wird man nicht leugnen. Aber werden sie auch jetzt so gelesen wie in meiner Jugend? »Nichts ist jetzt so wie vor siebzig Jahren«, antwortet mir Heraklit, »und in weiteren siebzig wird es wieder anders sein.« Es ist wahr, vor siebzig Jahren mußte sich das Buch noch nicht durchzwängen zwischen Computer und Fernsehschirm. Man lernte aus Büchern, man freute sich an Büchern, und in sie ging die ganze nicht-technische Sehnsucht der Menschheit hinein. (Daß es eine technische

Sehnsucht gibt, habe ich übrigens dem Dädalus und Ikarus nie geglaubt; es gibt allerdings eine Anlage zur Verführbarkeit durch die Technik.)

Daß die allgemeine Brutalisierung, die unser Jahrhundert seit 1914 kennzeichnet, auch das Lesen und Schreiben von Büchern, ja selbst die Existenz des Buches, beeinflussen mußte, war vorauszusehen. Um mit dem Primitivsten anzufangen: die unglaubliche Vergiftung der Atmosphäre hat zu einem chemischen Angriffskrieg gegen die Bücher geführt; das Papier zerfällt, die Einbände lösen sich auf. Die Bibliothek von Alexandria müßte jetzt nicht viele Jahrhunderte auf Caesars Truppen und die arabischen Zerstörer warten. Daß Mikrofilm, Mikrofiche usw., selbst wenn die »Information« erhalten bleibt, das Buch nicht ersetzen können, wird jeder, dem Bücher lieb sind, verstehen. Dem seltenen Bibliomanen stehen aber Millionen von Technomanen gegenüber, und diese lassen überhaupt wenig Raum für das Schreiben und Lesen. Geldverdienen, Sport, Amüsement, politisches Geschwätz und das Jonglieren mit 55 unlösbaren Problemen gleichzeitig in der Luft lassen keine Zeit fürs Leben und Lesen. Bücher, schön in ihrem Inhalt oder häßlich, edel oder böse, Sporn der Erinnerung oder Wegweiser in die Sehnsucht, sie sind alle in der gleichen Weise Opfer des Fortschritts geworden; eines Fortschritts, der ein Wegschritt ist von allem, was Jahrtausende als menschlich angesehen haben.

Verwandte Texte: A, S

Chemie: Segen und Fluch

Insofern als ich als Chemiker erzogen worden bin und den größten Teil meines Lebens in einem chemischen Laboratorium verbracht habe, spreche ich als Fachmann. Insofern als ich alt und störrisch bin und den größten Teil meines Lebens die gräßliche New Yorker Luft atmen mußte, spreche ich als hustender Laie. Da ich aus Österreich stamme, hat mir eine ungütige Fee die landesübliche Gabe des Nörgelns verliehen; eine Gabe, die sich bei den meisten auf eine Kritik des außerhalb Wiens servierten Kaffees beschränkt, bei mir aber leider viel weiter geht, indem ich sogar an den Grenzen der Naturforschung und der Technik nicht haltmache.

Zuerst will ich aber etwas tun, was bei einem Kritiker der Auswüchse von Forschung und Technik seltsam scheinen dürfte: ich will ein Lob singen der Wissenschaft Chemie. Die Chemie ist eines der großartigsten Gedankengebäude, die der menschliche Geist errichtet hat. Nehmen wir z. B. die organische Chemie, also die Wissenschaft von den unzähligen Formen, die das Element Kohlenstoff zusammen mit den Elementen Wasserstoff, Sauerstoff, Stickstoff usw. zu bilden vermag. Wer in einem Lehrbuch der organischen Chemie blättert, begegnet wahren Kathedralen von Strukturen, in denen strengste Ordnung mit phantastischer Vielfalt gepaart ist. Die organische Chemie ist eine verhältnismäßig junge Wissenschaft, keine zweihundert Jahre; und man muß darüber staunen, wie viel Scharfsinn, Fleiß und Einbildungsgabe, wieviel Kühnheit und Entschlußkraft darauf aufgewendet worden sind.

Die Chemie hat gleichsam die Lücken der Schöpfung ausgefüllt, indem sie die in den chemischen Elementen ruhenden Möglichkeiten zu neuen und nie gesehenen Strukturen ausnutzte. Ein umfassender Blick auf die Naturwissenschaften zeigt uns drei große, grundlegende Wissenschaften; sie sind die *Physik*, die Lehre von den Kräften, die

Chemie, die Lehre von den Stoffen, und die *Biologie*, die Lehre vom Lebenden. Unter diesen ist die Chemie, wie ich selbst oft betont habe, diejenige Disziplin, die sozusagen die geringsten metaphysischen Bauchschmerzen zu haben braucht. Nichts auf der Welt ist so wenig fragwürdig wie die Stoffe, aus denen sie zusammengesetzt ist. Keine andere Wissenschaft bietet dem Naturforscher einen so festen Boden wie die Chemie. Die Brücke der Induktion, die der Chemiker immer wieder überschreiten muß, wackelt nur sehr selten. Der gedankliche Schluß, den seine Experimente ihm gestatten, ist weniger anfechtbar als in irgendeiner anderen Wissenschaft. Daher ist die Chemie auch die am wenigsten philosophische unter den Naturwissenschaften, obwohl ich das nicht als einen Vorzug gemeint haben will. Um so größer das Befremden des Chemikers, wenn er plötzlich in unseren Tagen mit einer Branche der Philosophie sehr schmerzhaft konfrontiert wird, nämlich mit der Ethik. Nicht nur befremdet ist der Chemiker, sondern auch empört: wie konnte das ihm, diesem sachlichsten aller Gelehrten, passieren?

Wie es dazu gekommen ist, ist eine lange und schmerzliche Geschichte, die auch nur im oberflächlichen Umriß zu schildern zu viel Raum benötigen würde. Kurz gesagt, dem einzelnen Menschen fehlt völlig die Fähigkeit, die Tragweite seiner Handlungen vorherzusehen, und selbst wenn er es könnte, würde das nur in sehr seltenen Fällen seine Tatkraft einschränken. Allerdings hat es ganze Zivilisationen gegeben, insbesondere die großartige chinesische, in denen Vorsicht und Mäßigung vorherrschten. Unsere Zivilisation gehört sicherlich nicht dazu. Worauf diese Feststellung hinausläuft, ist die Tatsache, daß, während es immer nur der einzelne Mensch sein kann, der einen ethischen Entschluß faßt, es immer nur die Gesellschaft ist, die den Vollzug dieses Entschlusses ermöglicht.

Das heißt, wenn die Gesellschaft gewisse Schandtaten gutheißt, ist der einzelne fast machtlos.

Seltsamerweise besteht ein direkter Zusammenhang zwischen dem Zivilisationsstand und der Menge von Dreck und Abfall: je höher jener, desto größer diese. Vielleicht weniger seltsam ist es, daß eine ähnliche Proportionalität besteht zwischen Bevölkerungsdichte und Abfall. Selbst wenn die Indianer Nordamerikas vor seiner Besiedelung durch die Weißen eine chemische Fabrik oder sogar ein Kernkraftwerk hätten errichten können, so wäre das kaum eine Gefahr für die Umwelt gewesen. Diese war viel zu riesenhaft dafür.

Jetzt ist also das Wort gefallen: *Umwelt*. Ein relativ junges Wort; unter den wenigen Zitaten im Grimmschen Wörterbuch eines aus Goethe, ein anderes aus *Mein Kampf*, beide nicht ganz im Sinne der heutigen hauptsächlichen Verwendung des Wortes. Die Umweltkatastrophen, die wir jetzt alle paar Monate erleben, ganz abgesehen von der noch gefährlicheren Dauerbelastung, schienen damals, also vor 40 oder 50 Jahren, kaum der Rede wert.

Ähnlich sieht es mit den entsprechenden Bezeichnungen in anderen Sprachen aus. Das englische Wort *environment* ist zwar recht alt, ebenso wie die französischen Wörter *milieu* oder *ambiance*, aber ihre erste Verwendung in unserem Sinne von »Umwelt« liegt nicht sehr lange zurück. Wie in vielen anderen Fällen gilt auch hier, daß die Bezeichnung sich erst durchsetzte, nachdem ihr Gegenstand unwiederbringlichen Schaden erlitten hatte. Immer bleiben die Scheunentore der Sprache zu lange offen.

Meine erste Berührung mit dem Begriff der Umwelt kam auf komische Weise zustande. Als ich 1928 zum ersten Mal nach New York kam, war ich von dem Lärm und dem Gestank der Riesenstadt ganz betäubt. Um so erstaunter war ich, als ich damals in der New York Times einen Leserbrief sah, in dem sich jemand über die Maronenbrater, die mit ihren Öfchen hier und da auf der Fifth Avenue herumstanden, bitter beschwerte: der Brandgeruch der gerösteten Kastanien verpeste die Atmosphäre. Ich stellte mir die schon zu jener Zeit nicht abreißenden Kolonnen stinkender Autos vor und schüttelte mein junges Haupt. Jetzt schüttle ich kaum mehr mein altes, wenn ich höre, daß es Aufkleber gibt, die sagen »Mein Wagen fährt auch ohne Bäume«. Ich frage nicht einmal zurück »Wie lange wird er das tun?«, denn ich erkenne die gleiche alte *sancta simplicitas*, wie sie einstmals ihr bißchen Reisig zum Scheiterhaufen des Jan Hus beisteuerte.

Nun ist es so, daß die geradezu katastrophale Beschädigung unserer Umwelt häufig und mit viel Recht der Chemie zur Schuld gemacht wird, obwohl man sich daran erinnern muß, daß die Wisssenschaft Chemie nicht verantwortlich ist für die chemischen Vorgänge im Universum; sie versucht nur sie auszulegen. Der saure Regen kommt genausogern aus den Schloten der Textilfabriken oder der Elektrizitätswerke, wenn es auch chemische Reaktionen in der Atmosphäre sind, die ihn hervorrufen.

Ein recht öder Gemeinplatz behauptet, Wissenschaft und Forschung seien wertfrei, oder sie seien, da das Suchen nach Wissen ein edles Streben der Menschheit ist, ethisch positiv zu bewerten; die Schuld liege nur in der Anwendung des Wissens. Ich halte das für völlig falsch, genauso wie es ich es für falsch halte zu behaupten, der Mensch sei weder Engel noch Teufel. In Wirklichkeit ist er beides, und manchmal sogar gleichzeitig, und in ein und demselben Herzen. Im gegenwärtigen Zustand der Verfilzung von Naturforschung und Naturausbeutung ist die Unterscheidung zwischen reiner Forschung und der Verwendung von deren Entdeckungen fast sinnlos. Das Geld kommt nämlich immer von den Anwendern, sei es der Staat, sei es die

Industrie. Ich möchte gerne sehen, ob man sich eine Forschungsstiftung vorstellen kann, die ihr Geld nur für garantiert nutzlose naturwissenschaftliche Arbeiten hergibt.

»Anwendbar« und »nützlich« sind übrigens nicht Synonyme. Wenn jemand ein Vakzin gegen den Milzbranderreger ausarbeitet, so ist das nützlich; wenn er aber Bomben mit Anthrax-Sporen füllt zwecks Verwendung als biologische Waffe, wie es in USA geschehen ist, so ist das zwar auch eine Anwendung, aber weiß Gott keine nützliche. Außerdem sollte man sich nicht täuschen lassen. Heutzutage annoncieren sich alle geldhungrigen Naturwissenschaften – andere gibt es kaum – kraft ihrer Nützlichkeit und Verwertbarkeit. Dabei übertreiben sie häufig, haben es aber zustandegebracht, den Begriff der reinen Naturforschung auszumerzen. Wir können davon ausgehen, daß es reine Forschung kaum mehr gibt, obwohl es manchmal geradezu mitleidserregend ist zu sehen, wie sehr manche Disziplinen sich anstrengen müssen, um ihre Brauchbarkeit zu beweisen. Bevor die Förderung der Naturforschung fast völlig ein Monopol des Staates wurde, gab es noch so etwas wie eine Ästhetik der Beobachtungen und Entdeckungen; aber damit, fürchte ich, ist es aus.

Noch etwas anderes ist bemerkenswert: die Naturforschung hat kein Publikum und entbehrt deshalb einer wahren Kritik. Noch gibt es Literaturkritik, Theaterkritik, Kunst- und Musikkritik, aber Naturwissenschaftskritik gibt es eigentlich nicht, denn im Gegensatz zu allen Künsten fehlt den Wissenschaften ein informiertes und anteilnehmendes Publikum. Der Wissenschaftsjournalismus dient eigentlich nur der Reklame, denn dem wahren Inhalt der Forschung kann er nur wie einem Mysterium gegenüberstehen. Wenn ein Forscher selbst Kritik übt, so wird das als eigennützig oder als Fahnenflucht ausgelegt. Die Naturwissenschaften haben sich nämlich als eine Laienreligion etabliert mit zahllosen Kirchenfürsten. Wem etwas da nicht recht ist, der ist eben ein Abtrünniger. Und andererseits die Industrie: deren Publikum besteht aus den Kunden, und deren Probleme sind von einer Art, daß ein naiver Naturwissenschafter sich davon fernhalten muß. Neben den Kunden gibt es allerdings auch die leidtragenden Völker, aber die können vorläufig nur als Elephanten im Porzellanladen auftreten.

Bis tief in das vergangene Jahrhundert hinein kann kaum die Rede sein von einer Zusammenarbeit der chemischen Forschung mit der Fabrikation. Die größeren Unternehmungen, die man als chemisch bezeichnen könnte, befaßten sich mit der Herstellung von Soda, Kalk, Kochsalz und Metallen. Auch die Stoffärbereien können dazugerechnet werden. Die Techniken fußten auf gesammelter, oft sehr alter Erfahrung, zu der die Vorläufer der Chemie, die Alchemisten, nicht sehr viel beizutragen hatten. Der große Umschwung erfolgte erst gegen das Ende des 19. Jahrhunderts mit den Anfängen der organisch-chemischen Großindustrie, mit den Anilinfarben usw. Etwas später setzte dann die pharmazeutische Industrie ein, die enorm wachsen sollte.

Wenn es auch, selbst heutzutage, nicht wenige industrielle Freibeuter gibt, die glauben, ohne Forschung auskommen zu können, so gilt das gewiß nicht für die überwiegende Mehrzahl der Unternehmen. Manche haben hervorragende Forschungslaboratorien, deren Leistung die der benachbarten Universitätsinstitute oft übertrifft. Langjährige Erfahrung hat mich sogar überzeugt, daß es in den Industrielabors häufig anständiger zugeht als in den der reinen und uneigennützigen Forschung gewidmeten. Eine erst vor kurzem an den Tag gekommene Entwicklung finde ich allerdings furchterregend. Ich denke dabei an den immer häufiger werdenden Umstand, daß große Industrien sich in die Universitäten sozusagen einkaufen, den Unterschied zwischen reiner und angewandter Forschung geradezu verwischend. Bald wird man zur Feststellung kommen müssen, daß das Wort »rein« eigentlich zwei Antonyme besitzt; das eine ist »angewandt«, das andere ist »schmutzig«. Diese neuartige Verfilzung wird, glaube ich, niemandem von Nutzen sein. Man wird sie aber wie manche pathologische Degeneration nur schwer wieder los.

Die hektische Hast, mit der in unserer Zeit alles vorangetrieben wird, ohne die Konsequenzen zu erwägen, ist von einer Begleiterscheinung gekennzeichnet, die ich eigentlich nicht erwartet hätte: es mehren sich in bedrohlicher Weise die Beispiele von grob erschwindelten Forschungsergebnissen. Man mag das als ein Anzeichen dafür begrüßen, daß das Menschliche noch nicht aus der Naturforschung verschwunden ist, aber mir wären andere Anzeichen lieber.

Diese geistige und moralische Verschmutzung der wissenschaftlichen Atmosphäre ist jedoch nicht, was mich hier beschäftigt. Wir haben es mit handgreiflicheren Beschwerden zu tun. Bevor ich mich diesen zuwende, noch ein kurzes Intermezzo, nämlich die Erinnerung an die wunderschöne Stelle in der Odyssee, wo beschrieben wird, wie die Königstochter Nausikaa mit ihren Dienerinnen zur Küste kommt, um Wäsche zu waschen. Das von ihr verwendete Waschmittel wird nicht genannt; sicherlich war es nicht Seife, vielleicht eine Art von Kalilauge. Was immer es war, für wenige Augenblicke verschmutzte die liebliche Nausikaa die Umwelt. Aber selbst wenn solche Eingriffe mit einem riesenhaften Faktor multipliziert werden, und noch dazu für Tausende von Jahren, scheint nichts Irreversibles geschehen zu sein. Das gleiche gilt für die Schornsteine der Häuser, für die Kohlenmeiler, für die Färbereien usw. Der

Mensch hatte sich gewöhnt, die Natur als eine geniale Müllabfuhr zu betrachten, und das seit vielen Tausenden von Jahren. Selbst mir als Kind waren solche Wörter wie Umweltverschmutzung oder Umweltschaden völlig unbekannt. Dabei hätte ich bemerken können, daß bereits in Romanen der viktorianischen Zeit viel über den Nebel von London oder das Fischsterben in der Themse zu lesen ist. (Es gibt sicherlich schon eine Geschichte der Entwicklung des Umweltbewußtseins, aber ich kenne sie nicht.)

Jedenfalls ist es, denke ich, eine Tatsache, daß die Menschheit mit ungewöhnlicher Plötzlichkeit gewahr wurde, was geschehen war. Sie hatte es zustandegebracht, ein ungeheures Gleichgewicht, eine riesenhafte Homöostase endgültig zu zerstören. Das Ausmaß, in dem die Chemie daran beteiligt war, kann ich nicht abschätzen; es war sicherlich nicht gering.

Wenn man von diesen Dingen sprechen will, darf man nicht davor zurückscheuen, sehr naiv zu erscheinen. So muß man sich mit Stumpfheit gegen solche Argumente wappnen, wie z. B. »die Gesellschaft sei an allem schuld«. Natürlich ist die Gesellschaft an allem schuld, aber die chemische Industrie ist ja ebenfalls ein Teil der Gesellschaft, und sie ist nicht ausgenommen von den Regeln, die das gesellschaftliche Zusammenleben erfordert. Eine dieser Regeln besteht darin, was ich durch viele Jahre meinen Doktoranden am Anfang ihrer laboratoriumszerstörerischen Tätigkeit einzubleuen pflegte, nämlich: »Das Vermeidbare muß vermieden werden; es bleibt noch genug Unvermeidliches«.

Die Vermeidung des Vermeidlichen ist aber oft sehr kostspielig, und bis auf ein paar eher primitive Gesetze gäbe es da noch viel zu tun, um so mehr als die vorgeschriebenen Vorkehrungen sich in vielen Nationen sehr voneinander unterscheiden. Wenn, sagen wir, eine Schweizer

Firma die Produktion gewisser Substanzen nach, sagen wir, Italien verlegt, so weiß sie wahrscheinlich, was sie tut. Vielleicht sind es niedrigere Arbeitslöhne oder günstigere Grundstückkosten, vielleicht sind aber auch die Überwachungsbestimmungen weniger strikt oder die Überwachung selbst ist laxer. Wenn man mir erzählt, das sei aus Liebe zum Süden geschehen, oder weil die italienische Musik so viel schöner sei als die Schweizer, so will ich auch das glauben, aber nur an ungeraden Tagen. An geraden Tagen bin ich hingegen der Meinung, daß nur eine internationale Konvention da Abhilfe schaffen kann, denn der grimmige Wettbewerb folgt einer Art von »Gresham's Law« und fließt dorthin, wo es billig und schlampig zugeht. Dann kommt aber der Skeptiker in mir zu Worte und sagt, daß internationale Vereinbarungen meistens wenig nützen, außer den zahlreichen Beamten, die neu angestellt werden.

Jeder Naturwissenschafter kann wahrscheinlich seine eigene Liste des Vermeidbaren aufstellen, aber die Listen werden, fürchte ich, einander nicht sehr ähnlich sein. Wir leben am Rande eines Bewußtseinsumschwunges, was die Umwelt betrifft. Ich habe den Eindruck, daß die Völker des Westens alles in allem sich der Gefahren der Umweltverschlechterung bewußter sind als die Fachleute. Da ich selbst durch Jahrzehnte ein Laboratoriumschemiker war, weiß ich, wie schwer es ist, einem solchen Menschen zum Bewußtsein zu bringen, daß er mit gefährlichen Stoffen umgeht. Um vom einfachsten zu reden, es ist gar nicht so lange her, seit die gesundheitsschädigende Natur solcher kommunen Lösungsmittel wie Benzol, Schwefelkohlenstoff, Aceton, Äther, Tetrachlorkohlenstoff usw. erkannt worden ist. Wie damit gehaust wurde, erscheint einem jetzt fast unvorstellbar. Damit verbinde ich die Frage: alle chemischen Unternehmen haben gewiß eine Sicherheitsabteilung, wie viele darunter aber haben eine Umweltsabteilung? Überhaupt ist es höchste Zeit, daß die Feindbeziehung zwischen Forschung oder Industrie und Umweltschutz endlich aufhört. Die Zeit ist vorbei, wo man sich über Naturenthusiasten und Gesundheitsapostel lustig machen konnte. Wenn trotz den Verdummungsaktionen der Massenmedien die von ihnen immer weniger beherrschten Massen einmal aufwachen, wird viel Gutes mit dem Schlechten über den Haufen geworfen werden.

Alles auf der Welt – Arbeitnehmer, Arbeitgeber, Arbeitslose usw. – alles lebt so sehr unter der stählernen Peitsche des kapitalistischen Wettbewerbs, unter dem fahlen Licht einer unverstandenen Ökonomie, unter dem Donnergrollen einer unaufhaltsam wachsenden Bevölkerung, daß der einzelne, was immer er auch sagen oder tun mag, sich vorkommen muß wie einer, der mitten in der Schlacht von Verdun oder Stalingrad sein Päckchen Hansaplast aus der Tasche zieht.

Dennoch würde es mir ratsam erscheinen, wenn jedes Land, ja jede Stadt, einen Ombudsmann für die Umwelt besäße. Die Umwelt ist stumm; wir bemerken sie erst, wenn sie stinkt und ätzt und vergiftet. Um so notwendiger für die stumme Natur, einen dazu bestimmten Sprecher zu besitzen, auf den zu hören das Volk sich gewöhnen würde. Daß er viel mehr Macht haben müßte als nur zu reden, brauche ich nicht zu betonen. Allerdings flößt einem die Wirksamkeit der in den USA bestehenden *Environmental Protection Agency* (EPA) nicht allzuviel Zutrauen ein.

Ich werde oft gefragt: gibt es eine alternative Chemie? Darauf pflege ich zu antworten, daß, wenn wir an die Chemie als reine Naturwissenschaft und Naturforschung denken, ich mir eine Alternativchemie nicht vorstellen kann. Was ich mir recht wohl vorstellen kann, ist, daß einer sagt, er habe für dieses Herumstöbern, für dieses analytische

Zerfasern der Natur nichts übrig. Ich kann mir also eine andere, eine bessere Art von Chemie oder Physik viel weniger leicht ausmalen als eine Welt ohne Chemie, ohne Physik, ohne Naturwissenschaften. Nun ist es aber bekanntlich viel schwieriger, von einem prekären Ast wieder hinunterzuklettern, als sich zu entschließen, ihn nicht zu ersteigen. Die antike Welt ist, scheint mir, ein Beispiel für einen solchen Entschluß, denn fraglos hätten die »Ingenieure« der hellenistischen Zeit weitergelangen können in der Ausnützung der Natur, wenn die Gesellschaft sie dazu angetrieben hätte. Ein anderes Beispiel ist vielleicht das chinesische Reich des Mittelalters.

Der amerikanische Kernkraftenthusiast Weinberg bezeichnete bekanntlich den Entschluß, die Ausnützung der Atomenergie voranzutreiben, als den »faustischen Pakt«. Er muß einmal im College von Goethes Faust gehört haben, sagt aber wohlweislich nicht, mit wem dieser Pakt geschlossen worden ist. Das Dokument dieses Vertrages ist nicht mehr vorhanden, aber Pferdefußabdrücke gibt es genug. Jedenfalls kann ich mir eine viel umweltfreundlichere Alternativindustrie viel eher vorstellen als eine Alternativnaturwissenschaft. Es ist allerdings klar, daß eine vielfach gezügelte und gemäßigte Fabrikation von, sagen wir, Chemikalien viel teurer und daher weniger konkurrenzfähig sein müßte. Sie kann daher nur dann in Betracht gezogen werden, wenn radikale soziale Veränderungen der Gesellschaft es gestatten. Dabei darf nicht vergessen werden, daß das jetzt herrschende Klima des Wettbewerbs unerhört verschwenderisch ist, indem viel mehr miteinander konkurrierende Produkte erzeugt als konsumiert werden. Wer in einem Land wie Amerika lebt, dem Land fortwährender schwindelhafter Rabatte und Ausverkäufe, kann da viel erzählen.

Seit der viktorianischen Epoche, also seit der Mitte des

vorigen Jahrhunderts, steht die westliche Welt unter dem immer verheerender werdenden Fluch des Machbaren. Wahrhaftig, sehr viel ist machbar geworden in unserer Zeit! Das Atom ist gespalten worden, der Zellkern wird manipuliert. Bald wird Hand angelegt werden können an das Erbgut des Menschen, das seit undenklicher Zeit in den Chromosomen verschlossen ruht. Das Geschäft der Natur, rätselhaft seit der Entstehung der Erde, jetzt werden wir es in die Hand nehmen, und wir werden es besser machen als die Natur es vermag. *Eritis sicut dei.*

Ich habe soeben vom Fluch des Machbaren gesprochen, fürchte jedoch, daß die meisten Menschen die immer weitere Sphären umfassende Machbarkeit als einen Segen und nicht als einen Fluch betrachten. Ich höre schon Stimmen davon reden, daß, wenn einmal die Erde völlig unbewohnbar geworden sei, mit all dem Dreck und Gift, das sich auf sie niederschlägt, daß man dann einfach in den Weltraum übersiedeln werde. Wenn ich aber die Statistiken betrachte über die Zunahme des Krebses und der Herzkrankheiten, frage ich mich, ob wir denn überhaupt wissen, was wir tun.

Die Epoche, in der wir leben, könnte man das Zeitalter der unvorhergesehenen Folgen nennen. Solang die Menschheit sich nur zögernd bewegte, Schritt vor kleinem Schritt, konnte sie sich an das Neue, dem sie begegnete, anpassen. Sie ruhte in der von Göttern erfüllten Natur, jeder Baum in der Obhut einer Dryade, jeder Fluß von Naiaden beschützt. Aber wie müßte die Flußnymphe aussehen, die jetzt dem Rhein entsteigt? Gorgonen, Harpyen, Furien – die antike Mythologie ist reich an Beschreibungen von Ungeheuern.

Was uns die Augen verklebt und die Ohren zustopft, ist ein eigenartiger Mechanismus, der, glaube ich, von zwei Kräften getrieben wird: von dem gewinnsüchtigen, wilden

Konkurrenzkampf um Märkte und Verbraucher, und von einer die ganze Welt bedeckenden Reklameorganisation. Man liest die großen Zeitungen aller Länder, man betrachtet die einander immer ähnlicher werdenden Fernsehsendungen, man lauscht dem Rundfunk: wieviel ist da von den unvorhergesehenen, aber nicht unvorhersehbaren Folgen des Fortschritts zu hören? Hie und da vielleicht, sehr selten, erscheint die lächerliche, mitleidserregende Figur des Warners. Aber was will er eigentlich? Will er wirklich die Fabriken zusperren und die Arbeiter auf die Straße werfen? Kann man sich jemanden vorstellen, der den Mut hätte, Rousseaus »Rückkehr zur Natur« als das hervorzuheben, was sie wirklich ist, als eine Rückkehr zu einem viel niedrigeren Lebensstandard?

Dem Warner, dieser Jammerfigur, wird immer wieder vorgeworfen, er könne nur wehklagen, aber einen Weg in eine bessere Welt weise er nicht. Das ist richtig; und wenn er ein anständiger Warner ist, so wie ich ihn mir wünsche, wird er sich dieses Mangels bewußt sein und sein ganzes Leben lang nach einem Ausgang aus dem Labyrinth suchen. Selbst wenn er ihn fände, so wäre es leider nur für sich selbst; denn selten ist ein Messias in die Welt gekommen, um allen den Ausgang zu zeigen. Niederreißen und Aufbauen sind inkompatible Tätigkeiten. Außerdem herrscht in unsrer Welt ein striktes Prinzip der Arbeitsteilung: der eine warnt, der andere fällt ins Loch; bei Lebzeiten haben sie voneinander keine Kenntnis gehabt.

Nehmen wir die Naturwissenschaften: niemand, der in ihnen gelebt hat, wird leugnen, daß sie wunderbare, ehrfurchterregende Gebilde des menschlichen Geistes sind. Aber wer hat sie geheißen, am Wege zu liegen und zu huren? Wären sie ihrem ursprünglichen Auftrag treu geblieben, die Wahrheit über die Natur zu erforschen, so hätten sie keinen Schaden stiften können. Wie aber die westliche Welt jetzt konstituiert ist, wird sie es schwer haben, sich aus der Klemme zu befreien. Der Schwerkranke, dem ein Antibiotikum das Leben gerettet hat, wird den Segen der Chemie höher schätzen als die Fische im Rhein es tun können. Der Schweizer, dessen Auto auch ohne Bäume fährt, wird plötzlich stehenbleiben müssen, wenn die vergifteten Bäume seine Autobahn nicht mehr vor Erdrutsch oder Lawine beschützen.

Die Brutalität der Gegenwart zwingt uns Entscheidungen auf, denen wir nicht gewachsen sind. Ich sehe nur zwei Lösungen. Entweder setzen wir unsere gegenwärtige Lebensweise fort, bis ein terminaler Zusammenbruch der Umwelt uns die Entscheidung aus den Händen nimmt. Oder es kommt dazu, daß sehr, sehr viele einzelne willens werden, das Dilemma in ihren eigenen Herzen zu sprengen und sich zu einer anderen Naturbetrachtung zu erziehen. Aus vielen einzelnen, die sich der Herrlichkeit unserer Welt bewußt werden, ersteht eine herrlichere Welt. Damit das geschehen kann, müssen wir uns selbst lehren zu unterscheiden zwischen dem Wichtigen und dem Angenehmen.

Verwandte Texte: G, P, Q, R

DIALEKTIK DES UNTERGANGS

Es ist auf der Welt immer so gewesen: der Untergang beginnt mit dem Anfang. Alles Werden läuft ab. In seinem finstern Winkel sitzt Heraklit und wundert sich nicht. Vielleicht hätte er die Welt, die mich umgibt, verstanden; ich kann es nicht. Ich gehe noch weiter und behaupte, daß niemand unsere Welt verstehen kann. Auch der Weiseste muß sich Scheuklappen seiner eigenen Konstruktion anlegen: wer wenig sieht, sieht mehr. Nur der Monomane dringt ins Innere der Natur; aber was er sieht, ist eine monomanische Natur. Steter Tropfen hat sie dazu reduziert.

Ich glaube, daß das hier geschilderte Gefühl der Verlorenheit jetzt allgemeiner ist, als es in meiner Jugend war. Zu viel Rätselhaftes ist in den letzten 75 Jahren geschehen. Auch haben wir viel dazuverlernt. Wir wohnen vielleicht dem größten Kehraus der menschlichen Geschichte bei und zeigen uns seiner unwürdig. Er hätte ein besseres Requiem verdient. Nach mehr als 2500 Jahren ist die griechisch-römisch-christliche Welt zu Ende gegangen. Für das, was jetzt kommt, habe ich keinen Namen.

In den Jahren 1773 und 1774 hielt sich Denis Diderot längere Zeiten in den Niederlanden auf. In einem umfangreichen Manuskript *Voyage en Hollande* hielt er seine Beobachtungen und Gedanken fest. Natürlich wurde es keine gewöhnliche Reisebeschreibung, sondern eher etwas, was die Kaiserin Katherina die Zweite von Rußland belehren und unterhalten sollte. So lautet die Eintragung aus dem Haag:

Ein Reisender, der mit uns zu Mittag aß, erzählt uns, er habe im Franziskanerkloster zu Lyon die folgende Inschrift in der Form, wie man sie hier sieht, gelesen. Sie ist von einer großen Weisheit.

	concupiscere		vides
Noli	credere	omnia quae	audis
	dicere		scis
	facere		potes

Die Aufforderungen lassen sich also in 16 Kombinationen lesen; eine Kunstform, die in unserer Zeit Raymond Queneau zu besonderer Virtuosität entwickelt hat. Hier also die Weisheit der Franziskaner:

	begehren		siehst
Du sollst nicht	glauben	alles, was du	hörst
	sagen		weißt
	machen		kannst

Diese sechzehn Verbote enthalten das vollständigste Manifest gegen unsere Zeit, das ich kenne. Sogar Laotse hätte sie vielleicht gutgeheißen, natürlich nicht ohne die Forderung, das Wort »alles« wegzulassen. Was mich ein bißchen überrascht hat, ist, daß Diderot den Regeln große Weisheit zuerkennt. Wahrscheinlich tat er es, gerade weil von »nicht allem« die Rede war: er liebte Mäßigung. Da ich mich immer für die Kanten interessiert habe, an denen Mystik und Skepsis zusammentreffen, wäre auch ich geneigt, das Wörtchen »alles« wegzulassen. Sonnige Bejaher der Gegenwart, z. B. Amerikaner, würden dagegen eher das Adverb »nicht« streichen.

Man könnte die Inschrift als eine Feststellung lesen, daß der vernünftige Mensch genügsam, vorsichtig, zurückhaltend ist. Das sind, denke ich, Attribute, die in unseren westlichen Breiten kaum mehr verwendet werden, außer zu Zwecken der Heuchelei. Ob die Menschen es jemals gewesen sind, wenn nicht die Not sie dazu zwang, weiß ich nicht. Was sich jedoch geändert hat, ist die Form der Not und auch die Richtung, in die sie uns treibt. Die ganze westliche Welt lebt jetzt so, als hätte Columbus sie soeben entdeckt. Die Trompeten verkünden, daß alles weit offen sei.

Dabei war die Welt nie so verschlossen wie jetzt, nie so rätselhaft und nie so wenig einladend, ihre Rätsel zu lösen. Im Gegensatz zu Ödipus können wir der Sphinx, die uns bedrängt, nicht in die Augen schauen: sie ist gar zu häßlich.

Wenn man die kulturelle, politische, ökonomische Geschichte der letzten 500 Jahre Europas und ihres Riesenschwanzes Amerika betrachtet, kommt man zu dem Schluß, daß sie niemals leicht zu verstehen war, aber daß es eine Zeit gegeben hat, als die wenigen, die sie verstehen wollten, glauben durften, sie zu verstehen. Ein jeder trug Brillen seiner eigenen Erfindung, mit deren Hilfe er helle oder finstere Figuren – jeder die seinen – im gewaltigen Vexierbild der Welt wahrzunehmen glaubte: Grotius und Hobbes, Montesquieu und Hegel. Mit Karl Marx ist diese überwältigende Vereinfachung zu Ende gegangen. Die jetzt so populäre offene Gesellschaft ist eine Gesellschaft voller Löcher, durch welche Totenköpfe hereinblicken. Durch dieses Sieb rinnt alles durch. Jetzt gibt es nur Fachleute, und die haben nicht das Recht, Glaubensbekenntnisse abzulegen; ein jeder beschreibt seinen Leisten, und es gibt deren unendlich viele, so daß sie einander im Weg liegen. Ich glaube nicht, daß irgendein Mensch, der mit klaren Augen die trüben Schriften der heutigen Denker liest, etwas anderes aus ihnen beziehen kann als Verzweiflung. Wer möchte von solchen Geschichtsfledderern etwas annehmen?

Es tut mir leid es zu sagen, aber es gibt auf der ganzen Welt keine lebende Stimme mehr, der ich lauschen möchte. Das war nicht immer so gewesen in meinem Leben, und ich frage mich oft, ob das an mir liege, ob mir das nur so vorkomme. Oder sind die Versteinerung des Denkens, die Mineralisierung des Lebendigen wirklich so allgemein geworden? Es ist, als stürbe die Welt in einem Panzer von Eis.

»Das ist ein kompletter Unsinn«, sagt man mir, »Sie gehören einer ausgestorbenen Klasse an, die den lächerlichen Namen des ›gebildeten Mittelstands‹ trug, und jetzt benehmen Sie sich wie einst die *émigrés* der Französischen Revolution. Auch diese verkündeten den Weltuntergang, aber in Wirklichkeit begannen die Menschen erst dann erwachsen zu sein. Es kamen Eisenbahn und Elektrizität, die chemische und Maschinenindutrie, das Flugwesen und jetzt gar die Raumfahrt, Radio und Fernsehen, Kunststoffe und Pestizide, Computer und Kernkraft und schließlich sogar die Japaner. Die Forschung blüht wie nie zuvor. Und auch die Künste sind nicht zurückgeblieben: bei Ihnen in New York gibt es jetzt in einer Woche mehr Konzerte und Kunstausstellungen als Rembrandt oder Beethoven in ihrem ganzen Leben hätten genießen können.«

Darauf antworte ich und lasse die Gänsefüßchen weg: eine Weltgeschichte, die in den Japanern gipfelt, ist eine lächerliche Weltgeschichte. Sie wäre nicht weniger lächerlich, prahlte sie auf ihrer Spitze mit den Pestiziden oder den Amerikanern. Schon Belsazar hat sich angefressen, kurz bevor er krepierte. Mit einem Inhaltsverzeichnis der Büchse der Pandora kann man mir nicht imponieren.

Was unsre Welt so öde macht, ist, daß wir uns in konzentrischen Teufelskreisen zu bewegen scheinen. Man kann nicht den Finger auf die eine oder andere Stelle legen und verkünden, diese sei an allem schuld. Für alles gibt es unzählige laterale Erklärungen, was wieder heißen mag, daß die Kreise durch zahlreiche labyrinthische Querverbindungen miteinander kommunizieren. All die vielen Monochromien fließen zu einer allgemeinen Farblosigkeit zusammen.

Wir können anfangen, wo wir wollen, werden aber nie die beiden Enden des Fadens in die Hand bekommen. Wir werden nicht einmal sicher sein können, daß es einen Anfang und ein Ende gibt, denn vielleicht sind wir, ohne es zu wissen, von einem Faden zu einem andern übergegangen – alle Knäuel sind miteinander verfilzt – und gehen in eine andere Richtung als wir glauben. Zum Beispiel kann ich mich fragen, ob es einen Zusammenhang gibt zwischen dem Elend der Obdachlosen in New York und der Landung auf dem Mond oder der Sequenzbestimmung des menschlichen Genoms. Jedem Vernünftigen muß eine derartige Frage als erzdumm erscheinen. »Natürlich gibt es keinen Zusammenhang«, wird der Vernünftige sagen, »warum nicht eher den Zusammenhang untersuchen zwischen der Mondlandung und der Raketenindustrie oder zwischen den DNA-Studien und der Biotechnologie?« Das wären aber, würde ich antworten, höchst langweilige Forschungsreisen, immer entlang einem der unzähligen Kreise, nämlich dem Kreis mit der Aufschrift »Spätkapitalismus«. Daß eine Hand die andere beschmutzt, hat man schon lange gewußt. Wie viel erregender, und zugleich geistig zufriedenstellender, ist es anzunehmen, daß alles zusammenhängt.

Wie kann ich also den soeben unterstellten Zusammenhang zwischen Forschungsdrang und Armut verfolgen? Ich gehe davon aus, daß wir in hochspezialisierten Zeiten leben und daß die immer mehr zunehmende Verfachlichung eine enorme Auffächerung der wissenschaftlichen Disziplinen mit sich gebracht hat. Nicht nur für den Laien, auch für den Forscher ist es unmöglich geworden, sich zurechtzufinden. Im gegenwärtigen Augenblick, Anfang 1988, wird die Anzahl der naturwissenschaftlichen Fachzeitschriften auf der Welt auf 40 000 geschätzt und die darin enthaltenen Arbeiten auf eine Million im Jahr. Ich glaube nicht, daß ich die Schwarzseherei – vielleicht ist es Optimismus? – übertreibe, wenn ich annehme, daß die Mehrzahl dieser Million Arbeiten von niemandem, auch nicht von den Autoren, gelesen worden ist. Das sind nämlich meistens keine geschriebenen Aufsätze, sondern wortautomatisierte Akkreszenzen von Laboratoriumsnotizen. Sie haben weniger Sinn als, aber eine ähnliche Bedeutung wie, die Schlachtopfer der heidnischen Religionen. (Jetzt eine kleine Querbemerkung: wollte man die übergroße Anzahl von Zeitschriften und Publikationen auf ein vernünftiges Maß zurückschrauben, so würden nicht nur viele Arbeiter ihre Stellungen verlieren, sondern auch die Wissenschafter die für sie lebenswichtige Möglichkeit, mit ihren Publikationen zu prahlen.)

Gemäß der National Science Foundation gab es in den Vereinigten Staaten im Jahre 1976 960 000 Naturwissenschafter, zehn Jahre später aber, im Jahre 1986, bereits 2 200 000, entsprechend einer Zunahme von 130 %. Es wird also noch einige Zeit dauern, bevor jeder Amerikaner anderthalb Naturforscher darstellt, aber die Tendenz ist offenkundig. Gleichzeitig wächst die Zahl der Obdachlosen und der offiziell als arm Erklärten, und diese Zahlen steigen vielleicht noch rascher als die der Naturforscher. Da ich mich in den zahlreichen Erklärungswissenschaften, die einander vielfach widersprechen, nicht auskenne, weiß ich nicht, wie das alles zu vereinen ist. Eines ist aber gewiß: je komplizierter das Leben wird, je anspruchsvoller die Erfordernisse, um so mehr Menschen fallen zurück, können nicht mehr mit. Es ist, als hätte eine Riesenzentrifuge sich der Weltbevölkerung bemächtigt: immer mehr Menschen werden an die Wände geschleudert, denn das Leben ist zu verwickelt geworden für die meisten. Kein Wunder, daß Drogensucht und Kriminalität noch schneller wachsen als die Forschung.

Die gesamte westliche Welt, zu der ich auch Rußland und die Oberschichten der Dritten Welt rechne, hat sich zu einem Dienstleistungsgiganten entwickelt, in dem jeder auf den Rücken seiner Mitmenschen zu schmarotzen berufen scheint: Beamte, Richter, Advokaten, Drogenhändler, Polizisten, Forscher, Lehrer, Politiker, Räuber, Seelsorger, Journalisten, Ärzte usw. Dabei stellt es sich heraus, daß es eine sehr beträchtliche Schicht gibt, die keine solchen Rükken von Mitmenschen findet. Ihnen fehlt das gräßliche *savoir vivre* unser sozialdarwinistischen Welt; schwach, krank, stumpf, liegen sie auf den Straßen der Städte und gehen zugrunde. Auch über sie hat sich einmal eine Mutter gefreut. Ich zögere demnach nicht, zwischen diesem Elend und dem »Supercollider«, der drei oder vier Milliarden Dollar kosten soll, einen direkten Zusammenhang zu postulieren.

Vor Jahren war ich einmal eingeladen, an einer Universität im Nordosten des Landes einen Vortrag zu halten. Es war eine Privatuniversität jüngsten Ursprungs, die viel Geld erfolgreich zusammengebettelt hatte. Als ich durch die Gebäude und Laboratorien geführt wurde, fiel mir auf, daß überall zahlreiche Dankplaketten angebracht waren, auf denen dem einen Wohltäter für die Spende eines Fußbodens, dem andern für die Errichtung eines Daches gedankt wurde. Sogar in der Toilette befanden sich mehrere Inschriften dieser Art: der eine hatte für die Waschbecken bezahlt, der andere für die Klosettmuscheln. Mir erschien dieses Monument amerikanischer Spendenfreudigkeit als ein Sinnbild unseres Gesellschaftssystems. Wenn man alle Danktafeln gleichzeitig entfernte, dachte ich mir, so würden die Gebäude zusammenfallen. Das gleiche gilt für unsere Welt: was sie aufrechterhält, das sind die Querverfilzungen. Alles hängt zusammen: ohne Erbforschung keine Untergrundbahn, ohne den Landespräsidenten kein Massenmörder, ohne Waffenindustrie kein Symphoniekonzert.

Der einzelne muß sich vor einem so riesenhaften Weichselzopf hilflos fühlen. Er weiß, daß kein Mensch dieser Entwicklung Einhalt gebieten könnte: sie läuft ab mit der Unerbittlichkeit des zweiten Lehrsatzes der Thermodynamik. Dennoch kann er nicht umhin, seine innige Hoffnung zu setzen auf eine messianische Kraft. Er hofft – in seiner Verzweiflung hofft er – auf den Messias des Moratoriums. Er wird finster sein im Gesicht, dieser Messias, denn es mag uns schwerfallen, einen Unterschied zu erkennen zwischen einem Moratorium und einer sehr schweren und allgemeinen wirtschaftlichen Depression. Dennoch glaube ich, daß nur eine extreme Verlangsamung allen Wachstums uns retten kann.

Wir leben in einer unverantwortlichen, gewissenlosen Zeit: wir verschmutzen und vergiften irreversibel den Lebensraum zukünftiger Generationen. Wie sollen wir haltmachen können in einer Welt, die jauchzend ins Chaos gleitet? Ich würde glauben, daß die Menschen sich immer während ihres Lebens auf einer schiefen Ebene gefühlt haben. Es war jedoch im gegenwärtigen Jahrhundert, daß eine – vielleicht geringe – Vergrößerung des Neigungswinkels eine enorme Beschleunigung des Untergangs herbeigeführt hat. Leider wissen wir sehr gut, daß, um zu erscheinen, der Messias in vieler Menschen Herzen bereits zu leben begonnen haben muß. Dafür sehe ich nicht die geringsten Anzeichen. Ich sehe eine große Verfeinerung gewisser technischen Mittel, und ihr entspricht eine große Verrohung des öffentlichen und privaten Lebens. Die zunehmende Brutalisierung der Gesellschaft Amerikas, die ich durch sechzig Jahre habe beobachten können, ist unbeschreiblich. Wer durch die Straßen von New York geht, blickt in die roten Augen der Apokalypse.

Etwas was man, denke ich, mit Gewißheit behaupten kann, ist, daß unser gegenwärtiges Weltgefüge – ich zögere, von einer Weltordnung zu sprechen – zu einem in der Geschichte noch nicht dagewesenen Angriff auf den einzelnen geführt hat; zu einem Angriff, der sich in der Verkümmerung oder sogar in dem völligen Verschwinden des persönlichen Gewissens ausdrückt. In seinem außerordentlichen Buch *An Essay in Aid of a Grammar of Assent*, das 1870 zuerst erschien, hat der große Kardinal Newman das Gewissen des einzelnen Menschen als die hauptsächliche Stütze des religiösen Glaubens aufs eindringlichste besprochen. Das menschliche Gewissen, dieser stille und einstmals mächtige Zensor, hat in der Vergangenheit jedoch mehr getan, als den Gottesglauben zu begründen. Er war die gyroskopische Kontrollstation, wenn ich so sagen darf, welche die Amplitude menschlicher Handlungen wirksam begrenzte. Übrigens mag ich erwähnen, daß der leider fast vergessene Theodor Haecker in den zwanziger Jahren Newmans Buch unter dem Titel »Philosophie des Glaubens« den deutschen Lesern ans Herz gelegt hat. Mit welchem Erfolg, das zeigten die dreißiger Jahre.

Da der menschliche Geist viele verschiedene Falten annehmen kann, wäre es sehr leicht, mir allerhand entgegenzuhalten. Zum Beispiel wird man leugnen, daß das Gewissen des einzelnen von Atrophie befallen ist. Woher könne ich so etwas wissen? Mit was für Apparaten habe ich die Messungen ausgeführt? Welche Ziffer habe ich als Gewissenskoeffizienten angenommen? Besitze ich überhaupt eine akademische Lizenz, derartige Bestimmungen zu unternehmen? Wenn ich darauf antworte, daß ich nichts anderes getan habe, als die Erfahrungen meines eigenen Lebens zu überdenken, werde ich den verdienten Lacherfolg erzielen. Man kann jeden Wissenschafter entwerten, indem man ihn autobiographischen Denkens beschuldigt. Zum Lernen seien Bücher da.

Gewichtiger ist ein anderer Einwand, und ich habe ihn selbst vor vielen Jahren gemacht, als ich in den *Bemerkun-*

gen (S. 11) schrieb: »Wenn eine Zeit schon so lange untergeht wie unsre, muß man beginnen sich zu fragen, was sie denn eigentlich aufrecht erhält.« Die Antwort auf diese Frage kann verschiedene Formen annehmen. Man kann sagen, von einem Untergang könne überhaupt keine Rede sein; unsere Geschichtsepoche verhalte sich nicht anders als die vorhergehenden; manches sei besser, manches sei schlechter, die Summe bleibe gleich. Oder man kann antworten, die Untergangsstimmung sei zwar weit verbreitet und es sei wahrscheinlich etwas daran; aber man dürfe den Zeitraum nicht unterschätzen, der für große Veränderungen erforderlich sei; wenn der Untergang komme, werde ihn schon ein jeder bemerken. Man könnte aber auch erwidern, »Untergang« sei ein falsch gewähltes, sensationshaschendes Wort; die Welt sei immer untergegangen für die Sterbenden und auferstanden für die Geborenen; seit der Menschwerdung sei es immer so in Wellen gegangen, mal hinauf, mal hinunter; die Welt gehe, wie sie gehe, und es bestehe kein Anlaß zu besonderem Gejammer; man könne sogar insgesamt einen gewissen Fortschritt feststellen.

Ich lausche den Stimmen und bin nicht überrascht. Figuren steigen vor mir auf und wollen nicht weggehen: die Bilder der aus den Konzentrationslagern Befreiten; die Palästiner der Westbank; die verhungernden Äthiopier; die Bettler von New York. Aber das Gefühl, daß es spät in der Nacht ist, braucht keinen illustrativen Anreiz. Ein Tag Zeitungslektüre, eine Fahrt in der New Yorker Subway, ein Blick auf die Gesichter des Kabinetts welchen Landes auch immer: sie reichen aus. Man sollte überhaupt mehr auf die kleinen als auf die großen Ereignisse aufpassen. Zum Beispiel, die Zeitungsnotiz von dem vor einer Woche in Kalifornien geborenen azephalischen Kind: die Ärzte hatten es eine Woche künstlich am Leben erhalten für den Fall, daß das eine oder andere seiner Organe für Transplantationszwecke verwendet werden könne. Es meldeten sich aber keine Abnehmer; so drehten sie die Hähne ab, und jetzt war es eine kleine Leiche. Das geschah in einem Adventistenspital.

Vielleicht sind wir aber schon längst untergegangen und merken es nur nicht, weil wir, die Azephalen, von der Wissenschaft mittels zukunftsprahlerischer Infusionen – das Paradies um die Ecke! – künstlich am Leben erhalten werden. Außerdem scheint es mir, daß der Untergang einer großen Kulturepoche – Gibbons *Decline and Fall* – ein überaus langsamer Vorgang sein muß. Die Asymptote hat Platz für viele Generationen. Es ist nicht einmal nötig, daß am Ende der gewaltige Stoß einer Revolution erfolgt; riesenhafte Ereignisse können geräuschlos vor sich gehen. Aber unter den Bewohnern der Asymptote gibt es immer einige – Künstler, Denker, Dichter –, die das schleichende Verhängnis in ihren Knochen spüren und in ihren Werken oder durch ihr Verstummen ausdrücken.

In seinen *Quaestiones Theosophicae* (Frage 3,2) schreibt Jacob Böhme:

> Der Leser soll wissen, daß in Jah und Nein alle Dinge bestehen, es sey Göttlich, Teuflich, Irdisch, oder was genannt mag werden. Das Eine, als das Jah ist eitel Kraft und Leben, und ist die Wahrheit GOttes oder GOtt selber. Dieser wäre in sich selber unerkentlich, und wäre darinnen keine Freude oder Erheblichkeit, noch Empfindlichkeit ohne das Nein. Das Nein ist ein Gegenwurf des Jah, oder der Wahrheit, auf daß die Wahrheit offenbar, und etwas sey, darinnen ein *Contrarium* sey, darinnen die ewige Liebe wirckend, empfindlich, wollende, und das zu lieben sey.

Es handelt sich also um einen Widerstreit des göttlichen Ja und seines lügnerischen »Gegenwurfs«. Das Teuflische ist der schwarze Hintergrund, von dem sich die Wahrheit um so strahlender abhebt. Die drei von Böhme anfangs genannten Adjektive lassen einen dialektischen Hintergedanken vermuten, als ergäbe sich das Irdische aus dem Kampf zwischen dem Göttlichen und Teuflischen. Es kann aber sein, daß ich diese manichäische Dialektik nur hineinlese. Der Allmächtige braucht ja keinen Schleifstein: er ist der sich an sich selbst schärfende Wille. Daß die Destillation des Irdischen aus der sich ewig erneuernden Mischung von Göttlichem und Teuflischem ein Besserwerden, einen Fortschritt garantiere, sagt Böhme nicht.

Auch ein philosophisch Mindergebildeter weiß von Hegels geschichtsphilosophischen Überlegungen, die, denke ich, nicht sehr ferne sind von Böhmes Eschatologie. Böhme stand in hohem Ansehen bei Hegel, der ihn als den ersten deutschen Philosophen schätzte. Für Hegel hatte Gott offenkundig die gemäßigten Vorstellungen des gebildeten deutschen Bürgertums aus der Zeit der Heiligen Allianz übernommen und begünstigte eine langsame Amelioration des menschlichen Zustands. Wenn Position und Negation immer wieder zu deren Aufhebung als Synthese führen, wie steht es mit dieser, wertmäßig oder ethisch, mit Bezug auf jene beiden? Ist es eine Aufhebung in jedem Sinne des Wortes – also *excelsior!* –, so haben wir den Fortschrittsgedanken des 19. Jahrhunderts. Was aber, wenn die Synthese ein Rückschritt ist, eine Verschlechterung? Ist es zum Beispiel denkbar, daß seit etwa 1500 die historischen Kompromisse zunehmend fauler wurden? Seit dem Höhepunkt der Renaissance und besonders seit der Entdeckung Amerikas hatte die westliche Menschheit angefangen, sich immer wohliger zu strecken: es war eine Lust zu leben, *iuvat vivere*. Anfangs war es das wirklich, und für noch bedeutendere Männer als Ulrich von Hutten. Dennoch glaube ich, daß es zu jener Zeit war, als die Richtung des Wandels sich veränderte; ein Vorgang, der begleitet war von Entfremdung und einem zunehmenden Verlust der Menschlichkeit.

Wenn der Mensch aufhört, seiner Schwäche bewußt zu sein, beginnt sein Untergang. So ist es gewiß kein Zufall, daß das auch ungefähr der Zeitpunkt war, als die moderne Naturwissenschaft begann. Der Mensch war gleichsam aus der Natur hinausgefallen, nicht mehr ein Teil von ihr, begierig, sie zu erforschen und auszunützen. Das *meta* hatte die Metaphysik verlassen und wurde allmählich vom *super* ersetzt, einer Präposition, die sich als verhängnisvoll erweisen sollte. Der Übermensch wurde zum Unterteufel.

Verwandte Texte: I, J, L, P, T

EUROPA, ENTFÜHRT, VERFÜHRT

Nie habe ich mich so sehr als Europäer gefühlt wie zu jener Zeit, da ich zum ersten Mal amerikanischen Boden betrat. Das war im Jahre 1928. Schon damals hatte ich den Eindruck – und er hat sich seither enorm verstärkt –, daß die gesamte neuere Weltgeschichte nicht viel mehr ist als die Schilderung der Selbstzerstörung Europas. Ich hatte Spengler zu lesen versucht und ihn mit jugendlichem Ekel weggelegt, denn ich bin ein kleiner Mann, und selbst die pompösesten Visionen, unlegitimiert durch hinreichende moralische und geistige Schwerkraft, scheinen mir fragwürdig. Außerdem war ich unter dem Einfluß Theodor Haeckers, der, wie auch manche anderen, Spengler sehr eindrucksvoll demoliert hatte. Schon der Umstand, daß der »Untergang des Abendlandes« ein Bestseller war, hatte ihn mir verdächtig gemacht. »Deep-frozen instant prophecy« erzeugt Schüttelfrost: es war die Apokalypse des Johannes, unter Auslassung des Johannes. Auch die späteren, besser fundierten Arrangements von Arnold Toynbee machten wenig Eindruck auf mich.

Ich war also unverbesserlich eurozentrisch, und bin es in den folgenden sechzig Jahren geblieben. Heißt das, daß ich Mißbehagen empfinde vor der großen Welt und mich nur wohl fühle unter den zugleich unterwürfig und dummarrogant lächelnden, von ihrer Nichtswürdigkeit überzeugten Bewohnern des alten Kontinents? Das Mißbehagen stimmt, von Wohlgefühlen kann keine Rede sein. Da ich jedoch den Epikur anders auslege als die meisten, beklage ich mich nicht über diesen Zustand.

Selbstverständlich bin ich nicht unvertraut mit der Tatsache, daß Europa ein kleiner Weltteil ist verglichen mit dreien von den vier andern; daß die weißen Rassen von den anderen an Zahl weit übertroffen werden; daß es Kulturen gegeben hat und gibt, die nichts zu tun haben wollen mit jener gewesenen Kultur, die Europa einst groß gemacht hat; und daß auch die meisten Europäer sich einen Teufel darum scheren. Sie sind die selbstverschuldeten Opfer eines Wasserklosett-Imperialismus geworden, der, wenn er seine eigenen Installationen instand halten will, bald nach Japan wird telephonieren müssen. Amerika ist voll von Fachleuten, daher kann man nichts repariert bekommen.

Wenn ich das preise, was von Europa übriggeblieben ist, tue ich das nicht ohne zu wissen, wieviel mehr verlorengegangen ist. Obwohl ich des Glaubens bin, daß im kosmischen Sinne nichts Entstandenes zugrundegehen kann, noch auch wert ist zugrunde zu gehen – trotz dem Teufel und der Atombombe –, weiß ich sehr wohl, daß es kein Zurück gibt, und daß, was Europa verloren hat, nicht wiederkommen wird. Es handelt sich also um die Frage, ob dieser Erdteil jemals wieder in die Lage zurückkehren kann, etwas zu schaffen, dessen Verlust man bedauern müßte.

Vorläufig sieht es nicht danach aus, denn wir leben im Zeitalter der Amerikanisierung, einer Mangelkrankheit, die sich über die ganze Welt ausgedehnt hat. Ich habe mich oft gefragt, worin diese eigentlich besteht. Gewinngier, Unseßhaftigkeit, Geschichtslosigkeit, Unfähigkeit nachzudenken und Verachtung derer, die es tun – all das hat es wahrscheinlich an verschiedenen Orten zu verschiedenen Zeiten schon gegeben, ohne virulent und epidemisch zu werden. Dazu ist allerdings zu sagen, daß die Amerikanisierung Japans oder Rußlands viel weniger fortgeschritten ist als, sagen wir, die der Bundesrepublik, wo ein Wort gegen Amerika noch übler aufgenommen wird als eines gegen Hitlers Volksgerichte.

Was ich an Europa schätze, sehe ich am besten, wenn ich es als Kontrast betrachte gegenüber dem Land, darin ich wohne. Zuerst also die große Vielfalt, nicht so sehr der

Völker als der Sprachen. Die schönsten Sprachen, Italienisch und Französisch, die ausdrucksvollsten, Russisch und Deutsch, die brauchbarste Sprache, Englisch – und wie viele anderen noch dazu! Es werden in Europa mindestens fünfzig Sprachen gesprochen, die Mundarten nicht mitgerechnet. Halten wir das gegen das eine, in vielen Hinsichten depravierte Englisch, das die hauptsächliche Umgangssprache von Nordamerika ist. (Mit dem Französischen der Provinz Quebec steht es auch nicht besser.) Nicht nur auf seiner Landkarte ist Europa bunt; die Vielfalt seiner Sprachen und Sitten und insbesondere seiner ehemaligen kulturellen Leistungen bietet ein ausgezeichnetes Anschauungsmaterial für das Potential der Menschheit.

Ich weiß sehr gut, daß ich in den Wind rede; oder eigentlich in zwei Winde, einen überaus starken aus dem Westen, einen schwächeren aus dem Osten. (Was diesen betrifft, betrachte ich allerdings Rußland als einen Teil Europas.) Man macht sich, scheint mir, kaum einer Übertreibung schuldig, wenn man sagt, daß der hochzivilisierte Teil der Menschheit von den Leistungen lebt, die Europa in dreitausend Jahren aufgehäuft hat, während der andere Teil darunter leidet. Es hat hochentwickelte Kulturen gegeben – China, Japan, Indien –, die sich lange vor dem drängenden Einfluß Europas zu schützen verstanden; jetzt aber, da die Vereinigten Staaten als Europas Konkursverwalter auftreten, machen sie mit. Das waren allerdings Kulturen, die den Kulturimperialismus und die kolonialistische Proselytenmacherei Europas nicht nachgeahmt haben.

Seit die schöne Europa von Zeus, dem Stier, nach Kreta entführt und zur Mutter der beiden großen Totenrichter gemacht wurde, ist viel Unrat in die Wässer geflossen. Ob die Königstochter aus Tyrus ihren Namen dem Erdteil geschenkt hat, ist ungewiß; aber es bleibt ein wohlklingender Name, solange man ihn nicht als »Júrop« ausspricht, wie es die Engländer tun. Schon vor Herodot wurde der Name für Hellas angewendet und breitete sich dann allmählich auf den ganzen Erdteil aus. Ein Identitätsgefühl, das einem sagte, man sei Europäer, hat es wohl vor dem 18. Jahrhundert kaum gegeben, und dann wurde es von den aufkommenden Nationalismen bald verdrängt. Viel eher wurde die Vielfalt des Kontinents, die Zersplitterung betont. Die Entstehung solcher Slogans wie »Paneuropa« oder »Mitteleuropa« erfolgte erst im gegenwärtigen Jahrhundert; wie es für Slogans im allgemeinen gilt, waren diese ein Zeichen, daß es den Begriff, den sie beschreiben sollten, kaum mehr gab.

Gerade durch die sogenannte Amerikanisierung, die zumindest den westlichen und den zentralen Teil Europas überzogen hat, ist es mir jedoch klar geworden, daß es so etwas gibt wie »den Europäer«. Definierbar ist dieser Begriff nur durch sein Verschwinden, ähnlich dem Wort »Leben«, dessen Wesen eigentlich nur durch seinen Gegensatz, den Tod, beschrieben werden kann. Ein nach Amerika auswandernder Europäer merkt sehr bald, daß es das erste Erfordernis ist, daß er sich enteuropäisiere. Bis dahin ist man ein »greenhorn«. Der Ritus der Außerkraftsetzung dieses unwürdigen Prädikats ist mir nie wissentlich zuteilgeworden. Wer *Peer Gynt* kennt, entsinnt sich der Höhle der Trolle.

Ein witziger Kopf hat einmal von England gesagt, daß es hundert Sekten besitze, aber nur eine Sauce. Nicht nur in dieser Beziehung haben die Vereinigten Staaten Englands Erbschaft angetreten. Allerdings verkaufen sie die Einheitssauce unter hundert verschiedenen Namen. So wie Henry Ford, einer der Gründer der amerikanischen Mythologie, von seinem Model T Wagen sagen konnte: »You can buy it in any color, as long as it is black.« Eintönigkeit ist eines der hauptsächlichen Charakteristiken des Landes: selbst die Leichen grinsen.

Wer sein Gesicht nicht in die Falten einer verlogenen Fröhlichkeit legen kann, bleibt ein »greenhorn«. Ich würde Amerika als das Land beschreiben, für das ein heiliger Augustinus oder ein Pascal nicht geschrieben haben kann. Fast alle großen Europäer sind in Amerika undenkbar. Allerdings sind sie es auch im heutigen Europa; weshalb ich betonen muß, daß meine Lobpreisung zugleich ein Trauergesang ist: die Epopöe als Threnodie. Denn sind die beiden soeben Genannten in was immer für einer Verkleidung jetzt vorstellbar? Kann ich es für möglich halten, daß irgendeiner unter den großen Malern, Bildhauern, Komponisten, Dichtern, Schriftstellern, Wissenschaftern, die die Ehrenrolle Europas seit Jahrtausenden illustriert haben, im jetzigen Europa – ja in der gegenwärtigen Welt – funktionieren könnten? Ich sehe nur eine Ausnahme: die Heiligen. Die gibt es vielleicht noch immer, denn sie sind bei Lebzeiten unerkennbar. Das Heldentum hingegen hat sich Europa wahrscheinlich abgewöhnt. Was davon noch übrig ist, im Terrorismus, darüber wage ich kein Urteil.

Man hört oft die Klage, die europäischen Länder seien durch die fürchterlichen, nicht wiedergutmachbaren Verluste der letzten achtzig Jahre derart ausgelaugt worden, daß keine Regeneration zu erhoffen sei. Obwohl vorläufig wenig Anzeichen für die Unrichtigkeit dieser Ansicht bestehen, halte ich sie doch für falsch. Es gibt noch immer viel mehr ursprüngliche geistige Kräfte in Europa als in Amerika, das, wie ich es sehe, in einem dauernden Starrkrampf von Reklamelärm, Unbeteiligtheit, Geschichtslosigkeit und Anpassungsdruck verweilt. Ich setze meine Hoffnung auf die Völker, die noch weinen können, denn diese haben Sprachen, in denen man noch dichten kann. Das gleiche gilt für alle anderen geistigen Schöpfungen. Es ist daher nicht unmöglich, daß die Wiederauferstehung Europas den slawischen Völkern zu verdanken sein wird.

Die Dummheit, mit der das nationalsozialistische Regime die Lehre von den verschiedenen Untermenschen verkündete, hat die Verschmutzung des Europagedankens sehr gefördert. Ein ganzes Volk ist darauf hereingefallen. Als wenn ein flinkes Bürotempo und ein fixer Produktionsgeist den Gipfel menschlicher Leistungen darstellten. Da sich Herrenmenschen besonders leicht in gehorsamste Diener verwandeln – wenn sie nicht verachten können, müssen sie bewundern –, hat der fehlgeschlagene Unterdrückungsdrang nicht wenig zur falschen mythischen Gloriole Amerikas beigetragen.

Europa kann wiedererstehen, wenn jedes europäische Volk seine eigene Sprache ehrt. Aus den Sprachen kommt die Gesundung, und nicht nur der Literatur. Braque hätte nicht so gemalt, Bartók nicht so komponiert, wären ihre Muttersprachen nicht Französisch bzw. Ungarisch gewesen. Amerika leidet schwer darunter, daß eine verarmte Sprache für so viele Menschen reichen muß. Hier kommt den Kindern die Muttersprache aus den Fernsehgeräten, und sie wachsen auf als Konsumenten. Vielleicht gibt es in Europa noch minderbemittelte Nationen, die den Verblödungsluxus nicht ganz mitmachen können, und auf die würde ich meine Hoffnung setzen. Es kann aber auch sein, daß diese Hoffnung nur meiner verblendeten Unkenntnis zuzuschreiben ist.

Was ist also ein Europäer, wie verstehe ich mich als noch immer dazugehörig? Globale Definitionen eines Volkes, einer Rasse, eines Erdteils haben stets etwas Unsinniges; sie schmecken nach Statistik und treffen auf alle mehr zu als auf irgendeinen einzelnen. Dennoch will ich es versuchen. Tradition ist eine lebende Erinnerung an die ferne Vergangenheit, und meine Vorstellung von einem Europäer ist die von einem Menschen, der sich die Traditionen nicht hat aus dem Herzen reißen lassen. Er widersteht allen Versuchen, ihn zu einer charakterlosen Legierung zusammenzuschmelzen. Irgendwie ist er noch immer ein entfernter Verwandter von Dante oder Maimonides, von Mozart oder Goya, von Kierkegaard oder Tolstoi. Er ist eher behutsam als rasch, eher bedachtsam als eifrig; auch ist er nicht besonders fröhlich, wenn kein Grund dazu ist. Er sitzt leicht auf der Erde, denn er weiß, daß sie ihm nicht gehört. Er traut sich vielleicht weniger zu als er vermag, und ist gerne angenehm überrascht. Und wenn er mir eine besondere Freude machen will, kann er neben seiner eigenen Sprache noch zwei oder drei andere.

Sollte jemand auf diese seltsame Aufzählung – mehr utopische Wunschliste als präzise Artbeschreibung – erwidern, die meisten Europäer seien demnach bereits Amerikaner, so wäre ich nicht erstaunt. Denn ich weiß, daß Greshams Regel auch im Sozialen gültig ist. Trotzdem ist es besser, die Hände in den Schoß zu legen und auf den Messias zu warten, als sich die Fernsehserie »Dallas« anzuschauen.

Verwandter Text: N

Freiheit

Woher kommt es, daß ich mich während meines ganzen Lebens niemals frei gefühlt habe?

Die unseligen Hebammen eines verhatschten Ichbewußtseins, die Psychologen, Psychoanalytiker und Psychiater, werden gewiß eine Antwort haben oder vielmehr, je nach der Couleur ihrer Aushängeschilder, zahlreiche einander ausschließende Antworten. Da ich für die Diagnosen nichts bezahlen will, werden sie mir hoffentlich vorenthalten bleiben. Außerdem war meine Frage ohnedies rhetorisch, obwohl der Rhetor gewöhnlich die Antwort auf seine Frage zu wissen glaubte, während das bei mir nicht der Fall ist.

Der bedauernswerte Schwebezustand, in dem ich mich in Sachen Freiheit befinde, mag zum kleinen Teil daher stammen, daß ich viele Jahrzehnte im anglo-amerikanischen Sprachraum verbracht habe. Ich entsinne mich noch meiner anfänglichen linguistischen Verwirrung, als ich merkte, daß dem einen Adjektiv *free* zwei Substantive entsprachen: *freedom* und *liberty*. Der vielleicht nicht ganz unsinnige Ausruf »Who cares about liberty? Give me freedom!«, wie sollte der ins Deutsche oder Französische übersetzt werden? Den naheliegenden Einwand, daß ich nicht zu wissen scheine, was ein Synonym ist, weise ich zurück. Wenn man genau zusieht, gibt es nämlich keine Synonyme, ganz besonders nicht bei einem so wichtigen Begriff wie Freiheit, der ja mehr ist als Spatz und Sperling.

Um es kurz zu sagen: ich kam bald zu dem Gefühl, daß ich in Amerika zahlreiche »liberties« besaß, aber kein »freedom«. Jene können nämlich politisch und verfassungsmäßig verliehen (und leider auch zurückgenommen) werden, dieses (»freedom«) nicht. Nachdem also das Englische seine nicht unnützliche Verwirrungsfunktion erfüllt hat, kann ich es verlassen und von Freiheit und Unfreiheit sprechen; nicht ohne die Vermutung, daß ich mich wahrscheinlich nirgendwo anders freier gefühlt hätte. Was ich hier schreibe hat wenig mit dem Wohnort zu tun.

Ich bin, so sagt man mir, ein freier Bürger und darf zwischen je zwei mir angebotenen Männern oder Frauen, die die verschiedenen zur Wahl stehenden Ämter anstreben, auswählen. In manchen Ländern stimmt man für Parteilisten, aber in Amerika sind die Parteien eigentlich nur Büros zwecks Finanzierung ihrer sich einzeln um die Wahl bemühenden Anhänger. Auf alle weiteren sehr wichtigen Funktionen der sogenannten Parteien (Korruption, Nepotismus usw.) habe ich nicht den geringsten Einfluß. Die direkten Abstimmungen durch das Volk finden unter sehr komischen Umständen statt, die ich schon an andern Orten beschrieben habe. In all den langen Jahren habe ich nie den Eindruck gehabt, daß meine Stimme irgendeinen Wert oder Einfluß hat, so daß ich oft gesagt habe, ich sei frei zu wählen zwischen Typhus und Cholera. In Byzanz waren die Zirkusrennen sicherlich unterhaltender.

Da die Philosophie eine der Wissenschaften ist, die schon sehr früh für Fachleute reserviert waren – es war aber anfangs nicht schwer, ein Fachmann zu werden –, ist über den Begriff der Freiheit so viel meditiert und geschrieben worden, daß zehn Professorengehirne nicht ausreichten, alles zu fassen. Ich kann nicht einmal ein einziges solches Gehirn offerieren und halte mich lieber an mich selbst, ohne fachliche Handauflegung. Zum Zwecke der Vereinfachung spalte ich mich in zwei Teile: zuerst, wie es sich gehört, der Beruf und dann der Mensch. Von Beruf bin ich, wie die Schweizer sagen würden, alt Biochemiker. Wenn man alt Bürgermeister ist, so heißt das, daß man einmal Bürgermeister war, aber beileibe nicht mehr ist. Wissenschafter sind mit einer fachlicheren Dauerhaut bekleidet, so daß ihr Beruf an ihnen kleben bleibt bis an ihr Lebensende, selbst wenn sie alles vergessen haben, was dazugehörte.

In den Wissenschaften ist der Begriff der Freihheit zwielichtig. Früher hätte man sagen können, daß der Naturforscher frei war in der Wahl seiner Themen. Das traf bis zu einem Grade zu, solange es kleine Wissenschaft gab und die Forschung sehr wenig kostete. Selbst damals war der Forscher nicht völlig ungebunden: wollte er seine Entdeckungen aufbewahrt und weitergegeben wissen, so mußte er sich um ihren Abdruck bemühen; und das allein beschränkte schon seine Freiheit in der Wahl des Forschungsobjekts. Bereits in der Mitte des vorigen Jahrhunderts waren die Herausgeber der Zeitschriften und die Verleger von Broschüren nicht mehr für alles zu haben. Trotzdem kann man bei der Durchsicht alter Bibliographien nicht umhin darüber zu staunen, was alles damals gedruckt werden konnte. Wir leben in geistig viel zimperlicheren Zeiten.

Konsens ist fast immer Nonsens. Dennoch kann man die Diktatur des Konsenses, unter der wir leben, nicht überschätzen. Die dadurch bedingte Unfreiheit wird jedem Naturforscher klar, der in der gegenwärtigen Epoche der großen Wissenschaft wirken muß. In den meisten Disziplinen kann er ohne viel Geld nichts machen, und dieses kommt vom Staat, von Stiftungen oder von der Industrie. Der Antrag um Unterstützung, den er stellt, muß einen ausführlichen Plan enthalten, worin das meiste, was er zu entdecken hofft, bereits genau beschrieben ist. Dieses Erfordernis zwingt ihn zu analogischem Denken und trägt viel zur Monotonie des gegenwärtigen Forschungsbetriebes bei. Eines jeden Antragstellers Gesuch unterliegt der Begutachtung eines aus »seinesgleichen« zusammengesetzten Komitees – aber gibt es für irgendeinen denkenden Menschen »seinesgleichen«? Außerdem würde ich auf Grund unerlaubter Statistik voraussagen, daß in einem Ausschuß von fünf Experten mindestens einer ein Esel sein wird und einer ein schlechter Kerl. Worauf es hinausläuft, ist, daß ein Antrag, der außerhalb des Bereiches der gerade herrschenden Forschungsmoden liegt, viel weniger Chancen hat, angenommen zu werden als einer, der jenen entspricht. Hat der Bittsteller einmal sein Geld, so ist er Herr (mit Verfallszeit), aber frei ist er noch lange nicht. Die vielen Zwänge, denen er unterliegt, aufzuzählen, wäre langweilig; selbst wenn er diesen widersteht, bleibt der Forscher Sklave seines schlechten Gewissens, eines Schuldbewußtseins, das ihm immer vorwirft, er habe nicht genug getan, er sei dem ihm erteilten Auftrag nicht gerecht geworden. Schuld, Vorwurf, Auftrag: diese gehören aber nicht mehr zu meiner ersten Kategorie, der des Berufs, sondern zu meiner zweiten, der des Menschen.

Bei Lichtenberg, diesem gescheiten Mann – nur wenn es zu den Juden kam, zerschellte seine helle Vernunft, wie übrigens auch die Voltaires –, also in Lichtenbergs Notizen finde ich zwei, die ich hersetzen möchte.

> Wie sind wohl die Menschen zu dem Begriff von Freyheit gelangt? Es ist ein großer Gedancke gewesen. (J 261)

Er ist demnach voller Bewunderung, sagt aber nicht, daß er den »großen Gedancken« teilt. Den Grund dieses Schweigens erläutert die zweite Notiz.

> Daß zuweilen eine falsche Hypothese der richtigen vorzuziehen sey sieht man aus der Lehre von der Freyheit des Menschen. Der Mensch ist gewiß nicht frey, allein es gehört sehr tiefes Studium der Philosophie dazu sich (durch) diese Vorstellung nicht irre führen zu lassen; ein Studium, zu welchem unter tausend die nicht die Zeit und Gedult haben, und unter 100 die sie haben, kaum einer den Geist hat. Freyheit ist daher eigentlich die bequemste Form sich die Sache zu dencken und wird auch allezeit die übliche bleiben, da sie sehr den Schein für sich hat. (J 263)

Wie ich schon anfangs betont habe, bin ich durchaus auf seiten Lichtenbergs. Goethe, den ich auch gerne befrage, machte es sich vielleicht etwas zu leicht. Am 20. Juni 1827 sagte er zu Kanzler von Müller:

> Freiheit ist nichts als die Möglichkeit, unter allen Bedingungen das Vernünftige zu tun. Das Absolute steht noch über dem Vernünftigen. ...

Dabei fürchte ich, daß er mit dem über der Freiheit stehenden »Absoluten« nicht etwa an den Glauben dachte, sondern an die gekrönten Häupter, vor denen er so gerne den Hut zog. Außerdem könnte man sich die Bemerkung gestatten, daß zur echten Freiheit auch die Möglichkeit gehöre, das Unvernünftige zu tun; abgesehen davon, daß es nicht klar sei, wer über Vernunft und Unvernunft zu bestimmen habe. Übrigens ist die Wendung »nichts als« die letzte Zuflucht des Reduktionisten und somit verdächtig, denn wo dieses »nichts« ist, befindet sich gewöhnlich auch etwas Ungenanntes, vielleicht nicht Nennbares. Von den beiden am Balken des falschen Gleichheitszeichens hängenden Waagschalen ist die linke meistens viel schwerer als die rechte.

Wenige Schreiber von Aphorismen haben die Gabe des Geradedenkens zu solcher Schärfe, und meistens auch zu solcher Witzigkeit geschliffen wie Chamfort. Hier ist einer seiner gar nicht scherzhaft gemeinten Aussprüche.

> Fast alle Menschen sind Sklaven, und zwar aus dem Grund, womit die Spartiaten die Knechtschaft der Perser erklärten, nämlich, daß diese es nicht vermochten, die Silbe *Nein* auszusprechen. Dieses Wort aussprechen und allein leben zu können, sind die beiden einzigen Mittel, um Freiheit und Charakter zu bewahren.

Als behördlich approbierter Neinsager in vielen Lebenslagen darf ich mir die Bemerkung erlauben, daß dieses nützliche Adverb allein nicht ausreicht. Zwar vermag es viel, aber wer versucht, es dem Hausherrn, der Telephongesellschaft oder gar der Steuerbehörde entgegenzuschleudern, wird bald merken, was die Grenzen seiner Freiheit sind. Es gibt nur ein vollgültiges Nein, und das ist der Selbstmord.*

Wie es früher gewesen ist, kann ich nicht wissen. Aber ich glaube, daß man immer dazu geneigt hat, politische Freiheit (»liberty«) mit menschlicher Freiheit (»freedom«) zu verwechseln. Das politische und daher statistische Konzept – Presse-, Versammlungsfreiheit, freie Wahlen usw. – vergißt, daß der Mensch ein Einzelwesen ist, so geboren, so gestorben. Trotz allem Geschrei denke ich, daß es wenig Selteneres auf Erden gibt als einen wahrhaft freien Menschen, denn dazu gehört eine geistige Kraft, wie ich ihr nie begegnet bin. In dem Zeitraum und in den Ländern, in denen mein Leben verstrich, hatten die Menschen die Kraft zur Freiheit verloren. Selbst die Fähigkeit zu ermessen, was Freiheit bedeutet, ist ihnen abhanden gekommen. Das hindert die Leute, dort wo ich lebe, nicht, sich dreimal im Tag mit diesem großen Wort den Mund zu spülen.

Mir hingegen bin ich selbst nie frei erschienen. Freiheit heißt, bei genauer Betrachtung, sein eigener Sklave sein, ein Knecht seiner Geschaffenheit. Gewissen, Reue, Erinnerung, Tradition, Verpflichtung, manchmal auch Glaube, Liebe, Todesbewußtsein – alles Fesseln, die stärker binden

* Chamfort wußte das sehr gut. Als er, der ursprüngliche Anhänger der Revolution, zur Zeit des Terrors erkannte, was auf ihn wartete, brachte er sich sehr schwere Verletzungen bei, an denen er schließlich starb. Freunde, die ihm gleich nach seinem Selbstmordversuch beistanden, haben seine Worte überliefert. Dem Polizeikommissär, der ebenfalls herbeigeeilt war, diktierte Chamfort eine Erklärung, die mit den Worten endet: »Je suis un homme libre, jamais on ne me fera rentrer vivant dans une prison.«

als je eine Kette. Lichtenberg hat recht: Freiheit ist ein großer Gedanke, aber für die meisten von uns ist es auch nur ein Gedanke geblieben. Ich weiß nicht einmal, ob ich es mir anders wünschen möchte.

Verwandte Texte: D, J, L, O, U

Gepufferte Seelensuspensionen

Vor einigen Jahren, nach einem Vortrag, den ich in Wien hielt, wurde mir ein Manuskript überreicht, in dem der Verfasser sich Gedanken über das Geheimnis der Zeugung menschlicher Wesen machte. Wie groß, wie unergründlich, sagte er, sei das Wunder, daß von den unzähligen Samenzellen seines Vaters gerade diejenige das Ei der Mutter befruchtete, in der das Rezept seines Ich enthalten war.

Ich versuchte, in die Gedankengänge des Autors einzudringen, kann aber nicht behaupten, daß es mir ganz gelang. Irgendwie schien mir die Frage schief gestellt, vielleicht infolge einer Überschätzung des Informationsgehalts, der in den väterlichen und mütterlichen Chromosomen enthalten ist. Das Wunder selbst leugnete ich nicht, aber ich sah es viel mehr in der Menschwerdung als in der Ichwerdung. Dabei mag eine vage Erinnerung fortgelebt haben, eine Erinnerung an einen komischen Text von Mark Twain, den ich als Bub gelesen hatte. Darin stellte er die Behauptung auf, er sei eigentlich sein eigener Zwillingsbruder, dieser aber sei er, Mark Twain. (Vielleicht täuschte mich diese Erinnerung aus meiner Kindheit, aber ich habe keine Gelegenheit gehabt, sie zu überprüfen.)

Dennoch lohnt es sich vielleicht eine Bemerkung zu machen. Wie schon der Titel andeutet, handelt dieser Text unter anderem von der jetzt so modisch gewordenen »künstlichen Befruchtung«, also den leider als Retortenbabys bezeichneten Produkten. Dabei wird unter konstanten Bedingungen ein Ei mit einer großen Anzahl von Spermatozyten in Berührung gebracht und, wenn man Glück hat, wird es befruchtet. Auf den ersten Blick erinnert dieser Vorgang den Chemiker an Experimente, die er ganz am Anfang seines Studiums gemacht haben mag. Silberchlorid ist eine sehr unlösliche Substanz. Um es herzustellen vermischt man gewöhnlich eine Lösung von Silbernitrat mit gelöstem Natriumchlorid (Kochsalz). Ist das letztere im Überschuß, so wird alles Silber gefällt werden; wenn das nicht der Fall ist, wird nur ein Teil des Silbernitrats in das unlösliche Silberchlorid verwandelt. Da wir mit Recht annehmen, daß ein Silberion jedem andern völlig gleicht, werden wir nicht sagen können, das Chlorion habe das zu ihm passende Silberion ausgewählt, um sich mit ihm zu vereinigen. Wir werden den unvollständigen Fällungsvorgang als völlig dem Zufall überlassen betrachten. Aber haben wir das Recht, alle Spermatozyten als einander völlig gleichwertig anzusehen? Könnte es nicht sein, daß das Ovum eine zu ihm passende Samenzelle auswählt, während ein anderes Ei eine andere Keimzelle bevorzugt hätte? Wenn das wirklich so ist, erscheint das anfangs erwähnte Wunder noch größer und unergründlicher; und der Befruchtungstechniker hat vielleicht viel mehr Vorsehung gespielt als er denkt.

Alles, oder das meiste, was mit dem Leib zusammenhängt, mit seinen Funktionen und seiner Gestalt, ist gewiß den Erbanlagen zuzuschreiben. Der hohe Wuchs, das krause Haar, das spitze Kinn, die Adlernase, aber auch die Hämophilie oder die Zystinurie, sind – durch Zusatz, Weglassung oder Veränderung – von dem in den gepaarten Chromosomen enthaltenen »Text« bedingt. Obwohl selbst hier die Einschränkung gemacht werden muß, daß die Untersuchung und die Beschreibung der bunten Glassplitter eines Kaleidoskops uns keinen Aufschluß darüber geben können, welches Bild uns die erste oder zweite Erschütterung des Spielzeugs vermitteln werde. Wir sind alle vertraut mit der Reichweite und den Grenzen der Familienähnlichkeit; und es gehört wenig Sehergabe zu der Voraussage, daß die aus der Samenbank von Nobelpreisträgern bezogenen und zur künstlichen Befruchtung verwendeten Spermien kaum die Vererblichkeit von Nobelpreisen bekräftigen werden. (Da die Produkte dieses dummen Unterfangens das Mindestalter für derartige Auszeichnungen wahrscheinlich noch nicht erreicht haben, muß man also noch ein wenig warten. Was bei der Paarung von Geiern und Gänsen herauskommt, könnte man allerdings auch ohne Experimente vorhersagen.)

Vor der Natur, könnte man sagen, sind alle Ich ein Nichts und ein Schatten. Sie kennt nur das Sie und das Er. Unterhielte die Natur einen Katalog von allen Ameisen und Bienen und also auch von allen Menschenwesen, sie würde sich wenig scheren um die Individuation. Die Zwecke des Naturforschers und der Natur sind gewiß nicht die gleichen. Das edle Ich desjenigen, der sein Leben ihr gewidmet hat, muß, denke ich, die Natur kalt lassen. Ihre Wucht, ihr Kochen und Strömen sind von einer andern Dimension als der der Mikrowelt, worin die an ihr Herumpatzenden sich aufhalten.

Ob das Bewußtsein, man lebe und man sei Ich, ein und dasselbe sei, wage ich nicht zu entscheiden. Noch auch kann ich sagen, daß die unzähligen psychologischen und sonstigen Untersuchungen an Kindern viel Eindruck auf mich gemacht haben. Leben ist ein Gespinst, das plump wird unter den plumpen Fingern der es Betastenden. Vielleicht gibt es viele Dinge auf der Welt, für die wir zu schlau sind; aber das Leben ist gewiß nicht darunter. Wie ich schon früher gesagt habe: dem Lebendigen fehlt das Organ für die Erforschung seiner selbst. Große Dinge hat der Intellekt des Menschen vollbracht: er hat Reiche erbaut, von denen frühere Menschen nicht nur nicht hätten träumen können, sondern vielleicht auch nicht hätten träumen wollen. Aber mit dem Wissen kam der Übermut. Am Rande von Vulkanen die Angel auszuwerfen ist gefährlich.

So ist zum Beispiel den begeisterten Fischern das, was

frühere Zeiten die Seele nannten, durch die Finger geschlüpft; und da es nichts geben kann, was die von ihnen ausgeworfenen kunstgerechten Netze nicht zurückhielten, hat der Begriff der Seele seine Seele ausgehaucht. Was zurückblieb war die Psyche, eine befingerbarer Schleim, schlüpfrig in jedem Sinne, jedoch ein willkommener Gegenstand ausgebreitetster Forschung. Wobei allerdings noch immer nicht klar ist, ob sie ein Gewicht hat, diese Psyche, wie alles Chemische.

Das Leben ist jedoch unwägbar. Es ist, was die befruchtete Zelle anspringend, sie zum Embryo und Fetus macht; es ist, was verhaucht, wenn das Lebewesen zum Sterbewesen wird. Unwägbarkeit ist in der Tat das einzige offenkundige physikalische Attribut des Lebens. Über den Anfang des Menschen und sein Ende war immer ein Schleier gebreitet, ein Schleier der Scheu und manchmal auch der Hoffnung. Das ewig Dunkle, das Unerforschliche schien dem Leben der Menschen eine Erhöhung zu verleihen. Es war ein Akkord, der den Lärm der Alltäglichkeit gleichsam veredelte. Ich weiß nicht, ob es noch viele Leute gibt, die diesen Akkord hören können.

Aber kann man behaupten, daß noch jetzt etwas bestehe, das man das Unerforschliche nennen könnte? Ein der Gesellschaft nicht bewußter Verengungsprozeß hat sie dazu gebracht, nur das als existent zu betrachten, was untersucht werden kann. So kann der in einem Riesenlabyrinth Umherirrende sich dieses wohnlich machen, indem er erklärt, er befinde sich nicht in einem ausweglosen Knäuel, sondern in einem von ihm und seinesgleichen errichteten Ziergarten, worin man sich sehr wohl einrichten könne.

Die Verwegenen, also die Naturforscher, werden allerdings behaupten, nichts auf der Welt sei unerforschlich, solange das Instrumentarium immer mehr verfeinert werden könne. Daß solches Verfeinern, solches Schärfen und Schleifen, gerade zu einer Verrohung unseres Weltbildes führen müsse, werden sie natürlich leugnen. Hat es sich doch herumgesprochen, daß die Flucht in das ewig Kleinere einem Triumphzug gegen die Natur gleichkomme. Wie weit die Kluft ist, die sich zwischen Anspruch und Erfüllung öffnet, ist mir, besonders in den letzten Jahren, klargeworden, wenn ich über die mir abscheulich erscheinenden Versuche über künstliche Befruchtung und Zeugung menschlicher Wesen gelesen habe. Denn ich gewann den Eindruck, daß hier ein verhängnisvoller Sprung erfolgt war.

Alles hat wie immer ganz klein angefangen. (Überhaupt kann ich mir den Teufel nur trippelnd vorstellen; dennoch kommt er unglaublich schnell voran.) Es handelte sich darum, ein paar »armen«, aus physiologischen Gründen kinderlosen Eltern zu Kindern zu verhelfen. Der Ton liegt auf »arm«, auf »bedauernswert«. (Bedauernswert und arm werden sie häufig erst nach der Bezahlung des Gynäkologen.) Ist es nicht die heilige Aufgabe des Arztes, seinen Patienten zu helfen? Ja und Nein. Daß ich für mein Teil kosmetische Operationen am Schicksal des Menschen nicht zu diesen heiligen Aufgaben rechne, stempelt mich wahrscheinlich zum Mitglied einer winzigen Minorität. Jedenfalls kann der so unglaublich geschickte Medizinmann des allgemeinen Beifalls von seiten der die Erde bevölkernden motorisierten Neanderthaler gewiß sein, wenn er das Ovum der früher zur Unfruchtbarkeit verdammten Frau unter strikt eingehaltenen biochemischen Bedingungen (Sterilität, Wasserstoffionenkonzentration, Zusammensetzung der Nährlösung usw.) mit der Keimzelle des Mannes im Glasschälchen befruchtet und das – häufig frecherweise als Präembryo bezeichnete – Produkt nach einigen Tagen einer zu diesem Zweck gemieteten Frau einverleibt. Deren

Gebärmutter wird es dann nach neun Monaten den hoffentlich wohlhabenden »Eltern« überreichen. Jetzt hat es einen Namen; ein paar Jahre werden es die Kinderärzte schon vorwärtsbringen; und wenn sich später Schäden zeigen, die auf die ursprüngliche, weiß Gott nicht übertrieben natürliche Behandlung zurückzuführen sind, so wird sich kein Mensch mehr daran erinnern, woher das kommen mag.

Ich habe die Bezeichnung »Präembryo« frech genannt, weil in Wirklichkeit niemand weiß, wann das befruchtete Ei zum Menschen geworden ist. Irgendein Kommittee hat sich dummerweise auf vierzehn Tage geeinigt. Vorher ist man also eine Vorstufe und kann viehisch behandelt werden. Erst nach zwei Wochen – die Kommitteemitglieder waren wahrscheinlich dabeigewesen – ist der Anhauch des Göttlichen erfolgt: jetzt ist man ein menschlicher Embryo; man kann zwar noch immer viehisch behandelt werden, aber alle Eintrittspreise sind jetzt verdoppelt, denn es herrscht seelische Hochsaison.

Wie unglaublich roh das alles ist! Denn was eigentlich dahintersteckt ist die Beschaffung von hochinteressantem Material für die biochemische und genetische Forschung. Wie aus einem Einzeller ein Direktor einer Großbank werden kann; wie die geliebten Züge eines Texasmilliardärs sich in seiner vielfachen Nachkommenschaft widerspiegeln können; oder – weniger ironisch gefragt – welches die Schritte der Differenzierung sind, die von einem befruchteten Ei zu dem mit so vielen spezialisierten Organen, mit unzähligen Wirkstoffen, Enzymen usw. ausgestatteten Körper führen – vom Geist gar nicht zu reden: kein Forscher kann leugnen, daß es sich hier um höchst wichtige Fragen handle.

Daher ist es nicht verwunderlich, daß *in vitro* hergestellte menschliche Embryonen ein Material sind, das nicht nur von großer kommerziellen, sondern auch von ebenso hoher, rein wissenschaftlichen Bedeutung ist. Was die erste betrifft, so gibt es bereits Samenbanken, die tiefgefrorene Präparate aufbewahren und liefern. Merkantile Gynäkologen und dem Höchsten zugewandte Forscher können sich in gleicher Weise daraus bedienen. Übrigens höre ich, daß durch Abtreibung gewonne Embryonen und Feten schon seit einiger Zeit als Ausgangsprodukte für kosmetische Präparate verwendet werden. Was für biotechnologische Schlachthäuser aufschießen werden, wenn die kommerzielle Erzeugung menschlicher Embryonen in vollem Laufe ist, ist gar nicht auszudenken. Was sind die Goldzähne und die Seifen der Vernichtungsfabriken der Vergangenheit gegen das, was die wissenschaftlichen Fledderer bei voller Absolution durch die Gesellschaft bald werden zuwegebringen können?

Weil ich als Biochemiker nichts vom Leben verstehe, aber viel von seiner Auslöschung, erscheint mir selbst die reine Forschung über menschliche Embryonen in einem überaus fahlen Licht. Ich würde sagen, daß es Grenzen gibt; Grenzen für die Wißbegierde, für den Forschungs- und Heilungsdrang; Grenzen, die, wenn das Gewissen des einzelnen versagt, von den Völkern gezogen werden müssen.

Es ist nämlich so, daß ich im Gegensatz zu meinen Kollegen, die mir als geschlossene Phalanx gegenüberstehen, an die Existenz dessen glaube, was frühere, weniger aufgeklärte Zeiten die Seele genannt haben. Es ist wahr, kein Naturforscher hat sie in Händen gehabt. Kamen diese jener zu nahe, so verschwand sie. Denn sie ist, wie alles Geheimnisvolle in der Welt – wie das Leben, wie die Schönheit, wie das Glück – nur durch ihr Verschwinden nachweisbar.

Ich denke, es ist eine Unverschämtheit, zwischen zwei

zeitlich getrennten Stufen in der Entwicklung eines Lebewesens zu unterscheiden: zuerst die Belebung, dann die Beseelung des Embryos. Weder über das Leben noch über die Seele können wir irgendwelche wissenschaftlichen Aussagen machen. Da wir aber in einem gedankenlos reduktionistischen Zeitalter leben, wird herumgeschlampt, als hätte man mit Schuhwichse oder Zahnpaste zu tun. Mir scheint es offenkundig, daß das Leben – sei es des Menschen, sei es der Maus – mit der erfolgreichen Vereinigung von Same und Ei beginnt und daß das befruchtete mütterliche Ei von Anfang an ein Lebewesen ist. Wir stehen vor einem Kontinuum, das nicht in Rangsklassen unterteilt werden darf.

Um so verruchter, um so brutalisierender all die Versuche, die man jetzt mit im Glasschälchen erzeugten menschlichen Embryonen anstellen kann. Es wäre besser gewesen, wenn unsere Wissenschafter ihre Finger davon gelassen hätten; denn ich halte die Ehrfurcht vor dem Leben für wichtiger als das Wissen darüber. Erst *verecundia*, dann *veritas*: ohne jene nicht diese.

Verwandte Texte: C, P, Q, R

Heimat, dieses seltsame Wort

I

Wenn man den Leuten sagt, das schöne Wort *Heimat* sei eigentlich unübersetzbar, so sind einige erstaunt; die meisten nehmen es, wie alles, was man zu ihnen redet, stumpf entgegen oder antworten, das gelte für viele deutsche Wörter, wie z. B. das vor kurzem so geläufige Wort Rassenschande. Dieses Wort könne jetzt selbst ins Deutsche nicht mehr übersetzt werden, jedenfalls stehe es nicht im Duden. Wenn ich darauf entgegne, ein großer Teil der jüngsten Vergangenheit fehle im Duden, geläufige Ausdrücke wie Volksgenosse, Volksgerichtshof usw. stehen vorläufig auch nicht darin*, so höre ich, das käme vom Bruch in der deutschen Geschichte, ein Bruch, der gerade dabei sei überklebt zu werden; dann werde das Wörterbuch wieder wachsen und Platz haben für historisch bedeutsame Vokabeln.

Tatsächlich gibt es wahrscheinlich in allen Sprachen zahlreiche Wörter, von denen man sagen möchte, sie seien nicht ohne weiteres übersetzbar. Beim englischen *club* halfen sich andere Sprachen damit, daß sie es direkt übernahmen. Der für Amerika einmal so typische *drugstore* begann dort gerade zu verschwinden, als der Name in riesiger Leuchtschrift die Champs-Élysées oder den Boulevard Saint-Germain in Paris zu erhellen anfing. Auch das groteske Wort *cheeseburger* wartet auf eine adäquate Übersetzung, obwohl es sie nicht verdient. Es gibt eine Unzahl derartiger Beispiele.

Heimat ist aber eine andere Art von Wort. Während der Cheeseburger nichts anderes zu vermitteln braucht, als eine in zwei geschnittene schwammige Semmel, in der ein

---

* Für zumindest ein Wort dieser Art hat der Duden noch immer Platz, nämlich »Sippenhaftung«. Aber da gibt es anthropologische Ausreden, denn die schöne Sitte war auch bei anderen, wenig fortgeschrittenen Völkern üblich.

tiefgefrorener Klops eine Schnitte plastischen Käse umarmt – und das Ganze dann kurz geröstet –, ist der Begriff der Heimat gefühlsgetränkt wie selten einer. Wenn es schon bei der soeben genannten höchst unkulinarischen Spezialität so schwer ist, eine hinreichend wortkarge Entsprechung zu finden, wie kann man es da bei jenem Wort treffen, ohne im Hörer die Kenntnis zahlreicher Schubert- und Schumannlieder und eines großen Teils der besten deutschen Lyrik voraussetzen zu können, von volksgenössischeren Schriften ganz abgesehen? Von den mir bekannten Sprachen besitzt das Russische eine vielleicht ebenbürtige Entsprechung für Heimat, aber da ich nie unter Russen gelebt habe, weiß ich nicht, ob dem Worte »ródina« ein ähnliches Gefühlskolorit eigen ist.*

Wenn ich solche schönen Wörter betrachte wie Gemüt, Heimat, Sehnsucht, Heimweh, verstärkt sich meine Überzeugung, daß es überhaupt keine gültigen Übersetzungen geben kann. Nehmen wir den kleinen englischen Langenscheidt in derselben Reihenfolge. Für Gemüt: mind, feeling, soul, heart, disposition, temper; für Heimat: home, native place, native country; für Sehnsucht: longing, ardent desire; für Heimweh: homesickness. Für das letzte Wort hätte das kleine Wörterbuch auch noch »nostalgia« vorschlagen können.

Es gibt gewiß in allen Sprachen zahlreiche Wörter, die in anderen Sprachen nur durch beiläufige umständliche Umschreibung übertragen werden können. Zum Beispiel fehlt dem Deutschen eine Entsprechung für einen Gefühlskomplex, den das Russische mit *skuka*, das amerikanische Englisch mit *blues*, das Portugiesische mit *saudade* wieder-

* Selbst so abgegriffene Wörter wie *pays* oder *paese* schwingen im Munde eines Franzosen oder Italieners mit einem Unterton, der sie dem deutschen Wort *Heimat* nahebringt. Das gilt besonders für das italienische Wort.

geben: ein Gefühl lässiger Schwermut, trauriger Langeweile, von Sehnsucht und Tränen, man weiß nicht warum. Wenn ein Russe »mne skutschno« sagt, was schwingt da nicht alles mit, was in der Übersetzung »mir ist langweilig« fehlt. So herrscht in allen Sprachen eine halb unterbewußte Halbsynonymik, in der manches Wort zwischen mehreren Zuständen resoniert, die der Sprecher gleichsam traumwandlerisch spürt, ohne sie, zur Rede gestellt, ausdrücken zu können. Nicht nur Synonymie ist da im Spiel, sondern auch Homophonie und vieles andere, so daß im Sichsehnen auch das Sichlehnen, die Tränen und das Wähnen mitschwingen. (Gelangweilte Leser werden sagen, auch das Gähnen.) Ich fürchte allerdings, daß im allgemeinen Verfall unserer Zeit Sprecher, die ihre Sprache *erleben*, im Verschwinden sind. Was aus den Schreikisten niederquillt ist Sprachhäcksel.

II

Obwohl das englische *home* unter anderem auch mit *»Heimat«* übersetzt wird, ist es falsch, wie das Wörterbuch es tut, *homeless* mit »heimatlos« zu übersetzen. Es handelt sich um Obdachlose, deren es leider allein in New York etwa 50 000 gibt. Heimat und »home« sind also keineswegs dasselbe. Die Stadt New York ist voll von Heimatlosen, die über ein hinreichendes Obdach verfügen.

Heimat ist nicht in erster Linie die Wohnung, das Heim. Sie ist der Ort, das Städtchen, das Dorf, manchmal auch die große Stadt, in denen das Kind aufgewachsen ist. Heutzutage ist leider bei uns, den in große Städte mit fremden Sprachen Verschlagenen, die Wohnung, das Dach über dem Kopf – und bei den Glücklichen die Familie – das einzige, was den Namen Heimat verdient. Aber das ist ein spezielles, jetzt gar nicht seltenes Schicksal, auf das ich noch zurückkomme.

Heimat sind die Bäume im Park, im Garten, unter denen das Kind spielte; Heimat ist der Geschmack des Butterbrots, das es in die Schule mitbekam; Heimat ist der Sonntag, an dem die Katzen ein besonderes Gesicht machten; Heimat ist der Boden, in dem die Großeltern begraben liegen; Heimat sind die sorgenvollen Gesichter der Eltern, als sie so groß waren und doch so ratlos. Heimat ist die freie Verantwortungslosigkeit, aber auch der erste Schatten kommender Verpflichtung; Heimat ist die Angst, daß sie zu Ende geht. Heimat ist der schräge Sonnenstrahl in das Kinderzimmer, so daß das Kind aus dem Traum fällt in die finstre Gegenwart der frühen Schulstunden. Heimat ist die Ahnung ungezählter Möglichkeiten, aber auch der Staub, der sie bald ersticken wird. Heimat ist die Sprache, ihre Tönung, ihre Melodie, die das Kind aufnahm, bevor es selbst zu sprechen begann. Heimat ist das Unverlorene, das Unverlierbare, der geographische und kulturelle Landstrich, in dem das Kind aufwuchs.

III

Was hier geschrieben steht, ist nur ein lückenhafter Umriß des Begriffes, und doch ist es, worum viele von uns in diesem rastlosen, unbarmherzigen Jahrhundert betrogen worden sind. Natürlich war es häufig auch früher so bei armen Leuten; aber als Oliver Twist die ersten Wörter hörte, war es doch seine Muttersprache, obwohl seine Mutter tot war und er im Findelhaus. Wer die herzzerreißende Schilderung dieser Jugend liest in Dickens' schönem Roman wird dennoch sehen, daß sogar Oliver Twist seiner Heimat nicht beraubt war, wenn es auch eine grausame Heimat war, in Hunger und Elend.

Die Heimatlosigkeit als eine zentrale Erscheinung im Leben der Menschen ist seit der Renaissance in immer steiler werdendem Anstieg gewesen. Die Vertreibung der

Juden aus Spanien, die der Hugenotten aus Frankreich, der Dreißigjährige Krieg, die Besiedelung der eroberten östlichen Länder Europas, die Masseneinwanderung in die beiden Amerikas: überall eine schnelle Entwurzelung und ein langsames Wurzelfassen. Viel Geist und Gemüt müssen da vernichtet worden sein. Das Fürchterlichste habe ich für zuletzt gelassen: die seelische Verwüstung, die der Sklavenhandel, besonders der Transport der Afrikaner nach Nord- und Südamerika, verursacht haben muß, ist gar nicht auszudenken. Ich glaube nicht, daß es eine Weltgeschichte des Seelenlebens geben kann; sie wäre nichts als ein Katalog ungeahnter Grausamkeiten, denn hinter der schlichten Biographie »sie wurden geboren, sie wuchsen auf, sie starben« verbergen sich kosmische Erschütterungen.

Ich habe den Eindruck, daß unser Jahrhundert neben vielen anderen Beinamen auch den des Jahrhunderts der Heimatlosigkeit verdient. Wir besitzen jetzt viele Arten von Entwurzlungsmaschinen. Der Rundfunk und besonders das Fernsehen, die Massenpresse, der Sport, das Spezialistentum, die diktatorisch gewordene Naturforschung, die Verfälschung aller menschlichen Instinkte durch mechanisierte Überemphase: alles dient dazu, den Menschen auf ein verzerrtes Spiegelbild zu reduzieren, ihn zu einer statistischen Nummer zu homogenisieren. Vor dem Demographen, dem Demoskopen und natürlich auch vor dem Demagogen, also dem Politiker, verblassen solche Begriffe wie Elternhaus und Heimat. Für diesen, den Politiker, wird allerdings Heimatliebe als ein gebellter Slogan sehr nützlich sein. Dann aber ist der entwürdigte Begriff nichts als ein handliches Versatzstück für den von ihm inszenierten Mummenschanz.

Das kolorierte und illuminierte Trachtenfest, das jetzt unter dem Namen Heimatliebe auftritt, hat natürlich nichts damit zu tun, was ich unter Heimat verstehe. Es ist eine rein kommerzielle Angelegenheit; die Lipizzaner sind die einzigen, die vorläufig keine Lederhosen tragen, aber das Schuhplatteln studieren sie wahrscheinlich auch schon.

IV

Wer bereits in den Vereinigten Staaten lebte, bevor die riesige, durch das Naziregime entfesselte Flüchtlingswelle sich darüber ergoß, war in einer günstigen Lage, den Prozeß der Entwurzelung mit eigenen Augen zu studieren. Der Prozeß hielt etwa 12 bis 15 Jahre an, und dann folgten kleinere Ströme, die nie abbrachen: aus Ungarn, aus der Tschechoslowakei, aus Polen usw., und jetzt kommen die Leute aus Israel; Menschen, die zwei oder drei Heimaten zu verlieren hatten. Wie groß die Hauptwelle war, weiß ich nicht, würde mich aber nicht wundern, wenn sie etwa 100 000 betragen hätte.

Was zuerst kam, das waren keine normalen Auswanderer; schon deshalb nicht, weil bei ihnen der mit Aus- und Einwanderung gewöhnlich verbundene Selektionsprozeß nicht stattgefunden hatte. Die meisten wären nie auf den Gedanken gekommen, Deutschland oder Österreich zu verlassen; und in diesem Gedanken liegt ja schon ein Prinzip der Auslese. Die Heimat aufzugeben war für die Menschen in der Vergangenheit ein sehr schwerer Entschluß. Meistens faßten ihn tatkräftige jüngere Leute, obwohl Verzweiflung, Haß, Enttäuschung und manchmal auch Hunger eine wichtige Rolle als Motive spielen mochten. Hunger und auch politische Unterdrückung waren gewiß das Motiv, das den großen Strom der irischen Auswanderung in der zweiten Hälfte des vergangenen Jahrhunderts veranlaßte; und materielles Elend ist auch jetzt wieder die Ursache für die Flucht von Millionen von Mexikanern in die USA. Wenn man jedoch die Umstände, unter denen die Iren und etwas später die Süditaliener nach Amerika kamen, mit denen vergleicht, welche jetzt die Einwanderung spanischsprechender Amerikaner begleiten, wird man einen großen Unterschied gewahr: die Vereinigten Staaten haben aufgehört, als weit offenes Sammelbecken zu fungieren. Das waren sie allerdings auch nicht mehr zur Zeit der Welle der dreißiger und vierziger Jahre. Diese hatte jedoch einen ganz besonderen Charakter, denn es handelte sich um eine Massenverlegung des Mittelstandes, der bürgerlichen Klasse.

Ein großer Teil bestand aus Intellektuellen: viele berühmte Wissenschafter, Universitätsprofessoren, Ärzte, Advokaten, Schriftsteller, Journalisten. Je unbeschwerter sie waren, desto früher konnten sie kommen, und dann hatten sie es etwas leichter. Als der Strom sich verdickte, gegen Ende der dreißiger Jahre, wurde es zusehends schwerer, irgendwo unterzukommen. Viel herzzerreißendes Schicksal wurde da offenbar. Am meisten leid taten einem die ganz Alten und die ganz Jungen. Die Kinder blieben nicht lange unglücklich, nach ein paar Jahren schwammen sie bereits heiter im Riesentümpel Amerika. Aber die als Halbwüchsige immigrierten, fanden es schon weniger leicht; sie verlernten ihr Deutsch, ohne ein akzentfreies Englisch zu erwerben. Wer den ehemaligen Secretary of State Henry Kissinger jemals im Radio gehört hat, wird wissen, was ich meine. Ich will nicht in den mir leider angeborenen Sprachmystizismus verfallen, aber wenn mit dem Verlust der Heimat das Schwinden der heimatlichen Sprache einhergeht, so hat man etwas verloren, was eine angelernte Sprache nicht ersetzen kann. Das hat nichts mit stilistischer Gewandtheit zu tun: der große Schriftsteller Nabokov war ein Meister der englischen Prosa, über einen Wortschatz verfügend, wie er wenigen in die Sprache Geborenen offen ist; aber ich bin sicher, mit seiner Seele sprach er zeit seines Lebens nur Russisch.

Am traurigsten war es aber für die ganz Alten. In Deutschland, dem Land der Geheimräte, waren sie das gewesen, was man Bonzen nannte; und nun standen sie da, auf der Straße, frierend, sprachen ein fürchterliches, komisches Englisch, und das einzige, was sie zurückbehalten hatten, war eine der neuen Umwelt unverständliche Anmaßung. Erst langsam mußten sie lernen, daß in ihrer neuen Heimat kein Kredit gegeben wird für die Vergangenheit, möge die Leistung noch so groß gewesen sein. Jeder Tag war ein neuer Tag, immer mußte man ganz von vorne anfangen. Dafür waren sie zu alt, zu steif, zu elend.

V

Mit der Zeit wuchs ihnen eine neue Haut, aber die Kläräugigsten mußten erkennen, daß es keine organische Haut war, sondern nur ein Notbehelf. Das mythologische Leitbild des Auswanderers ist Marsyas, der vom grausamen Apollo Geschundene. Diese Alten standen zwischen zwei Klüften: auf der einen Seite das ungeheuer große, grimmige Amerika, mit seiner unverständlichen Sprache, mit seinen unerklärlichen Sitten; auf der anderen Seite ihre so plötzlich grausam, ja mörderisch gewordene Heimat. Viele besaßen ein Dokument, das hieß »Heimatschein«; wenn man einen österreichischen Paß wollte, mußte man es herzeigen. Und dann, über Nacht, verkehrte sich der Name dieses Dokuments: die Heimat war zum Schein geworden, aus der Wirklichkeit jedoch spritzte Blut. Ein Provinzler mit einem kleinen Schnurrbart war gekommen und hatte einer großen Gruppe von Menschen die Klapper des Aussatzes angehängt. Plötzlich wurde die Umgebung finster, abweisend; das Gesicht des Nachbarn, des Freundes, der Frau im Zuckerlgeschäft an der Ecke, sie alle erstarrten zur einzigen Maske einer Volksgemeinschaft, aus der die Leute mit der Leprösenklapper ausgeschlossen sein sollten. Andersartigkeit wurde ein Kapitalverbrechen, die Heimat wurde zur Mördergrube.

Menschen ihrer Heimat zu berauben ist ein schweres Verbrechen, so wie wenn man einem Kind seine Jugend stiehlt. Eine Heimat gehört zu einem Menschen, ebenso wie jedes Tier sein Habitat besitzt. Heimatsberaubung verbirgt sich hinter vielen Namen; eine der ärgsten Formen trägt die Etikette Umsiedlung und klingt harmlos. Man braucht jedoch nur über die Umsiedlungen nachzulesen, wie sie z. B. in der Sowjetunion vorgenommen worden sind, um zu erkennen, was für ungeahnte Grausamkeiten vor sich gegangen sind. Von welcher Seite auch ich unser Jahrhundert betrachte, es ist eines der gräßlichsten gewesen. Allerdings besteht kein Grund zur Hoffnung, daß das kommende Jahrhundert das unsere nicht übertreffen werde.

Verwandte Texte: E, M, N, S

Implosion

In einer der letzten abgeschlossenen Schriften Nietzsches, im *Fall Wagner* (Abschnitt 7), finde ich einige sehr bemerkenswerte Sätze.

> Ich halte mich dies Mal nur bei der Frage des *Stils* auf. – Womit kennzeichnet sich jede *litterarische* décadence? Damit, daß das Leben nicht mehr im Ganzen wohnt. Das Wort wird souverain und springt aus dem Satz hinaus, der Satz greift über und verdunkelt den Sinn der Seite, die Seite gewinnt Leben auf Unkosten des Ganzen – das Ganze ist kein Ganzes mehr.

Um ihn loszuwerden, will ich gleich noch einen Ausspruch Friedrich Schlegels hersetzen (Athenäumsfragment Nr. 395):

> In der wahren Prosa muß alles unterstrichen sein.

Dieser Satz hat mich schon lange gestört, denn ich mußte daran denken, daß zum Beispiel in Stifters Prosa nichts unterstrichen ist. Jedenfalls scheint mir Schlegels Forderung das Extrem des pathologischen Vorgangs zu sein, den Nietzsche beschreibt: die völlige Atomisierung der Gestalt. Ich hätte allerdings nicht gedacht, daß bereits im Jahre 1798, als dieser Ausspruch im *Athenäum* erschien, die Krankheit so weit fortgeschritten war.

Nietzsche spricht hier von literarischer Dekadenz, aber er hat natürlich Richard Wagner im Sinn, den Erzdekadenten. Für ihn ist Wagner der Meister kleinster musikalischen Elemente, die durch ihren Anspruch auf »Souveränität« das ganze Musikstück sprengen. Da Nietzsche viel mehr von Musik verstanden hat als ich, will ich mit ihm nicht streiten. Ich habe seine Worte hier zitiert, nicht weil ich mich für Dekadenz, geschweige denn für Wagner interessiere, sondern weil sie mir in ihrer Bedeutung weit über den ursprünglichen Anlaß hinauszugehen scheinen. Sie sind eine konzise Metapher für das Elend unserer Zeit.

Implosion ist der Vorgang, in dem z. B. ein evakuiertes Gefäß vom Überdruck der Außenluft eingedrückt wird, wobei die im Gefäß enthaltenen Gegenstände unter Umständen zerstört werden können. Verglichen mit ihrem Gegenwort, der Explosion, ist die Implosion ein verhältnismäßig stiller, oft unauffälliger Vorgang, aber nicht weniger verheerend. Ich betrachte sie als ein zeitraffendes Wahrzeichen dafür, was die westlichen Völker in den letzten Jahrhunderten überkommen hat: sie werden langsam von dem auf ihnen lastenden Druck zermalmt.

Es wäre, denke ich, falsch, Nietzsches Wort nur als eine Klage über den Umsturz einer naturgegebenen Hierarchie aufzufassen, obwohl auch dieser ein Element des Verfalles ist. Dazu muß ich bemerken, daß ich mich keineswegs zu den »Untergangstern des Abendlandes« zähle, wie Karl Kraus in einem schönen Wortspiel in seiner *Dritten Walpurgisnacht* Spenglers Anhänger genannt hat. Allerdings erschienen mir die Obergangster, die sich auch von Spengler nicht aufhalten ließen, als viel gefährlicher. Sie sind es, deren historische und moralische Ehrenrettung manche deutschen Geschichtsprofessoren jetzt anstreben.

Einer der Leitsätze meines Lebens ist immer gewesen, daß es die Sprache ist, die die Menschwerdung möglich gemacht hat, so wie sie auch das einzige verläßliche Indiz ist für Veränderungen – hinauf oder hinunter – im Charakter und im Schicksal der Menschen. Hätte es sich herausgestellt, daß ein großer Dichter ein niedriger Mensch sei, so hätte ich in naivem Kinderglauben gesagt, entweder dieses oder jenes könne nicht stimmen. Jetzt bin ich nicht mehr ganz so sicher, denn der Pfeil des Schicksals trifft auch um die Ecke; aber im allgemeinen hat sich mein in der Jugend von Karl Kraus übernommener Glaube an die diagnostische Kraft und Gültigkeit der Sprache erhalten. Nur hatte Kraus es vielleicht etwas leichter als einer, der sich in fremden Sprachbezirken herumtreibt: verdorbenes Deutsch, böses Deutsch ist, was man schreibt und liest; aber wo es um Französisch oder Englisch geht, sind die Wege des Teufels gewundener. Da ist der Tonfall die Tonfalle; es kommt auf die Wortwahl an, auf den Satzbau, auf die An- oder Abwesenheit von Gemeinplätzen, auf die Häufigkeit dessen, was Flaubert als »idée reçue« sammelte und verdammte.

In früheren Zeiten, als die Menschen sich noch mündlich und schriftlich ausdrücken konnten, hatte man eine Vorstellung von Stil, wie auch aus dem anfangs zitierten Ausspruch hervorgeht. Nur würde ich sagen, daß, wenn man beim Sprechen oder Schreiben an den Stil denken muß, er schon verlorengegangen ist. Auch solche Wertungen wie »korrekter Stil« oder »guter Stil« gefallen mir eigentlich nicht. Eine Variation des berühmten Ausspruches von Buffon scheint mir zutreffender: *Les styles sont les hommes mêmes.* Jeder Mensch hat seinen eigenen Stil – oder hatte ihn, als er noch sprechen und schreiben konnte. Vom Stil unserer Tage, besonders in Deutschland und in Amerika, würde ich sagen, es sei ein zerrütteter, ein kranker Stil. Nietzsche hat nur die ersten Symptome beschrieben einer Krankheit, die weit über den Sprachverfall hinausgeht. Der Wortschatz schrumpft und verfault; man denkt, spricht und schreibt nur mehr in wenigen präfabrizierten Fertigteilen, deren beschränkte Verwendungsmöglichkeiten bereits den Geist des Kindes in einer Zwangsjacke aufwachsen lassen. Von »Sätzen, Seiten und dem Ganzen«, wie Nietzsche sie noch erkennt, kann keine Rede mehr sein.

Daß der Begriff Stil in anderen Ländern – aber auch im Deutschland des 18. und beginnenden 19. Jahrhunderts – eine sehr große Rolle spielte, dafür gibt es zahlreiche Anzeichen. Zum Beispiel handeln die Briefe Flauberts, aus der Zeit, als er *Madame Bovary* mit Blut, Schweiß und Tränen komponierte, von fast nichts anderem. Mühsam konstruierte er eine Sprachmaske, eine Stilattrappe, die dem Ganzen klassische Geschlossenheit, aber auch nicht wenig Gequältheit übermittelt hat. Immerhin konnte Proust sich immer wieder entzücken über Flauberts Verwendung des Imperfekts – ein Genuß, der, fürchte ich, mir versagt ist.

Ähnlich stand es im Englischen, nur schwitzte man weniger. Stil war eines der wichtigen Attribute des Gentlemans. In *Emma*, einem der Romane der großen Jane Austen, kommt eine Stelle vor, in der die Heldin dank dem Briefstil eines jungen Mannes, den sie für einen Bauernlümmel hält, in ihrem Urteil zu schwanken beginnt. In gefestigten Zeiten war die Sprache so fest wie der Zinssatz der Konsols.

Wenn ich jedoch die Gegenwart betrachte, bin ich umringt von Symptomen, die alle zugleich Ursachen sind. Es geht zu wie bei dem AIDS-Syndrom, das sich vielleicht als das Wahrzeichen unserer Zeit herausstellen wird. Wir leben, höre ich, unter der Sonne des unaufhaltsamen Fortschritts der Demokratie. Machthabende Clowns schreien es mir Tag und Nacht in die Ohren, obwohl ich schon dankbar bin, wenn ihre dummen Sätze vorne einen Anfang und hinten ein Ende haben. Wie oft haben uns die Reichen im Lande zugerufen: »Schaut auf uns, ihr seid das reichste Volk auf Erden!« Ich habe geschaut und geschaut, und habe nur Ekelhaftes gesehen. Jetzt sind sie etwas stiller geworden und warten auf die nächste Börsenhausse. Aber von Demokratie faseln sie noch immer.

Nun ist, wie alle Schlagworte, auch »Demokratie« ein glitschiges Wort. Wer es zuviel verwendet, dem bricht die Zunge. Wenn man diesem Slogan aus dem Weg geht, wird einem ein anderer, ebenso widerwärtiger ins Gesicht geworfen: »Elitismus«. Als wenn es keine anderen Möglichkeiten gäbe, zum Beispiel »Humanität«; ein Wort, das

Herder weniger Schwierigkeiten bereitete als uns. Ich bin natürlich, wie es sich für einen pensionierten Professor geziemt, ein in der Wolle gefärbter Demokrat, trotz häufiger Schur. Nur habe ich meine eigene Vorstellung davon.* Um Demokratie zu verwirklichen, müssen sich die Bürger als *einzelne* – nicht als bestochene, betäubte Masse – zusammenschließen können. Das ist, wo ich lebe, nicht der Fall. Menschen um eine Meinung zu fragen, die sie nicht haben, ist sinnlos; noch auch können Abstimmungen etwas aussagen, wenn nur die Hälfte oder gar ein Viertel der Stimmberechtigten daran teilnimmt. Die heutige Demokratie ist eine Diktatur mit Alibi.

Ich schreibe es dem früher metaphorisch erwähnten Implosionsprozeß zu, daß es heutzutage fast keinen Einzelnen mehr geben kann. Vor 1848 gab es viel mehr davon, und das ist meiner Meinung nach der Grund, warum sogar die Bourgeoisie in ihrer Frühzeit so viel bunter und beweglicher gewesen ist, phantasievoller und differenzierter, als was man in unserem öden und langweiligen Jahrhundert zu sehen bekommt. Dickens, Conrad, Henry James; Balzac, Flaubert, Zola; Turgenjew, Tolstoi, Dostojewski; Keller, Stifter, Fontane; Nerval, Baudelaire, Rimbaud – ich habe die Musik, die Künste mit der staunenerregenden Blüte des Pariser Impressionismus und auch die Wissenschaften ausgelassen. Was können wir dagegenhalten in unserm blutigen, von Mord und Flucht geprägten Jahrhundert? Keine Genies, keine Heiligen, aber technische Köpfchen ohne Zahl. Wir sind schneller auf dem Mond gewesen als Goethe in Marienbad, aber zurückgebracht hat man uns nur Eseleien, keine »Trilogie der Leidenschaft«. Das einzige, was blüht, ist die Naturforschung – und diese

* In einem englisch geschriebenen Buch *Serious Questions* (Birkhäuser, Boston, 1986) habe ich dieser Frage ein Kapitel gewidmet.

Blüte paßt in unser Jahrhundert wie das Messer in die Wunde.

Was hat uns dazu gebracht? Mit Pascals Erlaubnis: der Mensch ist sowohl Engel wie Bestie; manchmal das eine mehr, manchmal das andere. Wenn es ihm schlecht geht, ist er armselig, und dem Guten bricht das Herz; wenn es ihm gut geht, fährt er Auto und lacht über die sterbenden Bäume. Seine Instinkte raten ihm eher zum Bösen als zum Guten; er raubt und zerreißt viel eher, als daß er schenkt und erbaut. Bis zum 18. Jahrhundert hatte es die Natur ihm versagt, nicht wiedergutzumachenden Schaden zu stiften; aber dann kam die Maschine und mit ihr die unheilvolle Erfindung des Fortschritts. Alles konnte die Maschine besser machen als der Mensch, nur nicht wozu Phantasie gehört. Das Unvorhersehbare schafft nur der Mensch. Dieses ist aber auch das Unverständliche, das Unerklärliche; und das sind Attribute, gescheut von der Maschine und von denen, die sich ihr verkauft haben. Die Unwiederholbarkeit, die Einzigartigkeit des Individuums sind dem wissenschaftlichen Denken verhaßt. Es will nicht wissen, woher es kommt, daß Tizian und Correggio verschieden malen, solang sie auf die gleiche Weise pissen. Ich denke, man kann die Wissenschaften, besonders die Naturwissenschaften, anklagen, hauptschuldig zu sein an der Vertreibung, der Auslöschung des Einzelnen.

Die naturwissenschftliche Weltanschauung wird eher von den unzähligen geistlosen Mitläufern getragen als von den wenigen großen Forschern. Wenn ich sie, diese reduktionistische Weltanschauung, für schuldig erkläre an der Öde und Hoffnungslosigkeit unserer Welt, so werden manche sagen, das sei eben mein »King Charles's Head«. (Diejenigen, die *David Copperfield* nicht kennen, mögen das als »fixe Idee« übersetzen.) Ich lehne jedoch diese Erklärung ab und erkenne in ihr eine der zahllosen Totschweigemaschinen, mittels deren jegliche Kritik an diesem besten aller Jahrhunderte geschmäht und entschärft wird.

In meiner Klage über den schädlichen Einfluß der Naturwissenschaften mache ich mich wahrscheinlich einer Übervereinfachung schuldig. Es ist das alte Dilemma: was ist die Ursache, was ist ein Symptom? Man könnte vielleicht mit mehr Berechtigung behaupten, daß die modernen Naturwissenschaften, wie sie uns über den Kopf gewachsen sind, lediglich eines der Symptome eines Entfremdungsprozesses sind, eben dieser Implosion, dieses Einsturzes der Schutzwände, die Europa früher beschirmt hatten. Solange die Menschen sich wenig um die Sternsysteme des Universums kümmerten – also vor Kopernikus, vor der Entdeckung Amerikas, vor Galilei –, standen sie fest auf ihrer dunklen Erde, wie jedes Tier, wie jeder Baum. Allmählich jedoch wurden sie sinnlose Wanderer in einer nicht mehr rätselhaften Welt. Und damit begann die Heimatlosigkeit, die seelische Obdachlosigkeit der modernen Zeit. Es begann die hektische Rastlosigkeit, die unserem heutigen Forschungsbetrieb zugrunde liegt.

Wenn ich von der Abtötung der künstlerischen Einbildungskraft spreche, will ich nur sagen, daß jede Zeit die Musik, Kunst, Literatur hat, die sie verdient. In der einen Zeit macht Donatello seine Maria Magdalena, in der andern entspricht ein Arrangement schmutziger Regenmäntel dem Kunstbedürfnis. Das soll nicht heißen, daß unsere Künstler, Komponisten, Dichter nicht mit der gleichen Besessenheit um ihr Werk ringen wie in früheren Zeiten, aber was herauskommt trägt eben den Stempel der Gegenwart. Vielleicht sind sogar die Flecken und Fetzen, das Schnalzen und Knurren, an denen sich der gegenwärtige Zeitgeist delektiert, ein ehrlicherer Ausdruck als die gehobene Kunst der Vergangenheit es war.

Der Druck ist für den einzelnen zu übermächtig geworden, die Welt zu schwer. Er muß sich in die Masse flüchten, die ihn beschützt, indem sie ihn auflöst. Der einzige Ausgang aus dem Labyrinth, worin wir leben, ist längst verstopft. Der Warner kann sich nur damit trösten, daß Kassandra, wenn die Menge ihr geglaubt hätte, die Zukunft nicht mehr hätte sehen können. Man kann das eine oder das andere haben; der Fluch, den die Götter über Kassandra verhängten, war ein notwendiger Fluch. Was bleibt also dem Einzelnen, soweit es ihn noch gibt, übrig? Nur eines: sich in Candides Garten zurückzuziehen und dem künstlichen Gras zu lauschen, wie es wächst.

Verwandter Text: D

JERICHO OHNE POSAUNEN

Unsere ganze Welt ist Jericho, überall stürzen die Mauern ein. Posaunen braucht man nicht, das Feldgeschrei genügt. Jeder Ingenieur, jeder Naturforscher, jeder Industrielle ist ein kleiner Josua. Das Geschrei kommt von den riesenhaften Manipuliermaschinen, die allenthalben ein kaum mehr vorhandenes Massengehirn kneten und kneten. Was mir jedoch immer rätselhaft bleiben wird, ist, woher das Ganze ausgeht. Gibt es eine Zentrale des Untergangs? Oder ist es der geheimnisvolle Verlauf eines Naturprozesses, als wäre die Art von Leben, die jetzt geführt wird, der Natur unerträglich geworden? Die ungeheure Kristallkraft des Anorganischen dringt allmählich durch den Schaum des Lebendigen und scheint gerade jetzt bei der Gattung Mensch angelangt zu sein. Die Versteinerung beginnt mit den Herzen.

Weltuntergangsstimmungen, eine Form von modischem *frisson*, hat es wahrscheinlich zu allen Zeiten in der Geschichte der Menschheit gegeben. Ich spreche jedoch hier nicht von der Kassandra, noch von dem Jahrtausendfieber, das schon einmal die Christenheit ergriffen hat, aber kaum in ein paar Jahren – wir sind nicht weit vom Jahre 2000 – wiederkommen wird, denn wenig ist bereits so mineralisiert wie eben das Christentum.

Schwarz zu sehen in der Nacht ist nicht schwer, aber die Menschen schlafen. Jedoch die wenigen, an die ich denke, haben am Tag die einbrechende Nacht gesehen. Ich habe sie schon früher erwähnt, und es ist nicht zufällig, daß diese finstern Zeugen um die Mitte des vorigen Jahrhunderts aufgetreten sind. Kierkegaard: »Alles Verderben wird zuletzt von den Naturwissenschaften kommen.« T. L. Peacock: »I almost think it is the ultimate destiny of science to exterminate the human race.« Hätte Flaubert sein letztes Werk, *Bouvard et Pécuchet*, zu Ende schreiben können, es wäre, denke ich, die großartigste Schilderung des dem

Fortschritt verdankten Weltuntergangs geworden. Allerdings war schon früher die Entwicklung des Konzepts Maschine mit vielerlei Bedenken, ja mit Schrecken aufgenommen worden, lange vor der Verfügbarkeit von Dampfkraft und Elektrizität. Selbst die Amerikaner, kein sehr gedankenreiches Volk, haben mit ihrer bekannten Maxime »There's no free lunch« zum Ausdruck gebracht, daß Segnungen anderweitig bezahlt werden müssen. Als es aber zur Atomenergie und zur Gentechnologie kam, hatten sie es schon vergessen. Angesicht des immer rapider werdenden Fortschrittes der Naturforschung schaudere ich bei dem Gedanken, wie die schließliche Rechnung aussehen wird.

Ja, die Rechnung! *Liber scriptus proferetur, in quo totum continetur.* Was der Mensch im Zuge seiner Evolution aus der Natur, aus der Erde gemacht hat, nur ein Konsortium aus Dante, Pascal und Swift könnte es vielleicht schildern, und auch da wären sie um dreihundert Jahre zurück: der eigentliche Affentanz hatte damals noch kaum begonnen. Wer kann die Blümchen des Teufels alle aufzählen? Aber wenn ich einen Anfang damit machen will, würde ich mit dem Verbrennungsmotor beginnen.

Also erstens das *Automobil.* Ich kann an nichts denken, was das Leben der Menschen in verhältnismäßig kurzer Zeit so verändert und verschlechtert hat wie eben der Kraftwagen. Als ich ein kleiner Bub war, gab es nur wenige. Still waren die Straßen, sonnenbeschienen oder schneebedeckt, nur selten hörte man ein Traben; das war des Menschen Freund, das Pferd. Die Luft, die das Kind einatmete, war, wie Luft immer gewesen ist, voll sanfter Gerüche, mal Blüten, mal Pferdemist oder Rauch aus den Kaminen. Aber sie war niemals gewalttätig; wie einen wahren Freund merkte man nicht, daß es sie gab. Sie atmete sich durch alle Menschen, des Lebens wahres Fluidum. Seit Jahren habe ich aber bereits das Gefühl, daß es keine Luft mehr gibt: selbst im »autofreien Wengen« stinkt es oft nach Gasolin. Wie verheerend das Automobil gewirkt hat, sieht man am besten in kleinen alten Städten. Nehmen wir das schöne stille Lucca. Es ist wahr, ich habe es nicht gekannt, als es still und schön war. Als ich jedoch das letzte Mal dort war, konnte man sich überhaupt nicht zu Fuß fortbewegen: die engen Gassen hatten Platz für ein oder zwei Menschen oder für eines der grauslichen italienischen Motorräder, kaum für einen Wagen. Das Durchschreiten einer solchen Gasse war nur möglich, indem man sehr rasch von einem Haustor zum andern lief, um darin Schutz zu suchen; mit der Zeit arbeitete man sich hinaus.

Alle Maschinen haben die Tendenz, die Menschen, von denen sie ja eigentlich erfunden worden sind, zu verdrängen, zu entwerten oder, besser gesagt, aus ihnen selbst Maschinen zu machen. Sogar die Naturwissenschaften, denen man einst vorwarf, anthropomorphisch zu sein, selbst sie sind mechanomorphisch geworden. Der Forscher wischt nur den Staub von den Apparaturen.

Oder ein andrer Posten der großen Rechnung: *die Vergiftung der Erde*. Die Abgase, die der Umweltschützer erzeugt, wenn er in sein Büro fährt, sind gewiß nicht die Hauptschuldigen, aber alles trägt bei. Jedenfalls zweifle ich nicht, daß die fürchterliche, immer zunehmende Verschmutzung von Luft, Wasser, Boden die Mitschuld trägt an der Häufigkeit der Krebserkrankungen. Ebenso wichtig ist es, daß jeder Kernreaktor, jede chemische Fabrik, jedes Industrieunternehmen, auch die best-kontrollierten, Erde, Wasser und Luft vergiften; nicht so sehr durch unvorhergesehene Katastrophen wie durch ein kontinuierliches Einsickern kleiner, »die Volksgesundheit nicht gefährdenden« Mengen von Schadstoffen. Da der Mensch aber davon leben muß, wovon er schließlich stirbt, kann fast nichts getan werden, um diesen Vernichtungsfeldzug gegen die Natur zu verhindern.

Ein nicht oft erwähnter Posten der Rechnung ist die *Entlastung des menschlichen Geistes.* Alles scheint sich dagegen verschworen zu haben, daß der Mensch sich den Kopf anstrengt. Da ist der Computer das hauptsächliche Wahrzeichen. Aber da er Dinge tun kann, die kein Mensch früher hätte tun können oder tun wollen, gehört er eher zu den Instrumenten, welche die Reichweite der Beobachtung vergrößern, ähnlich dem Mikroskop oder dem Teleskop; Vorrichtungen, die dem scharfen Geist Kierkegaards zugleich komisch und grauenhaft vorkamen. Zur selben Reihe, wenn auch bescheidener situiert, gehören der elektrische Rechner, der *word processor* (Textfrießling, wie ich ihn nenne), die Digitaluhr, die den Rundlauf des menschlichen Tages vernichtet hat; mit anderen Worten, die vielen Einrichtungen, die sich des Chips bedienen, um allerhand Unnötiges auszuführen.

Viele werden es leugnen, mir aber erscheint es zweifellos, daß der Anspruch der modernen Technik und Wissenschaft, den Menschen unnötig zu machen, zu einer Erschlaffung, zu einer Atrophie des menschlichen Gehirns geführt hat, das nur mehr aus den Drogen das beziehen kann, was früher vom Denken kam. Wenn frühere Zeiten von der Wonne des Denkens sprachen, so ist das anscheinend ein völlig verschwundenes Vergnügen. Nur wo es keine Freude macht, also im Falle der Denkspezialisten, trifft man es noch an. Damit mag es auch zusammenhängen, daß die Künste, die Musik, die Literatur selbst zu Spezialitäten verkommen sind, unter Ausschluß des Publikums. Ob auf diesen Gebieten jetzt noch etwas geleistet wird, was sich mit frühern Zeiten vergleichen kann, weiß ich nicht. Jedenfalls würde mir das Organ fehlen, um das zu erkennen, denn den Kanon, der meiner Generation noch mitgegeben war, gibt es jetzt nicht mehr.

Die wichtigste Eintragung auf der noch nicht präsentierten Rechnung wird jedoch das *Nichtigkeitsbewußtsein* sein, das, glaube ich, alle Menschen jetzt erfüllt. Ich würde es nicht als Gefühl bezeichnen, sondern als eine torkelnde Leere, sozusagen eine metaphysische Gänsehaut. Der Zustand, den ich im Sinn habe, muß in einzelnen Menschen schon vor langer Zeit existiert haben, aber erst seit 1914, seit dem Anfang des Ersten Weltkrieges, hat er sich stark verbreitet. War früher, z. B. zur Zeit der Romantik, das Gefühl der Heimatlosigkeit, des Nichtdazugehörens, ein Anzeichen für das Schwinden des Begriffs von der Würde des Menschen, so gesellte sich in unserem Jahrhundert eine dumpfe Verzweiflung dazu, die aus jedem einzelnen einen Fetzen gemacht hat, der weiß, daß er nichts wert ist. Was zurückgeblieben ist, ist ein mit verschiedenen Begierden begabter Lappen, der sich darauf beschränkt, aufzusaugen und auszuscheiden. Das Zeugen fällt ihm so leicht wie das Töten; er ist nichts als eine motorisierte DNA, deren einzige Aufgabe die Fortpflanzung ist; er ist Konsument, indem er alles, was er findet, in den Mund steckt.

Was ist aus der Gotteskindschaft geworden, die in früheren Zeiten den Menschen an etwas Höheres band, an etwas Unenträtselbares? Jetzt hat ihn die Wissenschaft gelehrt, daß Rätsel nur dazu da sind, schnell gelöst zu werden. Wenn die einzige Pflicht des Menschen darin besteht, Träger eines Informationspakets zu sein, so ist er bloß ein Transportmittel für eine Verpackung. Diese geht weiter an die nächste Generation, die noch ein bißchen schäbiger sein wird als die gegenwärtige. Dieser Vorgang setzt sich fort, jedoch keineswegs *ad infinitum*, denn es ist das Wesen unsrer Welt finit zu sein.

Ich glaube, daß meine Generation Zeugin des Untergangs war. Wir haben es zustande gebracht, die Welt irreversibel zu vergiften. Gibt es noch irgendwo ein Grundwasser, eine Atmosphäre, einen Erdboden, die frei sind von den fürchterlichsten Giften? Was dem Käfer schadet, schadet uns mehr; und so denke ich, daß der weitere Verlauf einer apokalyptischen Automatik ähneln wird; einer Automatik, die zuerst die Seele anfrißt und nachher den Leib. Denn ich kann nicht vergessen, daß, um es so weit zu bringen, der Menschen Innerstes ausgehöhlt sein mußte. Erst mußte es rosten; und das ist es, was die Optimisten, die bereits verstorbenen Optimisten, Fortschritt genannt haben. Alles Weitere ergibt sich von selbst.

Ich hätte gerne von den früher erwähnten Zeugen – Kierkegaard, Peacock, Flaubert – gehört, wie sie sich das von ihnen vorhergesagte Verderben vorstellten. Sie haben wahrscheinlich geahnt, daß der Untergang der Welt mit ihrer Schöpfung begonnen hatte. Von den dreien war Kierkegaard vielleicht der einzige, der eine Rettung durch eine Flucht nach innen für möglich hielt. Daß sie nicht erfolgen werde, mußte auch er wissen, denn die Haupteigenschaft des Sehers ist seine Unhörbarkeit. Was man im vorigen Jahrhundert wahrscheinlich nicht ermessen konnte, ist, daß alles so schnell kommen werde, und so ganz ohne Posaunen.

»Wieso ohne Posaunen?« höre ich fragen. »Ist jetzt nicht der unendliche Lärm eine hauptsächliche Eigenschaft unsrer Welt? Kann irgendetwas ohne Schalmeien verkauft werden, sei es ein Präsident, sei es eine Unterhose?« Das ist schon richtig, antworte ich, aber das sind nicht die Posaunen von Jericho. Ihr hört nur ein Wimmern, aber der Knall, auf den ihr wartet, kommt nicht. Er wird kommen, aber ihr werdet ihn nicht mehr hören.

Verwandte Texte: C, D, I, L, P, R, T

Käfig

Als ich vor vielen Jahren als Bub einem Haufen von Männern begegnete, die in ihrer gestreiften Sträflingskleidung unter Bewachung einhergingen, sagte ich mir: »Sie tragen auf ihrem Gewand den Schatten der Gitter, die sie eingesperrt halten.« Viele Jahre später sah ich mich einmal im Spiegel an und sagte mir: »Auch du solltest eigentlich solche Streifen tragen, denn du bist genau so hinter Gittern wie ein Gefangener.« In der Tat, fast ein jeder, der ein Stück Lebens hinter sich hat, wird eines Tages finden, daß die Welt ihn in einen Käfig gesteckt hat.

Es ist natürlich ein metaphorischer Käfig, und die Welt füttert einen nicht so freundlich, wie einst die Großmutter den Kanarienvogel. Aber es bleibt ein Käfig. Es muß schon seit Jahrtausenden so gewesen sein, seit die Welt die Vorteile der Arbeitsteilung entdeckte und für einen jeden – je nach Handwerk, Beruf oder Spitznamen – einen Käfig bereithielt. Besonders schlimm geworden ist es jedoch in den letzten hundert oder hundertfünfzig Jahren, denn die westliche Welt gebar den Fachmann.

Selbst dann war es verschieden in verschiedenen Ländern. Im *Feuer des Heraklit* habe ich beschrieben, warum im Wien meiner Jugendzeit der Doktortitel die erste Sprosse auf der Leiter des bürgerlichen Lebens war. Beim Friseur und im Kaffeehaus erfreute dieser unumgängliche, wenngleich noch nicht verdiente Titel den jungen Mann bald nach der ersten Rasur. Später, auf der Universität, schallte es nur so von »Herr Hofrat«, »Herr Professor«, »Herr Dozent«, und man verständigte sich devot mittels der dritten Person Plural: »Herr Hofrat haben mich rufen lassen.« Und dazu kamen, im größeren Leben, noch alle diese Kommerzialräte, Medizinalräte, Sanitätsräte, Direktoren, Präsidenten usw.; eine Würdenfülle, an der man ersticken konnte. Zum Schneider an der Ecke sagte man allerdings nur »Herr Pawlitschek«, und nicht »Herr Schneidermeister«, wie man es im Mittelalter wahrscheinlich noch getan hätte.

Wie anders war es in Paris, wo ich mich am Anfang der dreißiger Jahre zwei Jahre aufhielt! Da war ein jeder »Monsieur« oder »Madame«, nur die Ärzte sprach man als »Docteur« an. Auch in Amerika ging es nicht viel anders zu, und die akademischen Einwanderer jener Jahre machten sich lächerlich mit ihrer Titulitis. Waren also dort die Käfige abgeschafft? Keineswegs, aber die Form war verschieden. Zum Beispiel fiel mir bald auf, daß die Todesanzeigen in der New York Times zwei Stile aufwiesen. Niemals fehlte eine Berufsangabe, aber nur in seltenen Fällen wurde ihr der bestimmte Artikel vorangesetzt. Also »XYZ, movie actor«, aber »Gary Cooper, the movie actor«. Dieses »the« sollte ausdrücken, daß der Käfig dick vergoldet war. »Albert Einstein, *the* physicist«, »John D. Rockefeller, *the* philanthropist«. (Börsianer und Grundstückspekulanten werden oft als Philanthropen begraben, weil das menschenfreundlichere Totenhemd bedeutende Steuerersparnisse verhüllt.)

Ich hoffe, daß ich es nicht zu »*the* biochemist« gebracht habe, denn als eines meiner zahlreichen unverwirklichten Ideale ist es mir immer erschienen, kein fachmännisches Zettelchen aus dem Mund hängen zu haben. Ich bin ein begeisterter Amateur, und habe mich oft gefragt, was die Reaktion des großen Toten im Anderen Reich gewesen wäre, wenn die New York Times ihn als »Michel de Montaigne, the essayist« begraben hätte. Auch der Herzog von La Rochefoucauld wäre nicht begeistert gewesen, hätte man ihn als »the moralist« beweint. Es lebe die Nichtdazugehörigkeit! (»Freier Schriftsteller« geht noch, denn ein jeder weiß, daß man davon nicht leben kann, aber »*the* poet« ist schlimm.) Unsere groteske Würdenwelt wird beim Sortieren leicht verwirrt, wenn sich kein Fach zum

Hineinstecken des Nekrologs anbietet. Nichts verhallt schneller als ein unmarkierter Nachruf.

Proteste helfen aber nichts. Auch ich sitze in einem Käfig, und der trägt eine Art von Aufschrift, wie »Naturwissenschafter« oder »ehemaliger Biochemiker, jetzt senil«, oder vielleicht in Europa, wo solche Dinge noch einen Wert zu haben scheinen, »emeritierter Universitätsprofessor«. Für meine Zwecke ist alles gleich schlimm. Das habe ich gemerkt, seit ich vor etwa zwanzig Jahren anfing, Texte zu veröffentlichen, die man in Amerika als »extracurricular« bezeichnen würde; also Texte, die – je nachdem, wie man *curriculum* übersetzt – nicht zum Lebenslauf oder zum Studienplan gehörten.

Fast alle Besprechungen meiner Bücher nahmen alle soeben genannten Käfigaufschriften zur Kenntnis, zerfielen aber dann in drei Gruppen: die einen fanden nur meine berufsgesalbten Meinungen annehmbar, die andern nur diejenigen, die nichts mit der Wissenschaft zu tun hatten, die dritten tadelten alles. Mein hohes Alter wurde durchwegs teils als mildernder, teils als erschwerender Umstand erwähnt. Daß ein gewöhnlicher, von Würden unbeschwerter Mensch etwas zu sagen haben könne, wurde nicht in Betracht gezogen: niemals fehlte die Beschreibung des Käfiggitters.

Wußten also selbst die Leute in Europa wenig anzufangen mit einem irisierenden Chemiker, einem Wissenschafter, der sich auch sonst Gedanken macht – nichts hätte mich in lustigeren Zeiten verhindern können, mich als Chemäleon vorzustellen –, so war es natürlich noch viel ärger in Amerika, dem Erz- und Herzland des Fachmannes. Dort kann zwar sogar der Angstschweiß zu Geld gemacht werden, aber nur, wenn er von einem approbierten Neurastheniker stammt. Meditationen über Gott dürfen nur von einem Theologen kommen, ethische Erwägungen nur von einem »Ethizisten« (einer Art von Gesundbeter oder Ingenieur der Trivialethik, aber weniger als ein Philosoph). Eine weitere Bedingung ist, daß diese Experten nicht »controversial« seien. Dieses in Amerika jetzt viel verwendete Wort ist zu einer Art von Schimpfwort geworden, das einem jeden angehängt wird, wenn er irgendwie in der Öffentlichkeit auf Widerspruch gestoßen ist, sei es durch einen von ihm geleugneten Mord, sei es durch eine einem Politiker oder Journalisten mißliebige Meinung. In meinem letzten englisch geschriebenen Buch – *Serious Questions – An ABC of Skeptical Reflections* (Boston, 1986) – habe ich »controversial« als ein Idiotenwort besprochen (S. 102 f.).

> Opinions that are said to offend the myth of consensus are controversial. The initially unobjectionable designation of disputable matter has been misused by the press to tar, indelibly, anybody who dared open his mouth or stick his neck out. In its present perverse use it would apply equally to Jesus Christ and Adolf Hitler.

Es hat Zeiten gegeben, als die Käfige, wenn es sie überhaupt gab, offene Türen besaßen. Rabelais war Priester und Arzt (das letztere übrigens auch Benn und Döblin); Pascal war Mathematiker; Lichtenberg Professor der Physik; Vauvenargues, Choderlos de Laclos, Klinger und eigentlich auch Kleist waren Armeeoffiziere; Hamann war Packhofverwalter; F. G. Carus war alles, Goethe-Biograph, Psychologe, Philosoph, Arzt, Maler, Essayist; Nietzsche war ein Griechischprofessor. Die Liste könnte leicht länger gemacht werden. Was immer ihre Professionen waren, sie färbten auf ihre Leistungen nicht ab. Wie anders es jetzt ist, da eine Art von Exklusivitätsdogma zu herrschen scheint! Man verschreibt sich der Forschung, als wäre sie der Teufel. Aber auch der Handel mit Wertpapieren oder das Vermieten von Wohnungen erfordern die gleiche, alles andere ausschließende Leidenschaft. Hat man einmal das Büchl, so muß man auf den Strich gehn. Ist man zu alt dazu, so kriegt man eine kleine Pension und darf den begabten Nachfolgerinnen zublinzeln. »Schuster, bleib bei deinem Leisten!« rät die Volksweisheit. Sollte die Parole nicht eher lauten »Schuster, verbrenn deinen Leisten!«?

Verwandter Text: A

Lasst Euch nicht blöd machen!

Ohne Verlust seines Platzes im Alphabet hätte dieser kurze Text auch *Lob der Skepsis* heißen können. Aber da ich die Aufforderung meines Titels seinerzeit mehrmals im Rundfunk und in Gesprächen mit jungen Leuten verwendet habe, will ich lieber dabei bleiben. Außerdem scheint mir die Bezeichnung Skepsis, obwohl ich mich selbst zu den Skeptikern zählen möchte, auch etwas zu enthalten, was einen Mangel an Begeisterungsfähigkeit ausdrückt, und einen solchen Mangel möchte man jungen Leuten wahrhaft nicht wünschen. Skepsis ist eine Philosophie für ältere Menschen, die entweder schon so blöd sind, wie's geht, oder den Blödmachungsprozeß bereits erfolgreich überstanden und aus der Erfahrung gelernt haben. Auch bringen die besten unter ihnen es zustande, den düstern Bestand ihrer Skepsis mit gelegentlichen Blitzen von Enthusiasmus aufzupolieren.

Wenn ich an ferne Tage zurückdenke, so war die Fähigkeit Feuer zu fangen vielleicht die glücklichste Eigenschaft meiner Jugend. Für das Kind waren es die Landschaften der Märchen und Ritterlegenden, die tags und nachts den Hintergrund und Schauplatz für Spiel und Traum lieferten. Grimm und Andersen und besonders Tausendundeine Nacht, König Arthurs Tafelrunde, Don Quichotte und Walter Scott lieferten Vorbild und Anstoß. Ob es der schwarze Wald war oder die finstere Grotte, der lebhafte Basar von Bagdad oder Damaskus, der Kampf mit dem Drachen, die Templer, die Kreuzritter, das Piratenschiff oder eine klirrende Schlacht im Süden von England, oder etwas später Karl Mays edler roter Gentleman: immer kochte es und wurde niemals kalt, das Leben war absolut, das Kind wußte wohin es ging. Es gibt keinen größeren Ernst auf der Welt als das Spiel von Kindern.

Später kamen die Vorbilder, die Mahner, die großen Neinsager, deren Nein ein zum Herzen gehendes Ja war, zum Aufrichtigen, Schönen, Edlen, Barmherzigen auf der Welt: zuerst und vor allem Karl Kraus und, von ihm vor die Augen gestellt, Kierkegaard, Schopenhauer, Theodor Haecker. Es kamen die Dichter in vielen Sprachen, es kam das unergründliche Gotteswunder der Sprache selbst, und durch den Irrnebel trügerischer Übersetzungen leuchteten die herrlichen Schriften der Weisheit und der Andacht, die großen Bücher der Juden, Christen, Inder und Chinesen.

Dann kam das Leben, von dem man gewöhnlich sagt, es sei das wirkliche, das ernste, es sei hart oder glücklich, es sei kurz oder lang; das Leben, auf das zurückblickend die Alleszerschwätzer dann sagen, es sei erfolgreich gewesen oder tragisch, beispielgebend oder vertan. Auf diese Plapperer wollen wir aber nicht hören, denn der Mensch, dieser schmale Schaum auf den Kristallen der Ewigkeit, ist leider ein schwatzender Schaum. In diesem Zusammenhang muß ich bekennen, daß die gangbaren Vorbilder meiner Jugend – Gandhi, Schweitzer, Einstein, Lenin usw. –, wie sehr ich auch ihre Größe anerkannte, wenig Eindruck auf mich machten und mich in keiner Weise zu höherem Schwung anfeuerten. Dazu war der journalistische Heiligenschein, der ihre Züge ganz verklebte, viel zu dick. Viel eher hielt ich Ausschau nach denen, von denen ich wußte, daß ich sie nie werde sehen können, den Stillen im Land, den Namenlosen. Oft habe ich mir gedacht, daß in den katholischen Kirchen ein Altar fehle, der dem Unbekannten Heiligen gewidmete. Ich ehre die Reliquien der Spurenlosen.

Mit dem Wort journalistisch habe ich bereits die größte Gefahr angedeutet, die der Menschheit droht. Das gilt aber nur, wenn die Bedeutung dieses Adjektivs auf alle Formen der Manipulation von Menschen erweitert wird; einer Art von Gehirnappretur, die eine Eindimensionalisierung der Wirklichkeit herbeiführt. »Untergang der Welt durch schwarze Magie« nannte Kraus eines seiner Bücher, und er meinte damit das Zeitungswesen. An kassandrischen Tagen meinte er damit sogar die Druckerpresse und überhaupt die großen Glocken, an die Wahrheit und Lüge gleichermaßen gehängt werden können. Da es zu jener Zeit weder Radio noch Fernsehen gab, erkannte er nicht, daß das zu Millionen gesprochene Wort und das unendlich vervielfältigte Bild noch viel gefährlicher sind als was im Druck durch die Welt geht. Die von Kraus in meiner Jugend übernommene Überzeugung hat mich nie verlassen, nur habe ich sie »ausgebaut und vertieft«, indem ich die verhängnisvolle Macht der Menschenbeeinflussung teufelsgleich an alle Wände gemalt sehe. Wenn sich diese Bilder dann von den Wänden lösen und ins Leben der Menschen herabsteigen, so erweisen sie sich als die Ursachen fürchterlicher Vereinfachungen. Denn der Teufel ist der größte Reduktionist. Der »Gesang der Sirenen« betitelte Abschnitt meines Buches *Kritik der Zukunft* handelt ausführlich davon.

Der Prozeß dessen, was ich hier als Blödmacherei bezeichne, bedient sich natürlich nicht nur der Massenmedien. Durch alle Länder – rechts, links und in der Mitte – zieht eine besondere Aura der Enthirnung, ein Miasma von Kretinisierung aller Arten. In meiner Jugend wurde das oft als Amerikanisierung bezeichnet, aber das war ungerecht. Die Vereinigten Staaten wurden einfach etwas früher von der Krankheit ergriffen als andere Länder und verfügten in ihrer Geschichtslosigkeit über weniger Abwehrstoffe. In Europa machte sich seit den dreißiger Jahren des vorigen Jahrhunderts ein Unbehagen vor dem kommenden Zeitalter einer zufriedenen und überheblichen Dummheit bemerkbar. Hätte Flaubert das Wörterbuch der für wahr gehaltenen Vorstellungen, *Dictionnaire des idées reçues*, woran er zeit seines Lebens arbeitete, in wirklich lesbarer Form fertiggestellt, es wäre ein sehr lehrreiches Buch geworden. So ist es nur ein Anhang geblieben zu seinem letzten, ebenfalls unvollendeten Roman *Bouvard et Pécuchet.* Die zwei Bände einer »Erklärung der Gemeinplätze«, *Exégèse des lieux communs*, die Léon Bloy später veröffentlichte, sind kein Ersatz für Flauberts geplantes Werk. Viel eher spricht Kierkegaards *Kritik der Gegenwart* zu aufrührerisch gewordenen Herzen, und mit noch größerer Eindringlichkeit tut es die vierzig Jahre währende satirische Wirksamkeit von Karl Kraus.

Was meine ich also eigentlich, wenn ich junge Leute davor warne, sich blöd machen zu lassen? Dort wo ich lebe, wird schon den kleinsten Kindern – noch sind sie hinten mit Windeln ausgestopft – ein Bildchen und ein Tönchen vorgegaukelt, die ihnen den *gradus ad stultitiam* leicht machen sollen. Komische Figuren, aus Disneys Korporationsstall entsprungen, lullen sie vorsorglich in den Glauben, ihr ganzes Leben werde als kolorierter Trickfilm verlaufen. Da schon ihre Eltern oft des gleichen Glaubens waren, besteht die Gefahr der Vertrottelung als ehrbarer Familientradition. Eltern, auf die das nicht zutrifft, können also einiges vorkehren. Viel werden sie auf keinen Fall ausrichten, denn die Kunde von der Kluft zwischen den Generationen wird den Kindern bald nach dem ersten Abführmittel eingeflößt. Außerdem ist das uns von der Natur gegebene Mißtrauen gegen alles, was uns zu bilden und zu verbilden strebt, eine notwendige Schutzmaßnahme. Ich könnte mir sehr gut ein Familienfest vorstellen, den Individuationsfeiertag, zu dem das Kind die Eltern einlädt, um ihnen vorzusingen »Ich bin Ich und Ihr seid Ihr!« Ich habe den Eindruck, daß durch den banalisierenden, plattmachenden Einfluß unserer Gesellschaft vielen Menschen das verlorengegangen ist, was ich das Persönlichkeitszentrum genannt habe. Sie flattern federleicht in den schweren Winden.

Ist man erst siebzehn oder achtzehn Jahre alt, so kommt der Ernst des Lebens in seiner idiotischsten Form. »Was soll ich mit mir anfangen?« fragt der junge Mensch und kriegt dummen Rat, es sei denn, er vermag sich selbst zu fragen und zu antworten. Nur in sehr seltenen Fällen wird er die Kraft zur Entscheidung aufbringen; und so wird man in die Furchen einer Gesellschaft geweht, die sich alle paar Jahr verändert und meistens verschlechtert. Wo die blinden Orkane der Zeit einen schließlich absetzen, ist nicht vorhersehbar; aber wenn sehr viele zufällig an dem gleichen unsinnigen Ort landen, bilden sie einen neuen Stand und veranlassen den Staat, von nun an für sie zu sorgen. Aber auch das dauert nicht sehr lang.

Wichtiger als was man tut ist, was man ist. Alle Verblödungskräfte unserer Zeit zielen auf den einzelnen, um ihm das zu nehmen, was ihn einzeln macht. Sie zwängen ihn in die Dionysien einer Scheinwelt, in der Marmor so aussieht wie Pappendeckel, Golgotha wie Hollywood. Der Fürst der Finsternis sieht dazu, daß die Unterschiede verschwinden. Man spricht beschönigend von sozialem Druck, aber es handelt sich um eine viel diabolischere Kraft, gegen welche die Skepsis kaum ein hinreichender Schild ist. Dennoch ist der Zweifel als erste Abwehrreaktion eine schöpferische Kraft. So wie der erste Schutz vor der verblödenden Wirkung der Massenmedien darin besteht, daß man sie nicht an sich heranläßt, so soll man dem Teufel antworten »Das muß ich mir zuerst überlegen«, und siehe, er beginnt zu schwitzen. Wenn man sich etwas überlegt, tut man es meistens nicht; und manchmal ist das der Anfang der Weisheit. Hätte Eva den Genuß des Apfels um ein paar Stunden verschoben, so wäre alles anders gekommen. Daß es dann weder mich noch Euch gegeben hätte, mag als Extradividende gelten.

Der Skeptiker trägt also eine Art von geistigen Gummihandschuhen, aber wie ich schon gesagt habe, reicht das nicht aus. Man kann jedoch die so gewonnene Schonzeit benutzen, um in sich zu gehen, um in sein unwiederholbar einzelnes Innere zu tauchen. Wie ich das hinschreibe, bemerke ich, allerdings mit Bedauern, daß ich wie ein Guru zu klingen beginne, und dazu ist niemand ungeeigneter als ich. Das wenige, was ich weiß, habe ich aus mir bezogen, und nicht aus den Büchern östlicher Weisheit. So erinnere ich mich zum Beispiel, daß man seiner sehr unsicher ist, wenn man jung ist. Irgendwie packt man sich selbst am Schopf und zieht sich aus dem Tümpel; irgendwie merkt man, daß es die meisten getroffen haben, und faßt Zutrauen, daß man es auch werde tun können. Analogiedenken ist ja trotz seiner Unoriginalität immer rettend gewesen. Wenn in Gogols *Mantel* der gequälte Akakija Akakiewitsch seinen Amtskollegen zuruft »Warum beleidigt ihr mich?« – und Gogol hört das als den Ruf »Ich bin ja euer Bruder!« – hat er das Tiefste gesagt, was man zu seinem Nächsten, seinem Feinde sagen kann.

Starrsinniges Mißtrauen gegen alles, was gedruckt, gesungen, geflüstert oder sonstwie einem ins Haus flattert, hat mich immer aufrechterhalten. Ich empfehle daher äußerste Vorsicht vor allen offenkundigen oder verstohlenen Versuchen der als Fachleute verkleideten Gehirnwaschmeister. Solange die Menschen noch Latein konnten, hat ihnen die uralte Frage *cui bono*? sehr genützt. Leider ist die Welt so bunt besetzt, daß es auch uneigennützige Fälscher und Lügner gibt, und die sind die allergefährlichsten.

Trotzdem wiederhole ich die Warnung meines Titels. Manche werden sagen, sie seien nicht sicher, was besser sei: ein vertrockneter Zweifler oder ein Korybant in des Teufels Tross. Darauf antworte ich, dies seien nur die beiden sichtbaren und unerwünschten Seiten der Medaille, es gebe aber immer auch noch eine dritte unsichtbare, und auf diese komme es an. Man dürfe weder in Ablehnung verholzen noch in Zustimmung verblöden, man müsse vielmehr bereit sein, sich weit zu öffnen dem, was das Herz erkannt und der Geist in Freiheit verstanden hat. Darin bestehe die wahre Glückseligkeit.

Verwandter Text: D

MELMOTH

Mein Freund, dessen Brief ich hier abdrucken will, hieß natürlich nicht Melmoth. Ich hatte ihm aber versprochen, seine Anonymität zu wahren, und so nenne ich ihn nach einem seinerzeit berühmten englischen Roman aus der Romantikerzeit, *Melmoth, the Wanderer* von C. R. Maturin, erschienen 1820. Auch mein Melmoth war Zeit seines Lebens ein Wanderer gewesen, wie übrigens viele von uns in unserem scheußlichen Jahrhundert. Der Roman von dem Mann, der nicht sterben konnte, weil er seine Seele dem Teufel verkauft hatte, hat auf viele Dichter einen tiefen Eindruck gemacht: Balzac, Poe, Baudelaire. Dieser sieht in den verzweifelten, ergebnislosen Versuchen des Wanderers, seinen Fluch loszuwerden, ein Symbol unserer Zeit; er schreibt, sich auf Melmoth beziehend, in den *Paradis artificiels*: »Der Mensch hat Gott werden wollen, und siehe da, bald ist er, gemäß einem unwiderstehlichen moralischen Gesetz, tiefer gefallen als seine wirkliche Natur. Hier ist eine Seele, die sich en détail verkauft.« Auch ein anderer Dichter gedachte in seiner Not der sich selbst verschleudernden Seele: Als Oscar Wilde, aus dem Gefängnis entlassen, nach Frankreich floh, wählte er den Decknamen Sebastian Melmoth. Auch er hatte, vom spätviktorianischen Gesellschaftstaumel eingesogen und aufgebraucht, seine Seele en détail verkauft.

Mein Melmoth stammte aus Wien, wo er Physik studiert hatte, und war, obwohl mir im Alter etwas voraus, später als ich nach Amerika gekommen. In Europa hatte er, angesichts der schlechten Zeiten, in einigen Instituten mehr herumgesessen als gearbeitet, und auch in Amerika zeigte er wenig Auftrieb; er war ein guter Lehrer, aber kein besonderer Forscher. So landete er schließlich als Professor der Physik an einem State College in Kalifornien, woher er seine Pension erhielt. Schon in seiner Jugend war er ein recht witziger, skeptischer, belesener und früh ernüchterter

Mann gewesen und behielt diese Eigenschaften bis ins späte Alter. Was man in Amerika *ambition* oder *drive* nennt, fehlte ihm völlig. Daher kam er mit jungen Leuten besser aus als viele von uns; er nahm sie ernst, gerade weil sie noch keine Gelegenheit gehabt hatten, besondere Fähigkeiten zu beweisen. Er nahm sie ernster als sie ihn zu nehmen brauchten. Ob sie ihn gern hatten, weiß ich nicht. Jedenfalls hatten sie keine Furcht vor ihm.

Wir waren in den dreißiger Jahren, die auch unsere Dreißiger waren, in New York miteinander bekannt geworden, als er dort eine Anstellung hatte, und befreundeten uns bald, denn er war ein Mann ganz nach meinem Herzen. Es hatte so angefangen: bei irgendeiner Gesellschaft wurde ich einem mittelgroßen, etwas rundlichen Mann vorgestellt, der sofort ausrief »Kennen wir uns nicht aus dem Café Schottentor?« Das war tatsächlich mein Stammcafé in Wien gewesen, als ich dort studierte. Später, als er wieder zu wandern begann, während ich stillsaß, sahen wir uns seltener, mindestens einmal im Jahr, auch wechselten wir Briefe. Seine waren lang und mit der Hand geschrieben, meine kürzer und diktiert. Bei seinem letzten Besuch hatten wir ein Gespräch geführt, auf das er brieflich zurückzukommen versprach. Hier ist sein Brief.

Lieber C!

Hier ist also der Brief, den ich Dir bei meinem letzten Besuch versprochen habe. Ich hoffe, er wird Dich nicht an das affektierte Schreiben erinnern, das Hofmannsthal, gebeugt unter der Last seiner 28 Jahre, dem Lord Chandos unterschoben hat. Du wirst Dich erinnern, Du hast damals aus heiterem Himmel das Thema Entwurzlung herbeigeholt und, wie Du schon bist, hast Du dann sofort, als ungeduldige Pythia auf unbequemem Dreifuß, begonnen, von dem *Enracinement* der Simone Weil, also

vom Gegenteil, herumzureden, anstatt beim Thema zu bleiben. Da es damals spät wurde, war keine Zeit mehr für meine viel primitiveren Überlegungen, und die will ich hier nachholen.
Ich war vielleicht fünf Jahre alt, und da sagte mein Vater einmal zu mir »Gehn wir in den Prater spazieren!« Ich wußte, der vorsichtige Mann meinte nicht den Wurstelprater, denn das kostete Geld.
So gingen wir unter den schönen Bäumen, dort wo der Park ist, und er sagte unvermittelt »Du weißt, wir sind Juden«. Wozu er mir das mitteilte, weiß ich noch immer nicht. Jetzt, mit über Achtzig, fällt es mir schwer, meine damalige Reaktion zu rekonstruieren, aber ich glaube, sie war null. Ich war damals natürlich viel gescheiter als ich jetzt bin, aber mit fünf Jahren hat man größere Sorgen als zu hören, daß man das ist oder das andere nicht ist. Ich habe also wahrscheinlich die Mitteilung mit stumpfem Gleichmut entgegengenommen. Bei uns zu Hause hat man gelebt wie alle anderen ringsum, man feierte Ostern und Weihnachten, wir hatten einen Weihnachtsbaum, und, was viel wichtiger war, ich kriegte Geschenke. Von Religion war nichts zu spüren; wenn meine Eltern verlorene Seelen waren, so hatten sie das gut versteckt. Meine Mutter spielte Klavier, mein Vater Violine, beide mittelgut, und auch sonst schienen sie mir nicht verschieden von den anderen uns umgebenden Bürgerfamilien.
Ich war also ein Jud. Wie viele Jahre diese Information erforderte, um in mich hereinzurieseln, weiß ich nicht. Aber ich kann sagen, daß ich schon auf der Universität war, ehe die vor etwa 15 Jahren von meinem Vater ausgesprochene Neuigkeit sich endlich in meinem Bewußtsein fest etabliert hatte. Du

kannst das als ein Beispiel annehmen für eine Charaktereigenschaft, die wir im Paris der Emigranten später als »Je-m'en-fichismus« bezeichneten, als ein Gefühl metaphysischer Wurschtigkeit. Man kann es auch eine dicke Haut nennen oder philosophische Unerschütterlichkeit.

Ich leide nicht, wie du weißt, an jener idiotischen Krankheit, deren Existenz ich übrigens leugne – ich meine den sogenannten jüdischen Selbsthaß. Du erinnerst Dich, was ich über die allgemeinere Fiktion, den Selbsthaß, gesagt habe: die moralische Kraft, sich selbst zu hassen, weil man ein Lump ist, hat man nicht, wenn man ein Lump ist. Und ist man keiner, und hat doch sich selbst gegenüber das Gefühl, das man als Haß bezeichnet, so halte ich das für eine Art von Geisteskrankheit. Wenn ein Schwarzer hier in Amerika sich darüber aufhält, daß so viele Schwarze unter die Verbrecher gehen, so ist auch das nicht schwarzer Selbsthaß, sondern eine durchaus vernünftige Feststellung. Wir machen allerdings alle den Fehler, von Minoritäten – seien sie Schwarze, Juden, Homosexuelle usw. – eine Art von *omertà*, die Schweigepflicht der Mafiosi, zu erwarten, an die man bei Majoritäten gar nicht denken würde. Es ist Dir doch wohlbekannt, was ich vom Staat Israel halte, aber das hat weiß Gott nichts mit jüdischem Selbsthaß zu tun; genau so wenig wie, sagen wir, Goethe, Hölderlin oder Nietzsche an deutschem Selbsthaß litten. Was mich betrifft, so bin ich überhaupt nicht genug leidenschaftlich, um hassen zu können; trauriges Kopfschütteln und leichte Verachtung sind häufigere Reaktionen. Je älter ich werde, desto mehr tun mir die Menschen leid.

Jetzt will ich ein Geständnis machen. Trotz der vor

etwa achtzig Jahren erfolgten und wahrscheinlich überflüssigen Aufklärung durch meinen Vater habe ich mir in meinem ganzen Leben wenig den Kopf über den unbequemen Umstand zerbrochen, daß die einen behaupten, ich sei der andere. Eigentlich hatte ich ja keine Wahl. Auch habe ich keine besondere Konsequenz gezogen aus der väterlichen Enthüllung. Ich lebte, wie ich lebte; ich ging dorthin, wo ich mich erhalten konnte; ich mied die Kerls mit Schaum vor dem Mund und der Keule in der Hand. Leider gibt es die an vielen Orten auf der Welt. Ich habe die Alternative nie unterschrieben, daß, wer nicht mit den Wölfen heulen kann, mit den Schafen blöken muß. Immer gibt es den dritten, den menschlichen Weg; alle Medaillen haben mehr als zwei Seiten. Der Entschluß, zu zweit allein zu sein, ist mir nie schwergefallen.
Und noch ein Geständnis, das nur Du mir glauben wirst, weil Du mich kennst: ich habe zeit meines Lebens nicht unter Antisemitismus zu leiden gehabt. Du wirst vielleicht sagen, das kommt von meiner dicken Haut. Ich hingegen glaube, das kommt von einer besonders dünnen: lang bevor die Erde bebte, war ich schon woanders. Du darfst nicht von Dir auf mich schließen; ich hatte wenig erwartet und war selten enttäuscht. Nenn mich nicht glücklich, nenn mich stumpf!
Und nun zu Deiner berühmten Entwurzlung, die Du nicht müde wirst zu beklagen. Ich fühle mich überhaupt nicht entwurzelt. Vielleicht war ich nie besonders stark verwurzelt, denn ich wollte leicht sitzen auf der Erde. Auch die Reichsobergauner, hätten sie mich als ihresgleichen anerkannt, hätten bald gefunden, daß, selbst wenn das »Blu« okay ist, es mit

dem »Bo« hapert. Aber, wie schon mein Vater mir mitgeteilt hatte, war auch das »Blu« nicht in Ordnung. Was soll das heißen, Verwurzelung? »Der Mensch ist kein Vogel« rief meine Mutter dem Dreijährigen zu, als er unter Flatterbewegungen von einem 50 cm hohen Stein springen wollte. So kann ich sagen: Der Mensch ist kein Baum; seine Wurzeln wachsen nicht in einer Spezialerde; trinkt er zu lang das Heimatswasser, so kriegt er einen Kropf.

Zuerst waren die Menschen Wanderer und schlugen einander die Köpfe ein. Dann wurden sie seßhaft und schlugen einander die Köpfe ein. Jetzt werden sie wieder Wanderer, aber noch immer schlagen sie einander die Köpfe ein. Ich sehe nur eine einzige Wurzel, und die kommt wirklich von Gott: das ist die Muttersprache. Vielleicht, wenn es eine bewußte, denkende Zukunft gibt, wird man später erkennen, daß unser Jahrhundert es war, da mehr Menschen ihre Muttersprache verloren haben als je zuvor. (Bitte nenn mich nicht einen Sprachmystiker, denn das bin ich wahrhaftig nicht.) Du weißt, ich habe es schon oft gesagt: mir erscheint Amerika als eine Maschine, speziell erfunden, um die Menschen ihrer Muttersprachen zu berauben. Das hat schon mit den Sklaven aus Afrika angefangen und hat nie aufgehört. Da hast Du die wahre Entwurzelung. Wie die Sprache im Menschen verwurzelt ist, weiß ich nicht. Trotz Noam Chomsky und andern reduktiven Linguisten kann ich nicht glauben, daß die syntaktischen Fähigkeiten in den Chromosomen verankert sind. Wäre das der Fall, so müßte es Mutationen geben, durch welche den Betroffenen spezifische grammatische Abnormalitäten aufgezwungen werden. Davon habe ich aber nichts gehört.

Nebenbei gesagt – und Du hast es schon mehr als nebenbei gesagt – gibt es keine Anzeichen dafür, daß geistige Eigenschaften durch Gene übertragen werden. Das Genie ist nicht erblich. Die Vorsehung ist gerade dabei, Lehrbücher der Genetik zu studieren, aber sie ist noch nicht weit gekommen.

Wie dem auch sei, will ich mich nicht um eine Lamarckistische Gegenerklärung bemühen. Du weißt, ich bin kein Freund der erklärenden Wissenschaften. Aber mir scheint, es gibt zwei Arten: das Sprachen*können* und das Sprachen*kennen*. (Der halbe Gleichklang ist ein Geschenk der deutschen Sprache.) Jenes kommt vom Hauch der Stimme, die zum Kind sprach, bevor es selbst sprechen konnte; es ist, was ich die Muttersprache nenne. Dieses ist angelernt, obwohl es häufig geschieht, daß das Kennen das Können verdrängt. Ich habe übrigens den Eindruck, daß z. B. Franzosen ihre Muttersprache weniger leicht verlieren als Deutsche. (Eine Art von umgekehrtem Lamarckismus: Vererbung verlorener Eigenschaften?) In diesem Zusammenhang denke ich gerne an drei Dichter: Chamisso (Französisch → Deutsch); Conrad (Polnisch → Englisch); Nabokov (Russisch → »Amerikanisch«). Bei diesen dreien könnte man viel lernen aus ihrem Sprach- und Schreibhabitus, aber mehr davon kann ich Dir nicht zumuten. Wenn ich Nabokov lese, d. h. die späteren, nicht auf russisch geschriebenen Bücher, habe ich das Gefühl, daß seine Begabung geradezu lebt von den über den Verlust der Muttersprache vergossenen Tränen. Es ist sogar denkbar, daß diese Resonanz zwischen zwei oder mehr Sprachen eine neue Art erzeugt: ein entwurzeltes, entfremdetes Genie.

Um von Achilles zu Thersites herunterzuklettern: wie schon gesagt, fühle ich mich nicht entwurzelt. Da es im Wien meiner Kinderzeit großenteils die Juden waren, die gutes Deutsch sprachen, habe ich eine recht anständige Muttersprache zurückbehalten. Auch in dieser Beziehung war mein Gymnasium ausgezeichnet. Ein weiterer Umstand, der mir geholfen hat, meine Sprache zu bewahren, ist, daß ich sehr wenig Gelegenheit habe, das von den gegenwärtigen Deutschen gesprochene Deutsch zu hören.

Herzliche Grüße von Deinem
Melmoth

Wenige Wochen nach dem Empfang dieses Briefes hörte ich, daß Melmoth gestorben war. Ich habe übrigens vergessen zu erwähnen, daß er sehr gut Cello gespielt hat.

Verwandte Texte: H, N

NATIONALE IDENTITÄT

Man hört jetzt oft Klagen über den Verlust des Gefühls für nationale Identität. Diese kommen meistens aus Deutschland, selten aus anderen Ländern. Der Hintergrund dieser Beschwerden ist mir völlig dunkel, obwohl »Identität« an sich kein schwerverständliches Wort ist. Es kommt von dem lateinischen *idem*, derselbe, und wird in einem der neueren Wörterbücher wie folgt definiert: »*Identität* – 1) Gleichheit, völlige Übereinstimmung, Wesenseinheit. 2) Derjenige, der man ist.« Jeder, der einen Paß oder ein ähnliches Dokument besitzt, kann seine Identität ohne weiteres nachweisen, das geheimnisvolle Problem der Individuation aufs eleganteste vermeidend. Der Paß gibt auch Aufschluß über die nationale Zugehörigkeit, nur darf man aus naheliegenden Gründen »national« nicht mit »völkisch« übersetzen.

Wer demnach im Besitze eines bundesdeutschen Passes ist, beweist seine bundesdeutsche Identität, und das gleiche gilt für einen Franzosen oder Engländer. Woher also die Klagen, und warum sind, wie man mir berichtet, manche deutschen Historiker jetzt bemüht, dem Identitätsgefühl ihrer Mitbürger einen pseudowissenschaftlichen Stups zu geben, beziehungsweise es phönixartig zu regenerieren? Wie lächerlich es mir erscheint, daß es gerade Geschichtsprofessoren sind, die dem baufälligen Nationalgefühl mit patriotischen Stützpfeilern aushelfen sollen, darüber habe ich in einem letzthin publizierten Essay *Abscheu vor der Weltgeschichte* einiges gesagt. Die Gründe für diese fragwürdige Hilfsaktion sind, denke ich, sowohl politischer wie ideologischer Natur.

Daß eine Generation, die an den Nazigreueln nicht mehr beteiligt war, sich fragt, wie es dazu hatte kommen können, ist durchaus verständlich, und ebenso, daß sie mit den Fragen weitergeht, indem sie sie auf möglicherweise nationsspezifische Hintergründe ausdehnt. Da könnten die Historiker sicherlich Beistand leisten, aber sie tun es nicht und ziehen es vor, eine neue, erweiterte Auflage der Dolchstoßfabel vorzubereiten. Wenn ein junger Deutscher von den Taten der deutschen Armee und des sie begleitenden Verbrechertrosses in Polen und Rußland liest, mag er sich fragen, ob das an den Gemetzeln beteiligte Volk und die Nation, der er selbst angehört, identisch seien. Daß derartige Fragen zur Schwächung mancher Gefühle beitragen müssen, ist gewiß. Ferner hatte der verlorene Krieg zur Spaltung des Bismarckreiches geführt, und plötzlich gab es zwei nationale Identitäten, wo man früher nur eine vorzufinden gewohnt war. Wie sollte man sich für diese stumpfen Klötze, BRD und DDR, besonders erwärmen; Gebilde, die sich von ihren Traditionen haben abschneiden lassen wie kein anderes Land? Ich mag unrecht haben, aber ich habe den Eindruck, daß in beiden Ländern das altehrwürdige Wort Patriotismus synonym ist mit Irredenta.

Jetzt ist also das Wort gefallen: Patriotismus. Ist es dessen Verlust, den man beklagt, wenn man vom Schwinden des Gefühls für nationale Identität spricht? Nun stand es mit dem Patriotismus der Deutschen immer etwas anders als mit dem der Franzosen, Briten, ja sogar (unter Vorbehalt) der Österreicher. Das waren von alters her festgefügte mehr- oder vielsprachige Staaten unter dynastischer Führung, in denen sich eine herrschende Sprache sehr allmählich durchsetzte; eine Sprache, die dann, in Frankreich und England, durch eine hervorragende Literatur gefestigt wurde. In »Deutschland« waren Sprache und Literatur vorhanden lange vor der Zeit, als man von einem Staat hätte sprechen können. Das Heilige Römische Reich Deutscher Nation war doch meistens ein Papiertiger oder, besser gesagt, ein Pergamentlöwe. Hätte sich Deutschland bereits im 14. oder 15. Jahrhundert zu einem wirklichen Staat durchgerungen – oder wären die gierigen Habsburger besser beraten gewesen –, es wäre vielleicht nicht zur Reformation und gewiß nicht zum Dreißigjährigen Krieg gekommen, und die Geschichte Europas hätte einen völlig andern Weg eingeschlagen.*

In den Jahrhunderten, als deutsche Kunst, Literatur, Wissenschaft und insbesondere Musik hervorragend waren, war, glaube ich, wenig Rede von Patriotismus. In den Zeiten der Kleinstaaterei war es die Sprache gewesen und vielleicht auch ein Schatz von Traditionen, die zum Gefühl nationaler Identität beitrugen, obwohl man ihm damals kaum diesen Namen gegeben hätte. Man war Kurhesse oder Württemberger, Bayer oder Bürger einer freien Reichsstadt, aber wenn man ins Ausland reiste, wurde man als Deutscher angesehen. Die Sprache war sozusagen der Paß.

Aus Gründen, die mir nicht klar sind, ist das Wort »Patriotismus« ein Produkt des 18. Jahrhunderts, um 1778 bei Lessing und Justinus Möser zuerst gebucht. Selbst das viel eingesessener klingende Wort »Vaterlandsliebe« ist relativ jung und erscheint fast gleichzeitig bei Klopstock und Herder. Ich frage mich sogar, ob das Auftauchen solcher Ausdrücke nicht als ein Signal betrachtet werden kann, daß die von ihnen bezeichneten Gefühle abflauen. Eben so wie »Umwelt« sich erst durchsetzte, als ihre Verschlechterung weit fortgeschritten war. Systematisierung durch Namengebung, besonders wenn die neuen Wörter leicht zu Fachausdrücken degradiert werden können, ist eine Form der Entmenschlichung. Am Ende kriegen wir dann eine Gesellschaft, die nur durch Slogans bewegt werden kann. Dort, wo ich lebe, ist das bereits der Fall.

* Ich bitte um Entschuldigung für historische Amateureskapaden. Aber der Umstand, daß vor einigen Jahren ein besoffener Schweizer mich, den ehemaligen Österreicher mit dem amerikanischen Paß in der Tasche, als »Sauschwob« beschimpfte, hat mein Interesse für Geschichte lebhaft befeuert.

Wenn ich über solche Wörter nachdenke wie Heimatsliebe, Patriotismus, nationale Identität, liegt mir die Frage nahe, wie es damit steht bei dem Menschen, den ich am längsten kenne, nämlich bei mir selbst. Dem Begriff Heimat ist in diesem Buch der H-Text gewidmet; aber was mich angeht, muß ich gestehen, daß Liebe zur Heimat nicht eine meiner hervorstechenden Eigenschaften sein kann. Für das im Südosten der österreichisch-ungarischen Monarchie zur Welt gekommene Kind war die Heimat kurz und wankend, schon 1914 von den Truppen des Gegners besetzt, ab 1918 in rumänischen Händen, nach 1945 zur Sowjetunion gehörend. Ich kannte sie kaum, diese Heimat, und auch Wien war nur eine Ziehmutter. Ich war wahrscheinlich nicht viel älter als fünfzehn, als ich bei irgendeiner Gelegenheit sagte: »Meine Muttersprache ist meine Heimat«. Und dabei ist es geblieben, obwohl ich später mehrere andere Sprachen erlernt habe.

Die meisten meiner Altersgenossen würden gewiß andere Antworten geben. Aber wir alle gehörten zu einer Generation des Wanderns, ja sogar der Flucht; wir trugen die Grenzen unserer Heimat mit uns, am eigenen Leib. Später tauschten wir die Muttersprache gegen eine andere ein; ein Vorgang, den ich für den schmerzlichsten halte, der dem menschlichen Geist widerfahren kann. Wer die Ritzen der Ursprünglichkeit nicht offenzuhalten vermag, erleidet, fürchte ich, schweren Schaden. Ursprung ist ein schönes Wort; zuerst bedeutete es die erspringende Quelle. Auf den Menschen bezogen, ist es ein rätselhaftes Wort, denn was ist des Menschen Ursprung? Ist es der Sprung aus dem Mutterleib, ist es der Sprung in ihn? Mit der Seele kommt die Sprache, mit dieser geht jene verloren. Viel höher als die nationale Identität schätze ich die menschliche, und diese wird durch nichts wirkungsvoller beschirmt als durch die Muttersprache. Ich habe es daher als eines der unmenschlichsten Verbrechen betrachtet, ganze Völker ihren Sprachen zu entreißen, wie es zur Zeit der Sklaventransporte aus Afrika geschehen ist. Patriotismus hingegen ist in unserem Jahrhundert ein fragwürdiger Begriff geworden. Eine Familie, die aus Rußland nach Israel auswandert und, wie üblich, bald nach USA weiterreist, hat in einem kurzen Zeitraum mit drei Patriotismen zu tun gehabt. Sehr aufrichtig können diese Gefühle also nicht sein, sogar wenn dem reichlicheren Brot ein lauterer Lobgesang entspricht. Überhaupt ist Patriotismus, wie viele politischen Vermächtnisse des späten 18. Jahrhunderts, ein Radauwort geworden. Wer den unaufhörlichen Wahlkämpfen in den Vereinigten Staaten beigewohnt hat, wird das leicht einsehen.

Zum Anfang dieser Betrachtungen zurückkehrend würde ich sagen, daß, wenn es so etwas gibt wie ein Gefühl für nationale Identität, dieses sich am wirksamsten stützen kann auf die kulturellen Leistungen in der Vergangenheit der Nation. Stolz auf die Leistungen der Gegenwart ist weniger anzuraten, schon weil der nötige Abstand fehlt. Was Deutschland betrifft, so ist seine Vergangenheit voll von großen Namen, die die meisten jetzt Lebenden wahrscheinlich nicht kennen. Tatsächlich sind Unwissenheit und Unbeteiligtheit große Feinde des Nationalgefühls. Wenn ich eine Eigenschaft nennen sollte, die fast dem gesamten »Freien Westen« gemeinsam ist, so ist es die Ignoranz. Ob Barbarei reversibel ist, weiß ich nicht. Ich bin aber gewiß, daß der Untergang Roms auch daran erkennbar war, daß plötzlich die Lateinlehrer nicht mehr Latein konnten.

Verwandte Texte: H, M

OEFFENTLICHE MEINUNG

In den vielen Jahren, die ich in den Vereinigten Staaten verbracht habe, ist mein Versuch zu verstehen, was mit *public opinion* gemeint ist, vergeblich geblieben. »Das ist doch eine Schande«, habe ich zu mir gesagt, »jetzt lebst du schon viele Jahrzehnte in der größten Demokratie der Welt, deren wichtigster Gradmesser eben die Öffentliche Meinung ist, und noch immer weißt du nicht, wie sie zustande kommt und was damit gemeint ist.« Meine Entmutigung ging so weit, daß ich mich dazu hinreißen ließ, den Begriff »public opinion« und den verwandten Begriff »consensus« als Idiotenwörter zu qualifizieren. Ich zitiere aus meinem letzten Buch *Serious Questions* (S. 102):

> *Consensus.* Following a costly saturation campaign in the media to sell a certain soap powder, lipstick, or, for that matter, president of the country, one assumes that a consensus concerning that merchandise has been established. If then in a nation of 250 million, 600 people out of 800 questioned say that this is the best soap powder, lipstick, or president, the existence of a consensus has been proved "scientifically," as people like to say. Consensus seems, hence, to be the crowning of another concept, Public Opinion, whose venerable age makes one forget that it, too, is an idiot word. But, whereas "Public Opinion" leaves open how many different, and even opposite, views it comprehends, "Consensus" is a vectorial expression: it declares the identity of views. It is a dangerous word because it is used to conceal the lack of democracy in a democracy.

Fangen wir beim Anfang an: was ist öffentlich, was ist Meinung? Jenes ist vielleicht leichter zu definieren als diese. Öffentlich ist also, was dem gesamten Volke zugänglich ist, woran es teilnimmt, was von ihm aufgenommen und besichtigt werden kann – im Gegensatz dazu, was »privat«

ist. »Öffentliche Bedürfnisanstalt«: das Wort bietet keine Probleme, allerdings unter der Voraussetzung, daß es nicht das gesamte Volk sein wird, welches das Institut gleichzeitig besuchen will. Im Gegensatz dazu sollte an der öffentlichen Meinung das gesamte Volk mitwirken können. Leider – andere werden sagen Gott sei Dank – tut es das nicht. Das einzige, was die beiden Begriffe gemeinsam haben, denen ich hier das Adjektiv öffentlich vorangestellt habe, ist, daß sie nichts kosten sollen. Sogar das trifft nicht immer zu: mal zahlt man für das Bedürfnis, mal leidet man für die Meinung. Solange alle gleich zahlen und gleich leiden, scheint die Demokratie garantiert; aber Bedürfnisse sind monoton, Meinungen vielfältig, und Demokratie ist ein schönes, niemals verwirklichtes Ideal.

Wie öffentliche Meinung zu definieren ist, das sehe ich lieber unter *public opinion* nach. (Aus mir unverständlichen Gründen sind die englischen und amerikanischen Wörterbuchmacher viel besser im Definieren als ihre deutschen Kollegen. Ist es die Sprache, ist es der Kopf?) Zum Beispiel im »Großen Webster« wird der Begriff erklärt als »die vorherrschende Einstellung einer Gemeinschaft, als der kollektive Wille des Volkes, als die Summation der öffentlichen Stellungnahme zu spezifischen Fragen oder Ereignissen«. Die Amerikaner sollten es wissen: nirgendswo sonst auf der Welt, glaube ich, wird dieser Begriff so viel malträtiert. Dennoch muß ich sagen, daß er mir, wie er definiert ist, als einer jener tautologischen Janusköpfe erscheint, als ein zweigesichtiges Mißgebilde, wo das eine Gesicht immer auf das andere schielt, ob es ihm zu Hilfe komme.

»Öffentliche Meinung« ist eine recht alte Wendung. Im Englischen ist sie zuerst für das Jahr 1735 verbürgt und wahrscheinlich aus dem Französischen übernommen worden. Denn in Frankreich verwendete schon Montaigne den Ausdruck »opinion publique«. Häufig wurde sogar das

Adjektiv weggelassen; z. B. schreibt Pascal in den *Pensées* (Lafuma Nr. 554): »Die Macht ist die Königin der Welt und nicht die Meinung, aber die Meinung ist es, welche die Macht anwendet.« Chamfort drückt es kräftiger aus: »Die Meinung ist insofern die Königin der Welt als die Dummheit die Königin der Dummen ist.« Und ebenfalls Chamfort: »Es gibt Jahrhunderte, in denen die öffentliche Meinung die schlechteste der Meinungen ist.« Ins Deutsche scheint der Ausdruck, den es also schon seit dem Ende des 16. Jahrhunderts gab, in der Mitte des 18. eingeführt worden zu sein, und zwar wahrscheinlich von Wieland.

Wenn man von der öffentlichen Meinung spricht, denkt man wahrscheinlich meistens an die herrschende Meinung, was ja eigentlich nicht ganz dasselbe ist. Wie diese oder jene zum Ausdruck gelangte, bevor es eine Presse gab, ist nicht leicht zu verfolgen. Gewiß waren Kirche, Aristokratie, *noblesse de robe*, also der Richter- und Beamtenadel, und auch die aufkommende Bourgeoisie daran beteiligt. Es ist jedoch nicht unwahrscheinlich, daß der Begriff auch als rhetorische Floskel verwendet wurde und häufig nur die Meinung des Schreibenden als die öffentliche verkleidete. Wie sich Meinungen in einer informationsarmen Zeit verbreiten, davon gibt die wundervolle Verleumdungsarie des Basilio in Rossinis *Barbier von Sevilla* die beste Beschreibung.

Seit die Tagespresse ihren verhängnisvollen Vormarsch antreten konnte, also ungefähr seit der Französischen Revolution, wurde es leicht, den Menschen Nachrichten und später auch Meinungen ins Haus zu bringen. Anfangs waren es wahrscheinlich nur die Neuigkeiten, die den einzelnen zur Meinungsbildung veranlaßten. Kritische Geister, die vor soviel Freiheitsluft immer wieder niesen mußten, mögen allerdings gesagt haben, daß eine Meinung nicht mehr wert ist als der Mensch, der sie hat. Das war aber gewiß nur die Ansicht einer sehr kleinen Minderheit.

Allerdings glaube ich, daß man von einer Beeinflussung der öffentlichen Meinung durch Zeitungen und Zeitschriften erst seit der Viktorianischen Epoche sprechen kann, also nach etwa 1850. Ihren Höhepunkt erreichte diese Form der Gehirnmassage, ob sie nun von den Regierungen oder von den Presselords ausging, im ersten Drittel unseres Jahrhunderts. Aber schon der 1850 verstorbene bedeutende englische Staatsmann Sir Robert Peel konnte die öffentliche Meinung wie folgt definieren: »Eine Verbindung von Narrheit, Schwäche, Vorurteil, falschem Gefühl, richtigem Gefühl, Starrsinn und Zeitungsartikeln«. Daß eine derartige Verbindung einen sehr niedrigen Schmelzpunkt hat und bei mäßigem Erhitzen leicht Blasen wirft, hat der gescheite Mann nicht hinzugesetzt, denn die Molekularsoziologie war noch nicht erfunden.

Relativ wertfreie, wenn auch oft unverlässliche Nachrichten hat es vielleicht am Anfang der Epoche gegeben, aber es blieb nicht lange so. Wenn ich für einen Augenblick in meine Gegenwart hinüberspringe, nach Amerika, so würde ich sagen, daß die sogenannten Neuigkeiten nur zum Teil Geschehnisse wiedergeben, die der unmittelbaren Vergangenheit angehören; häufig handelt es sich um Berichte darüber, was eintreffen werde, worauf es meistens eintrifft. Es ist nicht so sehr, daß der Reporter eine Nase für Ereignisse hat, sondern die Ereignisse haben eine Nase für den Reporter und kommen ihm zugelaufen, damit er sie an die Leine der Tatsächlichkeit lege. Dem naiven Betrachter erscheinen die Kausalitätsverhältnisse völlig verwirrend. Nachrichten oder Neuigkeiten sind fertig verpackte Konsumgüter geworden, die gleich geeignet sind für die Verbreitung durch die Presse, den Rundfunk und das Fernsehen. Man könnte sagen, daß die Massenmedien viel eher die Erzeuger als die Verteiler dieser Pakete sind. Der Verbraucher, also der Leser und Hörer, steckt die Päckchen in seine geistige Tasche und fängt häufig nichts damit an. Es handelt sich um einen zum Bersten vollen Leerlauf von Maschinen, die sind, weil sie sind.* Es gibt gewohnheitsbildende Drogen, an denen die Chemie völlig unschuldig ist.

In extremen Zeiten, also unter dem Nationalsozialismus, war die öffentliche Meinung dem Dr. Goebbels völlig bekannt. Eine andere Meinung konnte es nicht geben, denn wäre sie öffentlich geworden, so wäre ihrem Verbreiter der Kopf abgehauen worden. Da lagen die Dinge also höchst einfach. Weniger einfach waren sie in den demokratischen Ländern, Frankreich, England, Amerika, und durch den Auftritt einer neuen Weltmacht, der Reklame, gestalteten sie sich noch komplizierter. Wie das meiste auf der Welt fing auch die Reklame klein an, aber seit dem Ersten Weltkrieg – und in Amerika noch früher – zeigte sie ihre Zähne. Um ihrem Einfluß gerecht zu werden, will ich etwas zurückgehen und versuchen, im Prozeß der Bildung der öffentlichen Meinung mehrere Etappen zu unterscheiden.

1. Auf Grund von öffentlichen Verlautbarungen, von Nachrichten und Neuigkeiten, die ihm die Presse liefert, und noch mehr durch das, was ihm das Hörensagen zuträgt, bildet sich der einzelne eine Meinung, soweit er dazu fähig und willig ist; eine Meinung, die ihm kaum abverlangt wird. Die rudimentäre Reklame hat die Form »Bei Müller sind frische Bücklinge eingetroffen«.

2. Politische Kritik beginnt sich fühlbar zu machen, die Tageszeitungen erfinden den Leitartikel, periodische Zeitschriften bringen manchmal auch Aufsätze politischen Inhalts. Halbdemokratische und demokratische Regierun-

* Das gilt übrigens für sehr viele Institutionen unsrer Zeit: es ist leicht, sie ins Leben zu rufen, und unmöglich sie loszuwerden.

gen müssen bereits der publizistischen Stellungnahme Gehör schenken. Wahlpropaganda und Agitation sind jedoch auf Meetings und Bankette beschränkt. Typisch für die Periode ist der Kampf um die Abschaffung der »corn laws« und um die Änderung der »poor laws« in England. Man beginnt die Namen von Meinungsbildnern, »trend setters«, zu hören: Carlyle, Macaulay, de Tocqueville, Karl Marx, Dickens, Victor Hugo. Die Reklame ist noch primitiv: »Müllers Bücklinge sind die besten.«

3. Es beginnt, mehrere »öffentliche Meinungen« zu geben. Die herrschenden Schichten wissen, daß sie eine Minderheit sind und versuchen, die Wähler, und manchmal auch das ganze Volk, in ihrem Sinne zu beeinflussen. Die Kirche verliert ihren meinungsbildenden Einfluß, die Aristokratie verliert ihre Vormacht, außer in England und dem neugebildeten Deutschen Reich. Dafür steigt der Einfluß der Zeitungsbesitzer, die Presse wird eine Weltmacht. Amerika ist damit beschäftigt, für die Sklaverei eine neue Frontdekoration zu errichten. Die Naturwissenschaften beginnen ihre nicht mehr endende Blüte. Beispielsweise einige Namen, die die Epoche charakterisieren: Gladstone, Disraeli, Bismarck, Cavour, Zola, Tolstoi, Marx und Engels, Darwin, Claude Bernard. Anfangs ist die Reklame noch zurückhaltend: »Wo sonst als bei Müller kauft der feine Mann solche wunderbaren Bücklinge?« Bald aber sprengt sie den bescheidenen Rahmen und erreicht Eiffelturmhöhe, besonders auf den Weltausstellungen.

4. Manipulative Techniken zur Beeinflussung der Meinungsbildung werden unter der Führung der Reklame vervollkommnet. Der Einfluß der Presselords ist auf seinem Höhepunkt, aber die aufstrebende Arbeiter- und Gewerkschaftspresse heizt die Skepsis. Die Entrechtung der Frauen hält an, aber das allmählich auf alle Männer ausgedehnte Wahlrecht bewirkt eine Verwässerung und zu-

gleich Aufspaltung des anfänglich noch monolithischen Begriffs der öffentlichen Meinung. Die Technik der Beeinflussung des einzelnen durch Geschrei, Gesang und Tanz wird eine angewandte Wissenschaft; die Reklame zersetzt und denaturiert die Denk- und Gefühlsprozesse der Menschen. Mit dem Jahre 1914 geht das neunzehnte Jahrhundert zu Ende, und damit auch die in tausend Jahren gewachsene europäische Kultur; es beginnt unsere verworrene Gegenwart.

Wer waren also die Meinungsmacher, oder gab es sie nicht? In den ersten beiden von mir unterschiedenen Perioden waren es wahrscheinlich die als Regierung konstituierten herrschenden Schichten, obwohl in Periode Nr. 1 die Meinungen des Volkes keine große Rolle spielten. Die Heilige Allianz brauchte nicht auf das Gemurmel der Menge zu hören. In Periode Nr. 3 beginnen sich die ersten Anzeichen eines immer intensiver werdenden Prozesses abzuheben: Leibeigenschaft geht allmählich in Geisteigenschaft über. Der Körper wird freier, das Denken wird geknechtet. Die Konturen verschwimmen: wer von den Leibeigenen profitierte, ist leicht festzustellen, nicht aber, wer das im Falle der Geisteigenen tut. Der Präsident der Vereinigten Staaten ist genauso ein Knecht wie der von ihm verachtete, auf dem Trottoir liegende Obdachlose.

Der Übergang von Periode Nr. 4 zur Gegenwart ist durch eine wichtige Veränderung gekennzeichnet. Solang die Zeitungen nicht von Inseraten abhängig waren, sondern ihr hauptsächliches Einkommen aus dem Absatz der Blätter bezogen, hätte man sagen können, daß sie ihre Leser beeinflußten, indem sie ihnen geeignete Neuigkeiten und politische Stellungnahmen verkauften, gewöhnlich im Einvernehmen mit der Regierung oder der Opposition. Mit der wachsenden Allmacht der Reklame, und besonders seit dem Aufkommen von Rundfunk und Fernsehen, hat das aber aufgehört. Was die Massenmedien jetzt verkaufen ist Unterhaltung, Amüsement. Verbrechen und Katastrophen, Terrorakte und Gipfeltreffen, Diplomatenreisen und Filmfestivals, Modeschau und Geiselnahme: alles wird durch die gleiche Faschiermaschine gedreht, und der erhobene Finger des Kommentators oder Leitartiklers dient nur zur Entgegennahme des Gehaltschecks. Der Geist des Betrachters, Hörers, Lesers wird zwar abgestumpft oder abgetötet, aber Meinungen werden ihm nicht eingeflößt. Meistens hat er keine.

Hier kommt nun eine verhältnismäßig junge, verhängnisvolle Einrichtung gerade zurecht: die Meinungsumfrage. Als die Menschen die Fähigkeit verloren, eigene Meinungen zu entwickeln, war es an der Zeit, sie danach zu fragen. Denn siehe da, die Frage erzeugte die Antwort, und plötzlich gab es eine öffentliche Meinung. Allerdings nur auf Papier, und sie war nicht besser gedeckt als das immer rascher zirkulierende Papiergeld. Meinungsumfragen sind, denke ich, nicht die Produkte des Wissensdurstes der Soziologie oder der Politologie, sie entstammen der Reklame. Kaufleute hätten wahrscheinlich schon immer gern gewußt, was die Kundschaft von ihren Waren denkt, und Feldherren haben vermutlich schon im Altertum ihre Feldwebel herumgeschickt, um die Stimmung der Truppen herauszufinden; aber ohne die Wissenschaft der Statistik ging es nicht. Wie hätte man sonst 60 zu 6 Millionen aufblasen können?

Für die Massenmedien haben, seit sie sich völlig der Reklame ausgeliefert haben, Meinungsumfragen noch eine spezielle Wichtigkeit. Ohne das durch Reklame erworbene Einkommen können diese Organe nicht existieren. Andererseits ist die Leser- und Hörerschaft noch nicht bereit – auch das wird kommen –, nur aus Inseraten bestehende Darbietungen entgegenzunehmen. Man muß demnach der Konsumentenmenge ein geeignetes Gemisch von Unterhaltung und Reklame einflößen. Man möchte aber auch wissen, aus welchen Vermögensklassen sich das betreffende Publikum rekrutiert, denn danach richten sich die Gebühren. Dazu dient nun die professionelle Ausfragerei, die Meinungen sowohl erzeugt als registriert.

Der heutige Zustand, wie er mir erscheint, kann kurz beschrieben werden. Die Massenmedien verkaufen dem Publikum das Amüsement, welches dazu dient, das Publikum aufrechtzuerhalten. Gleichzeitig verkaufen sie dieses Publikum, dessen Zahl und Zusammensetzung durch Meinungsumfragen ermittelt wird, der Reklameindustrie. Diese hinwiederum besitzt eine Branche, welche die öffentliche Meinung feilhält und an das ihr von den Massenmedien gelieferte Publikum verschleißt.

Wenn ich recht habe, ist also die öffentliche Meinung über, sagen wir, Coca-Cola oder den amerikanischen Präsidenten ein Produkt der Zusammenarbeit zwischen Informations- und Manipulationsindustrie, wobei paradoxerweise diese die Information und jene das Amüsement liefert. Kommen alle Elemente der öffentlichen Meinung auf ähnliche Weise zustande? Ich würde das bejahen, denn was wir jetzt so nennen ist etwas ganz anderes als die »opinion publique« eines Montaigne. Ich glaube nicht, daß ich lediglich ein *laudator temporis acti* bin, wenn ich sage, daß zu jener Zeit wer denken wollte auch denken konnte; daß der vereinigte Angriff von Fortschritt und Technik, von Wissenschaft und Täuschung, von Lärm und Verschweigen, von Gehirnwäsche und Verstumpfung damals noch nicht angelaufen war. Es waren gewiß immer die gleichen Menschen, aber sie waren freier, weil sie frischer waren, tiefer, weil sie naiver waren. »Nicht der Geist macht die Meinungen, sondern das Herz«, sagt Montesquieu.
Verwandte Texte: D, F, I, U

PATHOLOGIE DES FAUSTISCHEN DRANGES

Der Doktor Faust, wie er so in seiner Studierstube sitzt und über das All und die Natur nachdenkt, hätte er je eine wissenschaftliche Abhandlung zustandegebracht, so könnte er sie jetzt nicht publiziert bekommen. Es fehlte der experimentelle Teil, denn was die Meerkatzen und Meerkater in der Hexenküche zusammenbringen, ist bestenfalls ein kosmetisches Präparat. Aber Spaß beiseite, Faust ist ein spätes, wenn auch nicht das beste Beispiel dafür, was selbst die alten Griechen, die vorsokratischen Philosophen, als typischen Forscher erkannt hätten: er dachte nach über die Natur und ihr gewaltiges Walten. Auf diese Weise – durch tiefes Denken – entdeckt man jedoch weder Hormone noch Antikörper, erfindet man weder Rad noch Verbrennungsmotor. Auch fehlt dem Faust die wichtigste Gabe des heutigen erfolgreichen Naturforschers: er hat kein Sitzfleisch, er ist die verkörperte Ungeduld.

Nun könnte man zwar sagen, gerade mit der Ungeduld habe der Teufel das kurze Gedächtnis gezeugt; und wir leben wahrscheinlich im Zeitalter der größten Ungeduld und des kürzesten Gedächtnisses. Um so mehr Geduld muß aber der große Forscher haben, und das erzeugt die Spannung zwischen ihm und seiner Zeit. Vorerst möchte ich jedoch meine Überlegungen in eine andere Richtung wenden.

Der Klassiker ist ein König Midas der Literatur; was immer er berührt, wird ein geflügeltes Wort. Das stört einen jetzt beim Lesen des Ersten Teils von Goethes Faust: die Büchmänner waren überall schon vorher gewesen. Goethe kann natürlich nichts dafür, dem Shakespeare oder dem Corneille ist das auch passiert, wie vielen anderen. Daß aber dem Adjektiv »faustisch« und besonders der englischen Entsprechung »faustian« die kräftigsten, weitestreichenden Flügel wachsen würden, hätte Goethe vielleicht nicht vorausgesehen. Das Wort findet sich jetzt in vielen Sprachen. Seltsamerweise kann ich gerade für das deutsche Adjektiv kein ungefähres Datum angeben. Das Grimmsche Wörterbuch hilft da nichts, denn die ersten Teile sind bekanntlich recht kurz gefaßt; der Buchstabe F bis zum Worte Frucht stammt noch von Jacob Grimm selbst, und er hat das Wort nicht gebucht. Für das Englische gibt das neue Supplement zum Oxford English Dictionary für das erste Vorkommen des Wortes »faustian« das Jahr 1876 an. Das französische »faustien« kommt im Anfang dieses Jahrhunderts auf, das italienische »Faustiano« etwas später bei Benedetto Croce. Ich bin jedoch überzeugt, daß es für diese Sprachen frühere Belegstellen geben muß; um so mehr als zumindest für das Englische die alte Tragödie von Christopher Marlowe (gedruckt 1604) bereits Anlaß zu einer derartigen Prägung hätte geben können.

Die Reichweite des Begriffes »faustisch« könnte vielleicht auf folgende Weise beschrieben werden: 1. jemand, der sein geistiges Können zu materiellen Vorteilen ausnützt; 2. jemand, der unersättlich nach Wissen und Macht strebt; 3. jemand, den die Qual der Unzufriedenheit zu immer neuem Ringen um geistige Vervollkommnung antreibt. Es ist also, wenn man will, die fieberhafte Ungeduld, das Nie-genug-haben, was den faustischen Streber ausmacht: er ist ein molierischer Geizhals, nur geht es mehr um spirituelles Gold.

Jetzt verlasse ich Lexikon und Vokabular und stürze mich ins volle Maschinenleben. Das Wort »faustisch« hat nämlich in den letzten Jahren an unerwartetem Orte zu schillern begonnen. Ich glaube, es war der amerikanische Physiker A. M. Weinberg, einer der lautesten Befürworter des Baues von Kernkraftwerken, der das Schlagwort vom *faustian bargain*, vom faustischen Pakt oder Vertrag aufbrachte. Er bezog sich auf die Atomspaltung, die Nuklearbombe, die Ausnutzung der Kernenergie für sogenannte friedliche Zwecke. Der »faustische Pakt« ist natürlich nur ein Deckwort dafür, was andere Beobachter unserer Naturwissenschaften als den Verlust der Unschuld bezeichneten. Dazu könnte man allerdings sagen, daß die Naturforschung auch schon vorher nicht besonders unschuldig war und kaum die Rose der Jungfräulichkeit als Preis verdient hätte. Mit wem dieser Handel abgeschlossen wurde, hat Dr. Weinberg eigentlich nicht gesagt. Wie viele Wohltäter der Menschheit zieht es auch der Teufel vor, anonym zu bleiben. Auch wer den Handel eingegangen ist, hat Dr. Weinberg nicht bekannt gemacht; es war das mythische *Wir*, von dem ich, wie auch in andern Fällen, ausgeschlossen bleiben möchte.

Wie alle Slogans ist auch dieser ein Denkersatz. (Muß ich darauf hinweisen, daß ein Denk-Ersatz das Gegenteil von einem Denker-Satz ist?) Er manipuliert den Drang nach Gewinn und Macht zu einem faustischen Drang nach Wissen und entpuppt sich als eine faule Ausrede. »Zwar weiß ich viel, doch will ich alles wissen«, dieser dumme Ausruf des Famulus Wagner – sein Kopf voller Software – ist das Motto unserer Welt geworden. Wir *wissen* wahrscheinlich weniger als irgendeine frühere Generation, aber irgendwo haben wir einen Nibelungenschatz hinter elektronischen Schlössern liegen und den nennen wir Wissen. Wir bezahlen eine ganze, mit Spezialschlüsseln ausgestattete Riesenzunft, um diesen Schatz dauernd zu vergrößern, und so wächst und wächst er. Der einzelne, aus dessen Steuergeldern die Wissensproduktion finanziert wird, kann sich am Blinken der Dukaten kaum erfreuen, denn der Schatz ist ihm nicht zugänglich; auch ist er nicht golden, sondern eher grau, tonbandfarben. Es wird sich also vielleicht herausstellen, daß man überhaupt nicht von einem faustischen Drang in unsrer Zeit sprechen darf, sondern von einem Wagnerischen, von einer erhaben-stumpfen Schnüffelei. Der platte Famulus ist demnach viel eher das Symbol der Gegenwart als der in alle Richtungen gleichzeitig brennende Denker und Sucher. Der Doktor Faust würde es heute nicht zum Assistenzprofessor bringen, der Magister Wagner jedoch zu den höchsten Ehren und Preisen. Auch die Atombombe hat er auf dem Gewissen, denn er ist das personifizierte Komitee.

Noch eines möchte ich sagen. Es ist mir eigentlich nie klar geworden, was den Faust wirklich treibt. In vielen Beziehungen ist Faust, besonders im Ersten Teil, ein aus dem Mittelalter herauswachsender, ein verwirrter und verworrener Denker, von dem man sagen möchte, daß er nicht genau weiß, was er will. Er zeigt das Mißbehagen eines Menschen, der sich gerade jetzt der übermächtigen Durchschlagskraft seiner Vernunft bewußt wird. Er kann nicht mehr annehmen, was geschrieben steht, weiß aber noch nicht, was er an dessen Stelle setzen soll. Obwohl mir Faust immer als eine Bühnenfigur vorgekommen ist, die ein Genie mit in höchstem lyrischen Glanz leuchtenden Wortgewändern bekleidet hat, ist man allgemein übereingekommen, ihn als die wuchtigste Verkörperung eines unersättlichen Wissensdranges zu betrachten, als ein Sinnbild eines nicht zu bändigenden menschlichen Triebes.

Übrigens, denke ich, wäre es unrichtig, den Naturforscher Goethe mit Faust gleichzusetzen. Ich möchte nur die schönen Worte anführen, mit denen Goethe seine wenig bekannten Überlegungen über Meteorologie *Versuch einer Witterungslehre* (geschrieben 1825) beginnt.

> Das Wahre, mit dem Göttlichen identisch, läßt sich
> niemals von uns direkt erkennen: wir schauen es nur
> im Abglanz, im Beispiel, Symbol, in einzelnen
> und verwandten Erscheinungen; wir werden es gewahr
> als unbegreifliches Leben und können dem
> Wunsch nicht entsagen, es dennoch zu begreifen.

Goethe war ein Meister der Stille. Die Ruhe, mit der er sich der Beobachtung dessen hingab, was ihm als Natur erschien, hat wenig mit dem hektischen Stöbern zu tun, wie es mir im Begriff des faustischen Dranges enthalten scheint. Es war nicht grundlos, daß ich bei einer früheren Gelegenheit Goethe einen in die moderne Zeit verirrten spätgriechischen Naturforscher nannte.

Wie steht es eigentlich mit dem Wissen? Es gibt ein Wissen, das mit dem Menschen geboren wird, und eines, das er aufnimmt im Laufe seines Lebens, ob das nun durch die alltägliche Erfahrung geschieht oder dadurch, was er hört, sieht, lernt, liest und in seltenen Fällen vielleicht sogar denkt. Dieses individuelle Erfahrungswissen wird natürlich verschieden ausfallen, je nach den Lebensbedingungen und dem Aufnahme- und Erinnerungsvermögen des einzelnen, oder, wenn man will, gemäß der Kraft seines Verstandes bzw. seiner Neugier. Diese Neugierde oder, feiner gesagt, dieser Wissensdrang ist es nun, den man gewöhnlich verantwortlich macht, wenn es um die Aufhäufung und Bewahrung der anderen Art von Wissen geht, also dessen, was ich gerade vorher unseren Nibelungenschatz genannt habe. Da ich mich gerne als Universallaien betrachte, muß ich ganz unfachmännisch sprechen, aber ich habe den Eindruck, daß es sich bei diesem immerfort wachsenden Wissensschatz um etwas ganz anderes handelt, als was frühere Zeiten Wissen genannt haben. Dieses neue Wissen ist nämlich hauptsächlich erst in der Periode des Experten, des Spezialisten, des Fachmannes realisierbar geworden. Begonnen hatte es zwar schon lange vor dem Computer, aber dieser ist das wahre Merkzeichen unserer wissensproduzierenden Epoche.

Selbst jetzt ist dieser glatte kalte Apparat noch nicht Alleinherrscher. Noch gibt es Universitäten, Bibliotheken,

Museen; aber leider sind alle diese im Begriffe herabzusinken zu müden Wegstationen auf der langen Straße der Datenübertragung. Was früher als menschliches Wissen galt, heißt jetzt Information; und dieses klappernde Maschinenwort bedeutet, daß man jetzt nur zu wissen braucht, wo die Knöpfchen sind. Wir haben nur mehr die Wahl zwischen Spezialtalenten und Universaleseln; *l'honnête homme moyen*, der wahre Pfeiler des Zivilisationsgebäudes, ist verschwunden.

Das können wir uns klarmachen, wenn wir uns überlegen, wie sehr das Publikum, dem das sogenannte Wissen übermittelt wird, sich verändert hat. Der Umschlagspunkt liegt wahrscheinlich in der zweiten Hälfte des neunzehnten Jahrhunderts, also gerade in der Zeit, als solche Wörter wie Fachmann, Spezialist, Experte aufkamen. Das wird auch die Zeit gewesen sein, als Verben wie »sich amüsieren, sich delektieren« ihren Sinn veränderten. Denn Wissen im alten Sinne umfaßte viel mehr als was der heutige Wissenschafter, der Verweser des Wissens, als sein Eigentum betrachtet. Wie enorm war die Wirkung eines Voltaire, eines Kant oder Gibbon verglichen damit, was ihre blassen Nachfolger heutzutage aufzuweisen haben.

Wir können halbwegs rekonstruieren, was für Bücher der amerikanische Präsident Thomas Jefferson (1743 bis 1826) gelesen hat. Für seinen gegenwärtigen Nachfolger wird es wahrscheinlich schwerer sein, eine solche Liste aufzustellen. Ob es eine Untersuchung aristokratischer oder bürgerlicher Lektüre in verschiedenen Zeiten gibt oder geben kann, weiß ich leider nicht. Sie wäre nicht ohne Interesse. Ich zweifle nicht, daß in der Gegenwart der Teilnahmebereich des Publikums enorm geschrumpft ist, wenn man ihn, sagen wir, mit der viktorianischen Epoche vergleicht. *Mens sana in corpore sano?* Es wird sich aber vielleicht herausstellen, daß der Sport eines der wirksamsten

Mittel zur Volksverblödung ist, und er ist wahrhaftig nicht das einzige.

Wenn man sich in unserer Zeit den faustischen Drang und die Art, in der er sich ausdrückt, vorstellen will, so wird das meistens in der Form des angeblichen Aufschwungs unserer Wissenschaften, insbesondere der Naturwissenschaften, geschehen. Von den letztern absehend, muß ich mich allerdings fragen, ob man überhaupt von einem Aufschwung reden kann. Dick ist ja nicht unbedingt gesund. Soweit ich es übersehen kann, drückt sich in den Humanwissenschaften dieser Aufschwung hauptsächlich in einer sehr beträchtlichen Verkürzung der Lebensfähigkeit des einzelnen Werkes aus. Unsere Zeit verbrennt sich und ihre Gebilde viel schneller als irgendeine vorhergegangene. Wir leben, wie ich schon sagte, unter dem Fluch der Ungeduld und des kurzen Gedächtnisses. Der Ahnherr alles Überholbaren ist ja der unselige Sisyphus. Jedes Mal, wenn der Fels zurückrollt, verliert er die Aussicht auf eine Daueranstellung. Daher lese ich in fast allen Besprechungen von in Buchform erschienenen Symposien historischen, soziologischen oder literarischen Inhalts, sie seien mit zweijähriger Verspätung publiziert worden und daher völlig überholt. Immer ist das Zeitgemäße das am schnellsten Überlebte; nichts wird rascher alt als das Allerneueste.

Das gilt in noch viel höherem Maße für die Naturforschung, die in der für uns erkennbaren Form fast völlig aus der viktorianischen Epoche stammt. Namen wie Virchow und Helmholtz, Pasteur, Faraday, Lyell, Maxwell, Darwin, Justus von Liebig und so viele andere erscheinen als uns völlig verständliche Forschergestalten; und doch, würde ich behaupten, keiner von ihnen hätte sagen können, er habe den faustischen Pakt geschlossen. Das konnte nur einer sagen, dem der Glutatem unserer Zeit lieb und vertraut war. Aus Gründen, die mir verschlossen sind, verläuft jetzt die meiste Naturforschung mit Schaum vor dem Mund. Sie ist in unsrer sonst so apathischen Zeit wahrscheinlich die einzige Tätigkeit, die mit einer größeren Leidenschaft ausgeführt wird als je zuvor. Da schlägt der kleinste Molekularbiologe den größten Lyriker. Kein sizilianischer Stilettomeister bringt die Schlagkraft auf, mit der manche Fachkollegen einander zu Leibe rücken.

Eines der Lieblingswörter Goethes war, glaube ich, das Verb *greifen* – greifen, ergreifen, begreifen – und selbst die Greifen der Klassischen Walpurgisnacht, diese Fabelvögel, sind auch Greifer. Seine größte Passion war vielleicht das aus stiller Beobachtung geschöpfte Begreifen, Verstehen der Welt. Ganz im Gegensatz zu den nachfolgenden Generationen, und besonders zu uns, war er viel eher fragmentarischer Versteher als kompletter Erklärer. Die Wirklichkeit zu begreifen ist ja eine Art von Umarmung des Bestehenden. So herrscht denn in seinen Schriften, und besonders in den der Natur gewidmeten, eine Andacht, die uns völlig abhanden gekommen ist. Wir reißen und fetzen, wir pressen und drücken, wir schreien die Natur an, als wäre sie unser Sklave.

Und wir haben sie tatsächlich versklavt. Daran war der Doktor Faust des Ersten Teiles sicherlich viel weniger beteiligt als der des Zweiten. Es gibt nämlich zwei verschiedene »faustische Dränge«. Man könnte sagen, daß, was uns aus dem Ersten Teil des *Faust* entgegenweht, ein leidenschaftlicher, ein unbedingter Trieb zur Selbsterfüllung ist, ein bebendes Streben nach vollständiger Erfassung der Naturgeheimnisse, der Kräfte, die die Welt treiben. Damit gepaart ist die Überzeugung, daß völliges Verstehen der Natur auch ihr völliges Beherrschen bedeutet. Das ließe sich fast in der platten Formel ausdrücken »Absolutes Wissen ist absolute Macht«. Aber es dauerte mehr als zweihundert Jahre, bis hinter Bacons banaler Behauptung Lord Acton den warnenden Schlußpunkt setzte.

Im zweiten Teil hingegen geht es weniger um das Verstehen als um das Verwerten, weniger um das Eindringen, das Begreifen als um das Ausbeuten, das Ergreifen; also darum, Macht zu Geld umzumünzen. Mitten in der herrlichen Flut von Tri- und Tetrametern, von Terzinen und heroischen Blankversen; mitten in der großartigsten Alterslyrik, die auch den *Westöstlichen Diwan* und die *Pandora* schuf, befinden wir uns in der nur teilweise biedermeierlichen Welt des Frühkapitalismus, des rücksichtslosen Kolonialismus, des raffenden Ausbeutertums. Die Beseitigung des rührenden Greisenpaares übertrifft sogar das normale Benehmen eines New Yorker Zinskasernenspekulanten, dem ich eine Rettung durch seraphische Mächte nicht gönnen möchte. Da läuft der faustische Drang des Zweiten Teiles in verschiedene Schäbigkeiten aus, die der große Dichter gefühlt haben muß: er nahm für das Ende seine Zuflucht zum Oratorio, zur Musik, die allen Widerspruch ertränkt, indem sie der Seele Frieden gibt. Die Lyrik glättet den Stachel, der Vielklang löscht den Mißklang.

Man könnte sich eine ideale Gemeinschaft vorstellen, in der die Denker und Sucher den ersten Platz einnehmen. Nachzudenken über das Wirken der Welt; das ungeheure Gewebe der Natur in der Verschlungenheit seiner Fäden zu verfolgen; ins Licht zu heben »die ewige Zier«; die überwältigende Schönheit, die unentwirrbare Ordnung des Kosmos nicht nur zu bewundern, sondern auch zu schildern: kann man sich etwas Edleres vorstellen? Naturforschung als Andacht vor der Natur; Biologie als Päan auf das Lebendige; Geburt und Tod als Merkzeichen eines gewaltigen Kreislaufes: könnte der menschliche Geist würdigere Aufgaben wählen? Dazu ist es nicht gekommen, wahrscheinlich konnte es auch nicht dazu kommen, denn so viel Reinheit haben die Menschen nie zustandegebracht. Immer lag ihnen die Frucht des Wissens schwer im Magen. In unerlaubter Vereinfachung würde man sagen, daß der faustische Drang ihnen nie die genügende Ruhe ließ.

In früheren Zeiten, als es noch den Koofmich gab – jetzt sind wir alle Multis und kennen die Welt nur mehr per Telex –, also in ruhigeren Zeiten war Faust nicht die einzige faule Ausrede des Entrepreneurs; es gab auch den Prometheus. Dieser ist allerdings weniger ein Wahrzeichen des Kommerzes als der Forschung, die der Natur immer wieder etwas Publizierbares abtrotzen will. Gerade jetzt begegnet man manch einem AIDS-Forscher, der in zwanzig Pressekonferenzen immer das Gleiche verkündet. Er gleicht einem atemlosen Prometheus; immer wieder kommt er mit einem neuen Flämmchen, und man möchte ihm zurufen: »Jetzt hast du uns schon zwanzigmal das Feuer beschert. Jetzt leg dich hin und ruh dich ein bißchen aus.«

Prometheischer Trotz und faustischer Drang sind aber nicht dasselbe. Auch hat, wie ich schon gesagt habe, der Faust des Anfangs ein anderes Ziel als der des Endes. Dazwischen liegen fast fünfhundert Jahre europäischer Geschichte, im großartigen Theaterstück zu einem opernhaften Knoten verkürzt. Wollte man zwischen diesen beiden faustischen Drängen unterscheiden, so könnte man vielleicht sagen, daß der erste nach reinem Wissen strebt, der zweite nach reiner Macht. In ihm hat Goethe Bacons Konsequenz gezogen, allerdings nicht ohne teuflische Beihilfe. Dabei entpuppt sich das zur Macht verhelfende Wissen als ein diabolisches Spiegelbild. Was ist Wissen eigentlich wert, wenn wir es nur auf Satans Wellenlänge empfangen können? Ist der Übermensch nur ein Unterteufel? Ist das paradiesische Ende nur eine aus Zeitmangel angenommene Notlösung? Ist Faust in Wirklichkeit das Sinnbild eines zur Ewigkeit verdammten Ahasvers der Wissens- und Machtanhäufung? Da es zu Ende geht, ist der Teufel, der ihn holen kommt, selbst sehr alt geworden.

Angesichts des sehr hohen Ranges, den Goethes Faustdichtung in der Weltliteratur einnimmt, ist es mir immer erstaunlich erschienen, wie gering das Echo war, welches die endliche Veröffentlichung des gesamten Werkes, also das erstmalige Zutagetreten der dichterischen Wunder des Zweiten Teiles, hervorrief. Das geschah bekanntlich im Jahre 1832, als der 41. Band der Ausgabe letzter Hand herauskam. Mit einer Äußerung eines bedeutenden Dichters, allerdings fast ein Vierteljahrhundert später geschrieben, kann ich aufwarten. In Eichendorffs Todesjahr 1857 erschien seine *Geschichte der poetischen Literatur Deutschlands*. Dort schreibt er im Ersten Teil, Abschnitt VI:

> Faust ist ohne Zweifel nicht nur das größte Gedicht unserer Literatur, sondern zugleich die wahrhafte Tragödie der neuen Zeit, wie da der Titane das ewig Unergründliche erforschen will und in hochmütiger Ungeduld an der verschlossenen Pforte des geheimnisvollen Jenseits rüttelt, der Teufel aber dabei mit seinen entsetzlichen klugen Geisteraugen ihm beständig hohnlächelnd über die Achsel sieht und ihm von Gottgleichheit und überschwenglicher Weltlust zuflüstert, und doch nichts zu geben vermag als immer neuen Hunger und Überdruß und Verzweiflung. Und doch, aus solchen schauerlichen Höhen, im *zweiten* Teil wieder der nüchterne Rückfall in die alte Humanitätskrankheit. Faust, den doch offenbar schon längst der Teufel geholt, erscheint hier auf einmal als völlig courfähiger Kavalier am himm-

lischen Hofe, Gott, dem himmlischen Hofstaate und dem vor lauter Respekt ganz dumm gewordenen Teufel mit seiner Weltbildung imponierend – eine opernartige Heiligsprechung dieser Bildung, die auf den Unbefangenen fast den Eindruck macht, wie eine vornehme Umschreibung des trivialen Volkstextes: Lustig gelebt und selig gestorben.

Für Eichendorff ist also – wie es zu jener Zeit wahrscheinlich allgemein der Fall war – der faustische Drang, obgleich nicht so genannt, auf den Ersten Teil beschränkt. Er besteht in der Sucht nach dem Unergründlichen, dem Ergreifen des Unbegreiflichen. Der Faust des Zweiten Teils, bei weitem die gefährlichere Figur, denn er mißbraucht das Erreichbare, er akkumuliert das Machbare, dieser Faust ist völlig verkannt als Bildungsprotz in hoffähigem Kostüm. Die mit Daten vollgespickte Unschuldsmiene, die nur tut, was getan werden kann, das aber ganz, hat uns die Welt gebracht, die uns jetzt umgibt.

Dabei war Goethe selbst nicht immer ein und derselben Meinung. Zum Beispiel schrieb er 1802 in einem Sonett, das im 19. Auftritt von *Was wir bringen* vorkommt:

So ist's mit aller Bildung auch beschaffen.
  Vergebens werden ungebundene Geister
  Nach der Vollendung reiner Höhe streben.
Wer Grosses will, muß sich zusammenraffen.
  In der Beschränkung zeigt sich erst der Meister,
  Und das Gesetz nur kann uns Freiheit geben.

Aber dann, in der klassischen Walpurgisnacht (V. 7488), die »Sybille« Manto: »Den lieb ich, der Unmögliches begehrt« – ein Ausspruch, der es verdiente, das offizielle Motto des amerikanischen Bundesstaates Texas zu werden. Eine Grundüberzeugung Goethes, die sich wahrscheinlich nie geändert hat, ist in den Versen der Engel (V. 11,936/7) ausgesprochen, die den Erfolg der Rettungsaktion begründen: »Wer immer strebend sich bemüht, / Den können wir erlösen.« Leider haben die Engel es unterlassen zu betonen, daß es auf die Qualität des Erstrebten ankommt. Wir wissen nur allzugut, daß manches strebende Bemühen sehr viel zur Verhunzung unserer Welt beigetragen hat. Manch einer, der sich bei dem Wohlstandrecht, unter dem wir leben, nicht wohlfühlt, mag mit Sehnsucht an Talleyrand denken, als er seinen Zöglingen die Lebensregel zurief: »Surtout pas de zèle!«

Die erfolgreichste Banalisierung ist vielleicht Spengler geglückt, wenn er im *Untergang des Abendlandes* schreibt:

> So ruft der Faust des ersten Teiles der Tragödie, der leidenschaftliche Forscher in einsamen Mitternächten, folgerichtig den des zweiten Teiles und des neuen Jahrhunderts hervor, den Typus einer rein praktischen, weitschauenden, nach außen gerichteten Tätigkeit. Hier hat Goethe psychologisch die ganze Zukunft Westeuropas vorweggenommen. Das ist Zivilisation an Stelle von Kultur...

So wie man zu sagen pflegt, daß das Genie im Detail ist, könnte man auch sagen, der Teufel sitze in der Anwendung; das Wissen an sich sei ethisch neutral, oder vielmehr, es sei ein positiver Wert. Die Vertreibung aus dem Paradies spricht dagegen, aber das war schon sehr lange her. Jedenfalls, als ich ein Bub war und manchmal Vorträge an der Wiener Urania besuchte, schallte mir immer wieder entgegen, Karl Marx habe irgendwo gesagt, daß Wissen noch niemals geschadet hat. Viele Jahrzehnte mußten vergehen, bevor ich die richtige Antwort fand, nämlich, daß, was der Fermi gewußt, den Leuten von Hiroshima überaus geschadet hat.

Daß es ein Wissen ohne Mißbrauch geben kann, bezweifle ich, wobei ich den Herrn des Sündenfalls auf meiner Seite weiß. Dennoch gibt es unzählige Stufen des Niedergangs, und für eine sehr lange Zeit, viele Jahrtausende, war die Menschheit davor bewahrt – durch Unfähigkeit, Zagheit, vielleicht sogar Weisheit – zu viele Stufen auf einmal zu nehmen. Da alles sehr langsam ging, war die Richtung der Bewegung – hinauf oder hinunter – nicht ohne weiteres feststellbar; und selbst heute wird die überwiegende Mehrheit, zumindest in den westlichen Ländern, der Überzeugung sein, es gehe stetig hinauf. Das Paradies ist immer um die Ecke – aber mein Gott, was das für eine Ecke ist!

So unwahrscheinlich es ist — unwahrscheinlich, wenn statistisch angesehen, aber auch unwahrscheinlich, wenn man an die Vorsehung, an einen Weltenplan glaubt —, so unwahrscheinlich es ist, daß eine Generation von sich sagen könne, sie habe, eine von wenigen, einer plötzlichen Veränderung der Entwicklungsrichtung der Menschheit, gleichsam einem explosiven Anstieg oder Abfall des Neigungswinkels, beigewohnt, so gilt das, denke ich, für meine Generation. Hat also dieser Winkel sich rapid vergrößert oder hat er sich verkleinert? Für diese Entscheidung wird es natürlich darauf ankommen, ob wir, die Beobachter, auf den Füßen oder auf dem Kopf stehen; und ich muß gestehen, ich weiß es nicht. Es ist sogar möglich, daß manche das eine tun und andere das Gegenteil.

Alles, worunter wir leiden, hat vor einer langen Zeit begonnen. Damals wurde gesät, und es war eine langsame Aussaat; wir aber bekommen die schnelle Ernte, und was das für eine Ernte ist! Wer sprach schon früher von der Umwelt? Das Wort gibt es seit etwa 1800; wer es im Grimm nachschaut, wird es vielleicht pikant finden, daß unter den wenigen Belegen für seine Verwendung auch ein Zitat aus Hitlers *Mein Kampf* steht. Wie zu erwarten, war die betreffende Lieferung des Wörterbuchs 1935 erschienen. Es waren also noch 998 Jahre bis zur Vollendung des Tausendjährigen Reiches übrig.

Es ist gar nicht so lange her, seit wir mit überraschender Plötzlichkeit gewahr wurden, daß der faustische Drang zu etwas führt, was stinkt und ätzt und vergiftet. Daß er auch andere, wünschenswerte Effekte hat, wird von den freiwilligen und den bezahlten Reklameagenten betont, aber solange der Krebs schneller wächst als die Krebsinstitute, werden die meisten es jenen nicht glauben. Sie werden sich vielleicht sogar fragen, ob es nicht andere Formen des Fortschritts geben kann, Formen, die nicht nur den immer ansteigenden Konsum und Verschleiß materieller Güter in Betracht ziehen. In dem dummen Gefasel von Lebensstandard und Lebensqualität scheint es sich immer nur um den zweiten Bestandteil dieser Wörter zu handeln; was aber Leben ist, darüber sind wir uns nicht mehr im klaren. Das verstand Goethe, und also auch Faust, viel besser.

Es ist gewiß nicht nötig, die Welt, wie sie uns entgegenweint, zu schildern; eine Welt, in der die Luft kaum geatmet, das Wasser kaum getrunken werden darf; eine Welt, in der unsere Nahrung von Chemikalien überquillt, in der Bäume und Tiere vergiftet werden wie nie zuvor in der Geschichte; eine Welt, über der ein riesenhaftes, im wahrsten Sinne des Wortes ein strahlendes Damoklesschwert hängt; eine Welt, deren Bevölkerung mit einer Rapidität zunimmt, die den einzelnen zu einem Minimalbewußtsein verurteilt, wie es eine sich gerade verdoppelnde Hefezelle besitzen mag; eine ratlose, von stellvertretenden Masken regierte Welt, deren Wirklichkeit nur mehr durch die Katastrophen, die sie zunichtemachen, bestätigt wird. War es wirklich der faustische Drang, der uns dahin gebracht hat? Ich glaube nicht.

Gibt es ihn überhaupt, diesen Drang? (Und, um von

anderem Wichtigeren zu sprechen, war wirklich im Anfang die Tat? Konnte die nicht erst folgen, nachdem der Logos sich abgewendet hatte? Man müßte sich bei Laotse erkundigen.) Soweit der Faust des Ersten Teils mehr ist als ein theatralisches Gerüst für wunderschöne Verse, würde ich sagen, daß, was ihn bewegt, nicht so sehr der Wissensdrang ist als der Trieb zu verstehen. Leider ist auch dieses, das Verstehen, den Zeiten unterworfen, und was Faust im innersten Wesen zu verstehen glauben konnte, würde uns wenig berühren, denn wir haben andere Sorgen. Zum Beispiel blicken wir ängstlich auf unsere Kernkraftwerke, die ja eigentlich nichts anderes sind als unbewegliche Atombomben mit Bewährungsfrist. Und mit vielleicht noch größerer Angst blicken wir auf die Babygesichter unserer Staatsmänner, in denen sich die Gnade der frühen Stumpfheit spiegelt.

Karl Marx hat darin, was er über das Wissen sagte, wahrscheinlich doch recht gehabt, aber er hat es unterlassen uns zu belehren, wie das reine Wissen davor bewahrt werden könne, in reine Macht umgewandelt zu werden. Diese Umwandlung – Wißbegier zu Machgier zu Machtgier – verläuft aber, fürchte ich, mit der unerbittlichen Automatik eines physikalischen Gesetzes, des zweiten Hauptsatzes der Thermodynamik. Alle großen Religionen und viele, aber nicht alle philosophischen Systeme scheinen darauf hinzuzielen, die voreilige, überhitzte Natur des Menschen zu zügeln und abzukühlen. Ich glaube, daß man sagen kann, es sei in unserer Zeit gewesen, als sich das endgültige Scheitern dieser Versuche erwies. Das allein erweist die Ausnahmestellung des zwanzigsten Jahrhunderts. Für diese Welt ist der Mensch zu wild geworden.

Angesichts so hoher Überlegungen mag es unangemessen erscheinen, vom Kehricht zu reden, aber auch er wird den Ausnahmsfall bestätigen, den wir darstellen. Kann man sich ein früheres Jahrhundert vorstellen, das bereit gewesen wäre, Generationen, die in unsichtbarer Zukunft vor ihm liegen – fünftausend, zehntausend Jahre! –, mit einer fürchterlichen, mit einer tödlichen Hypothek zu belasten? Ich spreche natürlich vom sogenannten Atommüll, für den überall auf der Welt eilfertige Löcher gesucht werden, nur damit er uns aus den Augen ist. Denn die Strahlung wird weitergehen, in jener fernen Zeit, entfernter von uns als die alten Ägypter und Sumerer, auch wenn es dann keine Apparate mehr gibt, um sie zu messen; auch wenn dann selbst die Kunde vergangen ist davon, was da aus der Erde kommen mag. Die Natur mag der genialste Müllmann sein, aber auch sie wird uns nicht vorhersagen können, wie das Salzbergwerk, das wir als garantiert sichere Ablagestätte ausgewählt haben, in tausend oder zweitausend Jahren aussehen wird. Wahrhaftig, diese Spur von unsern Erdetagen kann nicht in Äonen untergehn!

Verwandte Texte: D, J, R

Quadratur des Quadrats

Was ein Esel in vier Jahren gelernt hat, kann ein anderer auch: man übertreibt die Schwierigkeit der Naturwissenschaften. Von keinem von uns ist erwartet worden, daß er zeige, wie man aus einem Kreis restlos ein Quadrat macht. Die Schwierigkeiten für den Laien liegen woanders.

Erstens: Es gibt nicht so etwas wie *die* Naturwissenschaft; es gibt deren Hunderte oder Tausende. Wie kann man sie zählen? Der einzelne Wissenschafter weiß mehr oder weniger Bescheid in seiner eigenen Spezialität und vielleicht noch in den direkt an diese grenzenden. Aber es wird ein seltener Virologe sein, der mehr über, sagen wir, Lasers weiß als irgendein Bankbeamter. Was jenen von diesem unterscheidet, ist, daß er berechtigt ist, den Talar des Gelehrten zu tragen, und so ein Gewand, das bequemste aller Umstandskleider, verhüllt mehr Ignoranz, als man für möglich halten sollte. Der Laie hingegen steht offen da, nur mit Bildungslücken bekleidet.

Zweitens: jede dieser unzähligen Disziplinen hat ihre eigene Sprache entwickelt, voll von Akronymen und hieratischen Gebärden des Eh'-schon-wissens, mit dreimal im Jahr ausgewechselten Ritualen und mit Methoden und Techniken, die ephemere Eigennamen tragen. So daß der unselige Fachmann, wenn er auch nur ein paar Monate weggeblieben ist, zu lesen bekommen mag: »Dann wurde der Extrakt von XABC geschurigelt«, und er weiß weder was XABC bedeutet, noch wer der Dr. Schurigel ist oder war. (Das Ganze spielt sich natürlich auf englisch ab, was es kürzer aber nicht verständlicher macht.) Oder er sieht sich Kurven gegenüber, deren Koordinaten mit unverständlichen Buchstaben gekennzeichnet sind, denn Adam, als er alles benannte, hatte sie vergessen.

Drittens: die in den meisten wissenschaftlichen Arbeiten vorherrschenden Gedankengänge sind von einer unerwarteten Primitivität. (Daher der Titel dieses Textes.) Man nähert sich diesen so unnahbar erscheinenden Abhandlungen mit gezogenem Hut, voller Ehrfurcht vor den Gelehrten, die ihr Leben geopfert haben der Suche nach Wahrheit, denn hier sind die Geheimnisse erklärt, nach deren Lösung die Welt seit jeher gelechzt hat. (Ich habe zwar noch niemanden lechzen gesehen, aber so erscheint es eben den Wissenschaftsjournalisten.) Wenn man jedoch die Grundbedingungen erfüllt hat, so daß man die Arbeiten lesen kann wie ein Großer, sieht man häufig mit Erstaunen, daß die Denk- oder Wissensprozesse, die zu der Untersuchung geführt haben, und die aus ihr bezogenen Resultate von fibelhafter Einfachheit oder Seichtheit sind. Der Laie hingegen, auch wenn er wider Erwarten alles verstanden hat, würde nicht wagen auszurufen: »Wie sonst sollte es sein? Und wenn schon!«

Ich könnte noch weitere derartige Punkte aufzählen, unterlasse es aber lieber. Nur eines möchte ich noch hinzufügen. Der außerhalb des Wissenschaftsbetriebes Lebende erkennt oft nicht, daß der sogenannte Fortschritt der Naturwissenschaften zwei Facetten aufweist: die Wegräumung des Falschen und die Aufstellung des Richtigen. Was aber ist falsch, was richtig, wenn man an die Natur denkt? Ist »falsch« ein Synonym von »unwahr«, von »irrig« oder von »ungenau«, ist »richtig« ein Synonym von »wahr« oder von »etwas genauer«? In der gegenwärtigen Naturforschung wird ein ungenaues Resultat als irrig oder sogar als unwahr angesehen, ein genaues Resultat als wahr. Später aber höre ich, eine weitere Untersuchung habe ein noch wahreres Ergebnis geliefert. Es kommt also darauf an, was man sich von der Forschung wirklich erhofft.

Ein Beispiel: Ich gehe in einen Laden und zahle DM 3,98 für einen Gegenstand, der vor ein paar Wochen DM 3,72 gekostet hat. »Schon wieder fast ein Zehntel mehr!« rufe ich aus. »Das ist falsch«, erwidert man mir, »das Zeug ist nur um 7% teuerer.« »Das ist ungenau«, sagt ein zweiter, der einen Taschenrechner mit hat, »die Erhöhung beträgt 6,9892473 %.« »Wer will das schon wissen?« ist meine Antwort, »fast 10 % ist gut genug für mich.«

Man mag mit Recht sagen, das sei eine banale Parabel, aber ich glaube, dem Sokrates wäre sie weniger banal vorgekommen. Er hätte gar nicht verstanden, wieso eine von Menschen ausgeführte Forschung schon längst das Maß des Menschlichen habe überschreiten können. Und da er mit der Philosophie der Maschine kaum vertraut gewesen sein konnte, hätte es ihn, denke ich, erstaunt zu hören, daß man so menschliche Maßeinheiten wie Zoll und Fuß zugunsten einer abstrakten Konvention aufgeben könne.

Ehrfurcht vor der Wahrheit und Kult des Wahreren sind nicht nur nicht dasselbe, sie schließen einander aus. Dieser Kult sichert zwar den Naturwissenschaften eine Art von Permanenz, verurteilt sie aber zu einer immer langweiliger werdenden Form des Verspinnens von Sonnenstrahlen. Gerade das ist es, fürchte ich, was die Naturforschung so populär macht, wenn es zur Berufswahl kommt, und so verwundbar, wenn es sich um die Finanzierung handelt.

Eine lange Zeit hindurch unterschied man zwischen dem Unerforschlichen und dem Erforschlichen, und wenn man dieses nicht für endlich hielt, so geschah das nur aus Bescheidenheit: man unterschätzte die eigenen Kräfte. Das war aber gar nicht nötig: je mehr vom Erforschlichen erforscht war, desto mehr dehnte sich der Rest. Die Gnade der Indirektheit machte sich geltend. Dieser Sprung von dem, was für Menschenaugen sichtbar ist, zu dem, was nur indirekt nachgewiesen werden kann – und zugleich die Bedenkenlosigkeit, mit der der Reduktionismus derartige Schatten von wissenschaftlichen Wahrheiten zu Naturgesetzen erweiterte –, machte anfangs den Philosophen Schwierigkeiten. So sind zum Beispiel Kierkegaards Tagebücher voll von kritischen und sogar höhnischen Bemerkungen über den Mißbrauch von Mikroskop und Teleskop.

Die Zeiten solcher Zweifel sind aber längst vorbei. Wären die Naturwissenschaften dabei stehengeblieben, was das menschliche Auge erspähen, die menschliche Hand ergreifen konnte, so wären sie längst an ihr Ende gelangt. Was sie hingegen nahezu endlos gemacht hat, ist die Erkenntnis der Möglichkeit immer fortschreitender Miniaturisierung. Eigentlich sollte der forschende Geist auch hier schließlich auf eine Grenze stoßen – dort, wo alles sich asymptotisch dem Nichts nähert –, aber wer weiß? Für den Naturforscher ist auch das Nichts voll von geistigen Infusorien.

Auch in andrer Hinsicht scheint die Dauer der Naturforschung gewährleistet. Die Menschheit folgt einem zwar nicht klar ausgesprochenen, aber instinktiv beobachteten Gesetz: *Alles Wißbare ist wissenswert.* Dieses Prinzip – man kann es auch lesen als *Was gewußt werden kann, muß gewußt werden* – garantiert Ewigkeit für die Wissens- und Computerindustrie.

Ich bin natürlich weit davon entfernt dem zuzustimmen. Sehr viel davon, was produziert wird, ist nicht wert gewußt zu werden. Aber entschieden denkende, entschlossene Männer wie Plato mit seiner *Politeia* oder Augustinus mit seiner *Civitas Dei* gibt es, fürchte ich, nicht mehr, und es kann sie wahrscheinlich nicht geben. Sie hätten ohne Zweifel gewagt zu sagen, daß ein großer Teil davon, was die Wissenschaften jetzt zu Tage fördern, trivial und nicht wissenswert ist, und daß es unzählige bessere Verwendungsmöglichkeiten für das Geld gibt, das jetzt ausgegeben wird, um zu beweisen, das Quadrat sei viereckig.

Verwandte Texte: C, P, R

Rund um jenen Baum im Paradies

Vor kurzem wohnte ich einer Sitzung der *National Academy of Sciences* bei, in der die führenden Gelehrten des Landes darüber sprachen, was ihnen besonders am Herzen lag, also über Geld. Natürlich schwiegen diejenigen, die vielleicht wirklich etwas zu sagen gehabt hätten. In allen Zusammenkünften des riesigen Landes, ob es sich nun um die Preiselbeerzüchter von Amerika oder um die Atomphysiker handelt, hört man gewöhnlich nur die Schwätzer. Die anderen leiden öffentlich im Verborgenen oder sie sind gar nicht gekommen.

So war es auch dieses Mal. Die Physiker schwärmten vom »Supercollider«, der einige Milliarden Dollar kosten werde, die Molekularbiologen phantasierten über ihr ungefähr eben so kostspieliges Projekt, die gesamte Nukleotidsequenz einer Substanz zu bestimmen, die sie »*das* menschliche Genom« nannten. (Etwa fünfzigtausend Obdachlose allein in der Stadt New York! Sie liegen auf den Gassen und verkommen. Ich denke an sie, während ich den Wissenschaftern zuhöre, wie sie mit Milliardenschaum vor dem Mund eifrig diskutieren. Daß eine angeblich dem Wohl der Menschheit gewidmete Tätigkeit das Wohl des Menschen so mißachten könne, hat mich schon immer gewundert.)

Vom »Supercollider« verstehe ich nichts, halte ihn aber trotzdem für völlig unnötig. (Den Einwand, daß ich wahrscheinlich dasselbe vom gerade erfundenen Rad gesagt hätte, will ich gar nicht zulassen.) Aber was die Strukturbestimmung des menschlichen Genoms anbelangt, darf ich bescheiden mitreden, denn, obwohl das so weit zurückliegt, daß es mit Recht vergessen ist, bin ich ganz am Anfang dabeigewesen. Damals war es eine winzige, nicht besonders munter sprudelnde Quelle, jetzt ist es ein ungeheurer, leider sehr verschmutzter Ozean. »Dabeigewesen« ist eigentlich nicht ganz richtig: zu jener Zeit, 1946 bis 1950, war ich allein. Ich will aber hier nicht von mir reden.

Jetzt ist man auf diesem Gebiet alles andere als allein. Es muß auf der Welt Tausende von Forschern geben, die die Biochemie der Vererbungsvorgänge studieren. Es ist ein besonders populäres Fach geworden, denn es gebricht ihm wahrhaftig nicht an reichlicher finanzieller Unterstützung. So zwischen AIDS-Panik und Biotechnologie-Rummel mischt alles mit: Staat und Industrie, Spekulantenkapital und Sensationsjournalistik. Wer immer das Maul aufreißt steht morgen in der Zeitung. Es hieße, das Potential der Menschheit gewaltig unterschätzen, wenn man nicht annähme, daß auch eine Menge Scharlatane dabeisein müssen. Angesichts der jetzt herrschenden Spezialisierung könnte man sie Molekularscharlatane nennen.

Mit der Bezeichnung »menschliches Genom« meint man die Gesamtheit aller in einem einfachen (haploiden) Chromosomensatz enthaltenen Gene, die den Erbapparat des Menschen ausmachen. Wenn ich am Sonntag meine Mitmenschen, die *homines sapientes*, mit ihren kleinen, weniger weisen Abkömmlingen im Central Park spazierengehen sehe, so ist es klar, daß vieles familienweise erblich ist, was nicht alle Menschen in gleicher Weise mitbekommen: Hautfarbe, Stumpfnase, Kräuselhaar, Schlitzauge.* Was haben also die Weisen im Land im Sinn, wenn sie von »*dem* menschlichen Genom« sprechen? Natürlich einen weißgefärbten Amerikaner; und jemand hat bereits im Scherz vorgeschlagen, man möge den reichsten Mann des Landes auswählen. Dessen Nukleotidsequenz könnte

* Vom Schlitzohr würde ich das nicht behaupten: wenn das Söhnchen genau so ein Gauner wird wie sein Papa, so hat seine DNA wahrscheinlich nichts damit zu tun. Schlauheit, denke ich, vererbt sich – wie auch Reichtum – durch andere Mechanismen, wenn man überhaupt von Mechanismen sprechen darf.

uns allen als ein unerreichbares Vorbild dienen; die Evolution würde sich das nicht zweimal sagen lassen und sofort beginnen, in dieser Richtung zu mutieren.

Das war aber nur ein kleines Satyrspiel, wie es zu jeder griechischen Tragödientrilogie gehört. Bleiben wir bei dieser. Vorher sollte ich aber die Möglichkeit erwähnen, daß es wirklich nur ein einziges menschliches Genom gibt, das, gleichgültig woher es isoliert worden ist, immer dieselbe Nukleotidsequenz aufweist und auch die gleiche Anordnung der Gene, außer bei den von einer Erbkrankheit Befallenen. Es wird jedoch noch viel Zeit vergehen müssen, bevor eine Entscheidung gefällt werden kann. Sollte diese zugunsten der völligen chemischen Einheitlichkeit ausfallen, so wären die unzähligen offenkundigen Verschiedenheiten zwischen verschiedenen Vertretern der Spezies darauf zurückzuführen, daß nicht alle ihre Gene sich gleichermaßen auszudrücken vermögen – eine Perspektive, welche die Anstellungsmöglichkeiten für Molekulargenetiker für ein weiteres Millennium sicherstellt.

Soeben habe ich das Wort Nukleotidsequenz gebraucht, und um deren Bestimmung handelt es sich, wenn der Begriff »sequencing the human genome« bereits als Schlagwort im unvermeidlichen Zeitungsgefasel auftaucht. Nur jemand, der Erfahrung darin hat, wie man ungeheure Geldsummen spurlos vertut, kann sich dieses groteske Projekt ausgedacht haben; und so halte ich das Gerücht nicht für unglaubhaft, es stamme aus dem U. S. Department of Energy, welches schon immer eine Liebe für den gehabt hat, der Unmögliches begehrt. Obwohl noch niemand eine Ahnung hat, was gemacht werden soll, gibt es schon einige Komiteeberichte, und die dreißig Millionen Armen von Amerika werden besser – wenn auch manchmal ohne ein Dach über dem Kopf – schlafen können, wenn sie hören, daß die Kosten der Unternehmung auf drei Milliarden Dollar geschätzt werden. Mit 100 Dollar pro Person wäre den Armen ja doch nicht geholfen. Wie viel besser der nationale Ruhm, selbst wenn das Unternehmen, wie nicht unwahrscheinlich ist, scheitert. Schließlich hat jedermann von der Cheopspyramide gehört, und die war auch nicht viel sinnvoller.

Worum handelt es sich? Die Erbinformation aller Lebewesen ist, so wird angenommen, in ihrer Desoxyribonukleinsäure (DNA) gespeichert, und zwar in Form der Reihenfolge (Sequenz), in der die primären Bausteine, die Nukleotide, in den Riesenketten der DNA aufgereiht sind. Jedes Nukleotid besteht aus einem Zuckerphosphat und einer stickstoffhaltigen Substanz, die entweder Adenin (A), Guanin (G), Cytosin (C) oder Thymin (T) ist. Die Reihenfolge dieser vier Bestandteile, der »Basen«, in der DNA bestimmt den genetischen Code des gesamten Genoms. In der Zelle bildet die DNA einen Doppelstrang, zwei Ketten, die durch Basenpaarung miteinander verknüpft sind, indem jedem A in der einen Kette ein T in der andern entspricht, jedem G ein C usw.

Chemisch angesehen ist also die DNA eine aus zwei Polynukleotiden bestehende Riesenkette, wobei »poly« für eine phantastisch hohe Ziffer steht. Biologisch betrachtet ist sie eine Anordnung von Genen, den Primärelementen genetischer Information, und von verschiedenen Signalen, die für den Ausdruck der Gene erforderlich sind. Die Größe eines Gens mag auf 10 000 Basenpaare geschätzt werden. Das gesamte menschliche Genom wird mit ungefähr 3 Milliarden Basenpaaren angesetzt.*

Bei den vorläufig recht primitiven Methoden zur Sequenzbestimmung von kleinen DNA-Bruchstücken ko-

* Das ist ein Gebiet, das zu Großzügigkeit geradezu einlädt. Zum Beispiel sehe ich einen Artikel in *Science* vom 13. Februar 1987 (S. 747), in dem von 30 Milliarden Basenpaaren die Rede ist. Mit anderen Worten,

stet die Analyse etwa einen Dollar pro Nukleotid. Daher die Schätzung von 3 Milliarden Dollar für die totale Bestimmung. Das ist aber eine völlig aus den Wolken herabgeholte Summe, denn den eifrig beteiligten Herumrednern ist es zwar in ihren Knochen klar, daß etwas geschehen muß – sonst schlafen sie ein –, aber sie haben kaum eine Ahnung davon, was geschehen soll, noch auch wie es zustandekommen soll. Es kann sich doch kaum darum handeln, die gesamte DNA aus einem menschlichen Organ zu isolieren und dann in äonenlanger Arbeit die Reihenfolge der Nukleotidbestandteile aufzuschreiben. Das wäre, fürchte ich, ein sinnloses Unterfangen, denn in der menschlichen Zelle ist das Genom auf 23 Chromosomenpaare verteilt, die alle voneinander getrennt und separat untersucht werden müßten. Schon die saubere und trottelfeste Trennung der individuellen Chromosomen erscheint mir als eine gigantische Aufgabe, deren Erfolg keineswegs feststeht; man ist damit noch gar nicht weit gekommen. Und was gar die Bestimmung der Gesamtsequenz des Genoms angeht, so sind die daran geknüpften Erwartungen derart enorm, daß sie eine Garantie für Fehlerlosigkeit voraussetzen, die die Wissenschaft im allgemeinen nicht geben kann. Was kann bei vier Buchstaben, jeder fast ein milliardenmal genommen, nicht alles passieren! Ich bin davon überzeugt, daß die bis jetzt publizierten Sequenzergebnisse kleiner DNA-Fragmente voll von »Druckfehlern« sind. Wenn die Schöpfung sich den in der Wissenschaft zugelassenen Spielraum für Fehler gestattet hätte, wäre gewiß nichts aus ihr geworden.

— —

Genaues weiß man nicht, aber man redet gar zu gerne. Die Begeisterung des amerikanischen Publikums für genetische Forschung kommt wahrscheinlich von seiner Vorliebe für sehr große Dollarsummen. Leider muß ich es andern überlassen, über den direkten Zusammenhang zwischen dem riesenhaften Budgetdefizit der Amerikaner und ihrem Genom nachzudenken.

Was erhofft man sich von einem Unternehmen, das einige Schwätzer bereits das »Manhattan-Projekt« der Biologie genannt haben? (Als wenn bei diesem viel Wünschenswertes herausgekommen wäre!) Einer der Drahtzieher, J. D. Watson, wird wie folgt zitiert: »Ich finde es erregend, daß während unserer Lebzeiten das menschliche Genom erkannt werden wird. Ich hätte nicht geträumt, daß das geschehen wird. Ich bin hauptsächlich an der reinen Wissenschaft interessiert, herauszufinden, was der Mensch ist. Das ist es, was ich wissen will. Was die kommerziellen Vorteile sein werden, ist schwer zu sagen« (FASEB Journal, Dezember 1987, S. 505). Allerdings wird Herr Watson, um die kommerziellen Vorteile seiner Existenz zu erfahren, ein Buch von etwas 1 1/2 Millionen Seiten durchfliegen müssen.

»Zu wissen, was der Mensch ist« – viele haben es gesucht, wenigen ist es geglückt. Es gibt den wunderschönen Chor aus der *Antigone* des Sophokles, der mit den Worten beginnt »*Polla ta deina* ...« Hölderlin hat ihn zweimal übertragen. Die frühere Fassung beginnt »Vieles gewaltge giebts. Doch nichts / Ist gewaltiger, als der Mensch«. In der zweiten steigert sich die Bedeutung des griechischen Attributs *deinos*: »Ungeheuer ist viel. Doch nichts / Ungeheuerer, als der Mensch.« Ich wollte, ich könnte sagen, daß, was Hölderlin mir übermittelt hat, in anderer Form auch meinen Kollegen zuteilgeworden ist. Aber nein, während ich zuschaute, hat sich im Wort Fachidiot die Betonung vom ersten Teil des Kompositums auf den zweiten verlegt.

Aber nehmen wir an, alles sei geglückt, und fünftausend Heloten haben in fünftausend Tagen und Nächten die ersehnte Sequenz aufgeschrieben. Jetzt weiß also Watson, was er ist. Was noch? Natürlich wird es sich herausstellen, daß alle Menschen krank sind. Vorläufig hat man, glaube ich, nur einen sehr ungefähren Begriff davon, wie viele

Gene der Mensch enthält. Aber sagen wir, es seien 100 000. Nur von einem sehr geringen Bruchteil dieser 100 000 vermuteten Gene ist die Genfunktion bereits bekannt. Das intellektuelle Chaos, das da ausbrechen wird, ist nicht vorstellbar. Das wird nur mich stören, aber niemanden, der sich auf diesem trüben Gebiet betätigt. Sobald einige derartige Genomsequenzanalysen vorliegen, wird man sie im »Supercomputer« miteinander vergleichen, und es wird sich gewiß herausstellen, daß alle Menschen irgendwo von einer Norm abweichen, von der niemand weiß, ob es sie gibt. Adam und Eva sind ja schon lange tot; das einzige, was wir geerbt haben, ist das Kainsmal. Enthielt Evas Genom das Gen für Erbsünde; war Adam für Überredbarkeit programmiert? Gott sei Dank, wir werden es nie wissen. Die Suche nach defizienten Genen kann also ein Riesengewerbe werden. Zahlreiche genetische Reparaturwerkstätten werden aufblühen, und der schließlich erreichte Idealzustand wird uns zeigen, daß wir alle »krank« geboren sind und »krank« sterben. Haben die Kinder des Sündenfalls das nicht schon immer gewußt?

Das Elend unserer Welt ist viel zu groß, als daß man über die Grotesken, die gleich irisierenden Blasen immer wieder aus der Jauche aufsteigen, lachen dürfte. Man muß also auch dieses Trottelprojekt ernst nehmen. Es wäre aber, denke ich, ein Fehler anzunehmen, daß sein wahrer Beweggrund in den erhofften wissenschaftlichen oder medizinischen Resultaten liegt. Es handelt sich um eine weitere Etappe in dem nicht endenden Kolonialkrieg, den die Naturwissenschaften gegen die Natur ausfechten. Hier ist eine neue Kolonie, hier ist ein weißer Fleck, ein noch unentdeckter Himmelskörper in deinem eigenen Leib! Besetze ihn, besiedle ihn, besudle ihn, benutze ihn! Geld ist Macht, die »U. S. Genome Authority« wird es beschaffen. Aber ihr, die Leute vom Fach, werdet es verwenden. Es ist immer weise, die Forschungsexpedition zu unternehmen, bevor eine Landkarte vorhanden ist. Nachher vergeht einem vielleicht die Lust.

Nebenbei gefragt, wer kann sich einen Begriff davon machen, zu was für einem geistlosen Automatenleben tausende von Wissenschaftern verurteilt werden, wenn man sie für das geistige Konzentrationslager gigantischer Sequenzanalysen anwirbt? Es fehlt mir hier an Zeit und Platz, um diese keineswegs rhetorische Frage zu beantworten. Sie hat zu tun mit der allgemeinen Verschiebung und Vergröberung, die fast alle Naturwissenschaften – in ihrer Fragestellung, ihrem Auftrag, ihrem Programm, ihrem Bestand – in diesem Jahrhundert erlitten haben.

Da ich mir habe sagen lassen, daß die Biologie und die Medizin ihre Aufgabe darin sehen, die Wahrheit über die Natur und den Menschen zu erforschen, um dem Wohl der Menschheit zu dienen, habe ich der Phantasie gestattet, ein kleines Intermezzo herunterzuzaubern, eine Szene aus ferner, oder am Ende nicht allzu ferner Zukunft.

Ein Telephongespräch zwischen Frau Schmidt und Herrn Müller

– Frau Schmidt? Guten Morgen, hier ist Müller vom Gesundheitsamt.
– Guten Tag, Herr Müller. Was gibt mir die Ehr'?
– Ja, ich wollte eigentlich nur fragen, wie es Ihrem kleinen Paul geht.
– Danke der Nachfrage, Herr Müller, gut geht es ihm. Wenn Sie es unbedingt wissen wollen, für einen Zwölfjährigen ißt er zu viel. Warum erkundigen Sie sich eigentlich nach ihm?
– Ja, es fällt mir nicht leicht, es Ihnen zu sagen. Aber Ihr Sohn, dem fehlt leider etwas, er ist nicht gesund.

– Aber, Herr Müller, was heißt nicht gesund? Gerade sitzt er hier neben mir und ißt Nudeln. Übrigens, Sie haben ihn doch überhaupt nie zu Gesicht bekommen. Wie können Sie wissen, daß ihm was fehlt?
– Ja, Sie wissen doch, Frau Schmidt, die Genkontrolle. Gerade vorher haben die herübertelephoniert, ich solle mich mit Ihnen in Verbindung setzen. Die haben was gefunden.
– Jetzt bin ich sprachlos, Herr Müller. Was können die von der Kontrolle schon gefunden haben? Seit einem Jahr hat ihn doch überhaupt niemand angeschaut. Der Paul ist doch kerngesund, nur ist er gefräßig. Immer bei Appetit. Oder hat das was mit seinen Pickel zu tun? Die kommen und gehen, besonders wenn er Karfiol ißt, aber er ist ein schöner Bub.
– Nein, nein, Frau Schmidt, mit Hautunreinigkeiten hat die Kontrolle nichts zu tun. Damit befaßt sie sich überhaupt nicht. Der Auftrag des Genkontrollamtes ist, über die Erhaltung und Verbesserung des weißen Erbgutes zu wachen.
– Jetzt klingen Sie schon sehr blöd, Herr Müller. Was hat mein Paul mit dem weißen Erbgut zu schaffen? Wollen Sie andeuten, daß er schwarz ist?
– Aber nein, Frau Schmidt, Sie verstehen mich nicht.
– Soll ich dem Buben vielleicht nicht so viel Spaghetti zu essen geben? Ist es das, was die meinen?
– Aber nein, Frau Schmidt, woher sollen die wissen, was Sie ihm zu essen geben? Es handelt sich um ganz was anderes, um was Ernstes. Die Leute von der Genpo haben mich ausdrücklich gebeten, Sie sofort zu verständigen.
– Warum haben dann nicht die bei mir angerufen?
– Sie wissen das wahrscheinlich nicht, Frau Schmidt, aber die Genkontrolle geht immer über das Gesund-

heitsamt. Also, um es kurz zu sagen, mit dem Paul seinem Chromosom Nummer 12 ist was nicht in Ordnung. Da ist ein Gen darauf, was nicht funktioniert oder was bald aufhören wird zu funktionieren. So genau wissen die das noch nicht. Jedenfalls, Ihr kleiner Paul ist unfähig, Vanillin zu riechen.

– Um Gottes willen, was ist das für ein Zeug? Wozu muß der Paul Wamelin riechen?

– Vanillin, Frau Schmidt, V A N I L L I N. Sie kennen doch Vanille, das Gewürz, die schwarzen Stangen. Da drin ist ein Riechstoff, Vanillin, und normale Menschen müssen ihn riechen können. Mehr kann ich auch nicht sagen, ich hab' nie Chemie studiert. Aber daß der Paul es nicht riechen kann, ist sehr bedenklich, sagen die von der Kontrolle.

– Ja wozu soll der Paul das Zeug riechen können? Ich verwend' es nie in der Küche.

– Na, zum Beispiel, wenn er Vanilleeis ißt.

– Der ißt nur Schokoladeeis, Vanilleeis mag er nicht.

– Eben. Oder ist Ihr Sohn am Ende Zigarrenraucher? Bei denen, sagt man mir, hapert es auch mit dem Geruchssinn, ohne daß sie krank sind.

– Aber, Herr Müller, Zigarren mit zwölf Jahren!

– Das ist eben das Beunruhigende. Auf der Kontrolle sagen sie mir aber, in ein, zwei Jahren werden sie so weit sein, daß sie das Vanillingen zurücktransplantieren können, und dazu möchten sie, daß Sie den Paul dieser Tage zu uns bringen, für eine Voruntersuchung.

– Und was passiert, wenn ich mich weigere? So ein kleiner Bub!

– Aber Frau Schmidt! Gesundheit ist die erste Bundesbürgerpflicht. Außerdem wird man ihn zwangsweise vorführen. Übrigens müssen Sie es ja wissen. Mit 18 kriegt der Paul seinen Terminalbericht, und da muß alles in Betracht gezogen werden, was schon korrigiert worden ist. Das ist im Interesse Ihres Kindes.

– Was ist das eigentlich, der Terminalbericht? Ich war zu alt, wie der Blödsinn angefangen hat.

– Eigentlich sollten Sie das wissen. Alle Achtzehnjährigen kriegen einen Zettel, und darin steht das ungefähre Datum, wann sie sterben werden. Das Genom lügt nicht, aber vorher kann man mit ihm reden. Sie haben also ein Interesse, daß man den Paul so gesund macht wie möglich. Überlegen Sie es sich also, Frau Schmidt. Es tut mir leid, daß ich Ihnen eine so schlechte Nachricht hab' bringen müssen. Auf Wiederhören.

> Und Gott der HERR pflantzet einen Garten in Eden / gegen den morgen / und setzet den Menschen drein / den er gemacht hatte. Und Gott der HERR lies auffwachsen aus der Erden allerley Bewme / lüstig anzusehen / und gut zu essen / Und den Bawm des Lebens mitten im Garten / und den Bawm des Erkentnis gutes und böses.

Vielleicht hatte sich die Schlange im Baum geirrt, und die Früchte, die Eva und Adam verdammten, kamen nicht vom Baum der Erkenntnis, sondern von dem des Lebens. Sie wären so oder so verflucht gewesen, aber ihr ewiges Ringen nach Erkenntnis wäre dann verständlicher. Es bleibt aber tragisch, daß die Fähigkeit, das Gute und Böse zu erkennen, nicht auch jene enthält, zwischen diesen beiden zu unterscheiden. So ist das Licht, das Luzifer trägt, ein tödliches Licht; und besonders so, wenn es ins Leben scheint.

Jetzt herrscht zwischen den beiden Bäumen ein lebhafter Pendelverkehr, denn noch nie zuvor war die sogenannte biomedizinische Forschung so hoch dotiert und daher so überlaufen. Seltsamerweise wird jedoch die Frage nie gestellt, ob die Menschen eigentlich alles das wissen wollen, was die Gelehrten ihnen bescheren. Es gibt kein Recht auf Wissen, aber es gibt ein Recht auf Nichtwissen. Paul Schmidt hat nicht nur das Recht, ich würde sagen, er hat die Pflicht, nicht wissen zu wollen, wann er sterben wird. Der Rattenkönig, der unter dem Namen biomedizinischer Forschung sich auf die Menschheit gesetzt hat und erwartet, von ihr nicht nur erhalten, sondern auch gepriesen und geehrt zu werden, schickt sich an, sich in das Innerste des Menschen hineinzunagen. Kein Astrologe hätte es gewagt, mit derart frech erhobenem Zeigefinger in die Schlaf- und Sterbezimmer einzudringen, wie es jetzt die Forschung tut. Bis vor kurzem gab es noch einen Unterschied zwischen Palimpsest und Exkrement. Jetzt ist er verschwunden, und ein Gewirr von Molekularharuspizes maßt sich an, die Zukunft der Menschheit zu bestimmen. Manche wären vielleicht durch Abfindungen abzukaufen, aber Zeugungsverhütung wäre noch besser: es gibt jetzt viel zu viele Naturforscher, sozusagen mehr als es erforschbare Natur gibt. So müssen sie sich mit dem, was sie Natur nennen, herumraufen; und ist sie nicht willig, so brauchen sie Gewalt.

Die geistigen Leistungen der Menschheit – ob sie sich nun als bildende Kunst, Literatur, Musik, Architektur oder als Wissenschaft ausdrücken – unterscheiden sich weitgehend in ihrer Stellung zur »leidenden Majorität«, d. h. zu denen, die alles über sich ergehen lassen, ohne selbst an der Erzeugung dieser geistigen Werke teilzunehmen. Die meisten Künste – vielleicht mit Ausnahme der Baukunst – berühren nur den, der von ihnen Kenntnis nehmen will.

Das gilt auch für die Geisteswissenschaften. Eine plumpe Dekonstruktion von »Hälfte des Lebens« braucht mich nichts anzugehen: ich kann Hölderlins schönes Gedicht lesen, ohne auch nur zu wissen, was dort, in den dunklen Räumen, für ein sehr beschränktes Fachpublikum gepanscht wird. Nur große Teile der Naturforschung, nicht alle, bilden eine Ausnahme. Sie haben ein finster normatives Gesicht angenommen; sie sagen mir, was gut für mich ist; sie zwingen mich zum Wissen. Dagegen lehne ich mich auf; ich bin ein Halbdunkelmann; ich will nicht alles wissen. Ich empfinde Furcht vor der kompletten Sequenzbestimmung des menschlichen Genoms: es wird nichts Gutes dabei herauskommen. Das ist nicht der Weg, um fertig zu werden mit der »Krankheit zum Tode«.

Vor ein paar Tagen war es sehr kalt in New York. In ein und derselben Nacht sind drei Obdachlose erfroren aufgefunden worden. Auch sie haben, ohne es zu wissen, ihren Beitrag geleistet zu den drei Milliarden, die die Genomanalyse kosten soll.

Verwandte Texte: C, D, G, Q

SPRACHARABESKEN

Sprache und Geschichte – Da die meisten von uns zumindest eine Sprache mehr oder weniger sprechen, betrachten wir die Fähigkeit, uns ihrer zu bedienen, als eine Gabe der Natur und machen uns nicht mehr Gedanken darüber als über unsere Zweifüßigkeit oder andere Attribute des Menschseins, wie das Steuerzahlen oder den Besitz eines Fernsehgeräts. Leider kann man reden ohne zu denken, und so würde die Artbezeichnung *homo loquens* mir fast richtiger erscheinen als die von *homo sapiens*; denn ich zweifle, ob der Mensch, global betrachtet, weiser ist als, sagen wir, die Katze. Allerdings habe ich den Eindruck, daß, wo immer ich hinkomme, die Fähigkeit zu sprechen – weniger die zu reden – abnimmt*; was damit zusammenhängen mag, daß wir im Zeitalter der Informationsübertragung leben. Man drückt also gerne auf Knöpfchen.

Die Zusammenhänge zwischen Denken, Reden, Sprechen und Schreiben sind komplex; meine wenigen Versuche, mich in die Fachliteratur zu versenken, haben zu Denk- und Schreibkrämpfen geführt und mich mit temporärer Aphasie bedroht. Viel lieber hätte ich mich, sagen wir, mit Kleist darüber unterhalten. In den Fächern, wo die Fachleute aufeinandersitzen, ist kein Platz für Uneingeweihte. Trotzdem kann man beim Reisen und beim Lesen vieles beobachten und sich Gedanken darüber machen. So scheint es mir, daß verschiedene Völker sich ihren Sprachen gegenüber sehr verschieden verhalten. Bei allen Sprachen, die ich kenne, ist etwas verloren gegangen. Aber es gibt noch Völker, die sich in ihrer Sprachhaut halbwegs wohlfühlen, und andere, die es nicht tun. Das letztere gilt meiner Meinung nach besonders für die Deutschen. Historische Beispiele für wirklich lebende Sprachen

* Meine Unterscheidung zwischen Sprechen und Reden ist wahrscheinlich nicht die übliche. Beim Reden lenke ich die Sprache, beim Sprechen lenkt sie mich.

waren, scheint es mir, Shakespeares England, Luthers und vielleicht auch Fischarts Deutschland, das Frankreich des Ronsard und des Rabelais, Aretinos Italien, das Rußland von Tolstoi und Leskow. (Zur Zeit von Dante oder von Puschkin und Gogol waren die Sprachen noch etwas pubertär. Amerika ging, wie in so vielem anderen, direkt von der Juvenilität zur Senilität; jetzt stockt die Sprache mehr als irgendwo anders, wenn sie sich nicht an den Versatzstücken des gedankenlosen Denkens, an den genormten Fertigteilen der Sprache, also Floskeln und Slogans, entlangtasten kann.)

Was ist der Grund für die verschiedene Haltung der Völker gegenüber ihren Sprachen? Ein Grund – ich zögere es auszusprechen – mag in den Verschiedenheiten der historischen Entwicklung liegen. In den meisten jetzt existierenden, sprachlich einheitlichen Staaten – Frankreich, England, vielleicht auch Rußland – kam die politische Einigung zuerst, und dann die innerpolitische, imperialistische Aufzwingung *einer* Sprache. In Deutschland war es umgekehrt: die Sprache, zumindest die Schriftsprache, war überall deutsch, und erst viel später kam es zur Einigung. In der Tat, im achtzehnten Jahrhundert, unter den Duodezfürsten, blühte die deutsche Sprache, wie sie es später nicht mehr tat. In vielen Teilen des deutschen Sprachraums sind die Dialekte wichtiger und lebendiger geblieben als sonstwo. Für viele Schweizer und vielleicht auch Österreicher ist Hochdeutsch eine Fremdsprache. Schriftsteller vom Range eines J. P. Hebel oder Fritz Reuter kann ich mir in England nicht vorstellen. Andererseits scheint mir ein auf französisch geschriebener politischer Traktat von der Sprachqualität von *Mein Kampf* kaum denkbar. Ein Buch so voller Tonfallstricke: die Leser hätten es lachend weggeworfen. Aber in Deutschland konnte ein auf friseurdeutsch geschriebenes Buch verheerend wirksam sein.

Wie erhält sich eine Sprache am Leben? Durch ihre Sprecher und ihre Schreiber. Das zweite wird von den meisten geleugnet werden; und es ist wahr, daß Sprachen zum Überleben nicht einmal einer Schrift bedürfen. Aber ich bin ein eingefleischter Nichtutilitarier und stelle größere Anforderungen an die Menschen als die Gegenwart berechtigt erscheinen läßt. Der Mensch spricht nicht fürs Brot allein. Die Literatur ist sozusagen der Schopf, mit dem er sich münchhausengleich aus dem Dreck zieht. Sie ist die am längsten wirksame geistige Anlage, obwohl die Musik und die darstellenden Künste gewiß älter sind als die Schrift. Die Wechselwirkungen von Sprache und Literatur zu erörtern, dazu fehlen mir Kraft und Platz. Bis vor kurzem hätte ich gesagt, ohne Sprache keine Literatur. Aber vor einigen Jahren wollte ich der Vorlesung eines damals preisgekrönten Dichters beiwohnen und kam etwas zu spät. Die Lesung hatte begonnen; schon im Korridor hörte ich ein lautes Grunzen und Schnalzen und dann einen begeisterten Applaus. Im Saale merkte ich, daß ich ruhig noch viel später hätte kommen können, denn das Anhören von konkreter Poesie ist nicht viel anregender als das Lutschen von Steinen oder die Betrachtung eines auf den Hinterbeinen schreitenden Hundes. Man wundert sich und ist nicht amüsiert. Dennoch würde ich sagen, ohne Sprache keine Poesie. Wenn die Wörter krank sind, verkümmert die Dichtung; an strahlender Dichtung hingegen gesundet die Sprache, eine Heilung, auf die zu warten ich aufgegeben habe.

Daß ihre Sprache ihnen anders und schwerer im Munde liegt, als es bei andern Völkern der Fall ist, haben die Deutschen wahrscheinlich immer bemerkt, und oft hat man es vorgezogen, sich bei wichtigen Dingen des Lateinischen oder des Französischen zu bedienen. Das hörte mit dem Ende des 18. Jahrhunderts auf und machte einer Art von Geusenstolz Platz. So schreibt zum Beispiel Novalis:

> Wohl unsrer Sprache, daß sie *ungelenk* ist – der Starke zwingt sie und den Schwachen zwingt sie – dort wird die Erscheinung der Kraft sichtbarer, schöner – hier das Unvermögen auffallender – und so bleibt das Reich reiner, adelicher, unvermischter.

Das von auffallend unvermögenden Sprechern gestiftete »reine, adeliche, unvermischte« Reich, das 1945 zusammenbrach, war gewiß nicht, woran Novalis gedacht hat.

ALLOTRIA – Natürlich hat jedes Volk die Sprache, die es verdient. Hätte es eine andere, wäre es ein andres Volk. Die »Ungelenkheit« einer Sprache hängt weniger mit ihrer Grammatik zusammen als mit der Art, wie die Sprecher mit ihrem Wortschatz und mit ihrer Syntax und Flexion umgehen. Lange vor der über die ganze Welt ausgebreiteten Sprachverschlechterung, also vor der Phase der Amerikanisierung, spielte im Deutschen das sogenannte Fremdwort eine besondere Rolle. Es wurde sehr schnell zum Fanal eines keineswegs harmlosen Nationalismus, z. B. in der Alamodezeit und in der napoleonischen Epoche, aber auch im Ersten Weltkrieg. Dabei waren viele als Fremdwörter verschrieene Gastwörter unerläßlich für die Geschmeidigkeit, die Elastizität der Sprache, denn sie trugen dazu bei, das Deutsche ähnlich präzis zu machen, wie es Englisch oder Französisch schon lange waren.*

Mit dem Überhandnehmen wissenschaftlicher Literatur wuchs der Protest gegen die Vokabulare der Fachlichkeit. Bereits beim Erscheinen der *Kritik der reinen Vernunft* registrierte Hamann, besonders in seiner Korrespondenz

* Dieser Absatz ist mit Absicht besonders reich mit »Fremdwörtern« ausgestattet worden. Einige sind vielleicht ersetzbar, andere nicht; aber kann man leugnen, daß solche Wörter wie »Aktivität« oder »Abstraktion« einen andern Rang innerhalb der Sprache besitzen als z. B. »Supermarket«, »Trend« oder »Computer«?

mit Herder, lebhafte Beschwerden, die noch nachleben, fast vierzig Jahre später, in den folgenden Worten des ausgezeichneten C. G. Jochmann (in *Über die Sprache* [1828], S. 65):

> Wer eitel oder unverschämt genug ist, seinen Zeitgenossen das Erlernen einer ganz neuen selbsterfundenen Sprache zuzumuten, einzig und allein, um ihn und seine Schriften zu verstehen, der soll erfahren, daß er nirgends auf einen Blödsinn rechnen darf, der solchen Anmaßungen sich fügt.

Was hätte dieser anständige Mann erst zu unsrer Zeit gesagt, in der es mehr Fachsprachen gibt als Fachleute? Goethe hat sich an mehreren Stellen gegen den »geistlosen« Purismus der Sprachmistbauern ausgesprochen. In seinem Aufsatz »Deutsche Prosa« (1817) setzte er zu einer ausführlichen Darlegung an; leider ist der Text nicht wirklich abgeschlossen. Auch Schopenhauers wortgewaltige Klagen über die Verhunzung der deutschen Sprache sind als Entwurf im Nachlaß liegen geblieben, ein Torso von erfrischender Arroganz:

> Man soll nicht vergessen, daß jeder Mensch, der kein Latein versteht, zum *Volke* gehört, auch wenn er ein großer Virtuose auf der Elektrisiermaschine ist und das Radikal der Fluß(spath)säuren im Tiegel vorzeigen könnte.

Heutzutage ist jedem dieser Virtuosen eine eigene Zeitschrift mit ihrer eigenen Sprache gewidmet, wobei die gegenseitige Unverständlichkeit unter den Disziplinen eine Garantie für ihr Weiterleben bedeutet.

Das, was wir Fremdwort nennen, spielt in verschiedenen Sprachen sehr verschiedene Rollen. Ein dem Lateinischen entlehntes Wort wird in den romanischen Sprachen und eigentlich auch im Englischen ohne weiteres akklimatisiert; und wie das soeben gebrauchte Fremdwort bezeugt, meistens auch im Deutschen, selbst wenn es aus dem Griechischen kommt. Gegenüber nichtromanischen Fremdwörtern ist Französisch spröder als andere Sprachen; die jetzt aus Amerika importierten Störenfriede wirken wie Ohrfeigen. Der Engländer gebraucht, wenn man genau hinschaut, zwei Fremdsprachen, die miteinander verklammert sind, die eine germanisch, die andre romanisch, so daß Englisch, wie ich einmal gesagt habe, die Sprache ist, die am wenigsten aufschreit, wenn man sie malträtiert. (Ich hätte auch »quält« oder »mißhandelt« als Verbum verwenden können; aber irgendwie verdunstet dann ein leichter Hauch von Ironie.) Ob Amerikanisch als eigene Sprache gelten soll, das würde ich bezweifeln; der Zustand der Sprache war von Anfang an terminal; dennoch lebt sie, indem sie sich aus dem tausendfältigen proteischen Slang immer neu verproviantiert. Über die slawischen Sprachen wage ich nicht zu urteilen. Was das Russische betrifft, habe ich den Eindruck, daß Fremdwörter dort weniger wichtig sind als in den westlichen Sprachen.

Daß in einer gegebenen Sprache nicht alle Fremdwörter den gleichen Rang besitzen, wird offenkundig, wenn man das Auftreten dieser naturalisierten Gäste in der Dichtung betrachtet. Der folgende Abschnitt soll sich auch damit befassen.

Sprache und Dichtung – Das Problem beginnt mit dem Wort. »Dichter«, »Dichtung«, »Gedicht«: sie erscheinen uns als urgermanische Wörter, sind es aber eigentlich nicht. Dichten heißt im Althochdeutschen »dihtôn« oder »tihtôn«, was soviel bedeutet wie »schreiben« oder »verfassen«; im Mittelhochdeutschen ist es »tihten« und ein Dichter ist »tihtaere«. Die Wörter stammen aus dem lateinischen »dictare«, welches von »dicere«, sagen, kommt. So ist das Wort Dichtung eng verwandt mit Ausdrücken wie diktieren, Diktion, Diktionär oder Diktatur. Andere Sprachen haben ihre entsprechenden Bezeichnungen aus dem Griechischen, nicht dem Lateinischen, genommen und verwenden solche Ausdrücke wie Poet oder Poem (obwohl der Duden das erste Wort als spöttisch, das zweite als abschätzig kennzeichnet). Wahrscheinlich erwecken solche Bezeichnungen bei allen Völkern einen leichten Spott. In seinen wundervollen Briefen an Louise Colet, in denen der Werdegang von *Madame Bovary* höchst eindringlich dokumentiert ist, schreibt Flaubert »poésie« nur als »pohésie« (im »h« liegt der Hohn), obwohl der unermüdliche Sucher nach dem »mot juste« viel zur Poetisierung der französischen Prosa beigetragen hat.

Was ist eine Dichtung, ist jedes Gedicht eine Dichtung, sind Prosa und Dichtung Gegensätze? Die Antwort auf die beiden letzten Fragen ist, soweit es auf mich ankommt, Nein. Ich gehe weit zurück in meine Vergangenheit und zitiere einige Sätze aus dem *Feuer des Heraklit* (S. 39):

> Oft spazierte ich abends und in der Nacht mit meinem Freund Albert Fuchs in den schönen Straßen Wiens, und wir redeten endlos über das Schreiben: woher es kam, daß ein Text echt, ein Gedicht gut war. Wir unterschieden zwischen »Aussage« und »Ausdruck«, und wir beschlossen, daß nur das Genie »ausdrücken« kann, während jedes Talent der »Aussage« fähig ist. Etwas von dieser Unterscheidung habe ich noch immer zurückbehalten, und ich würde sagen, daß nur das »Ausgesagte« übersetzt werden kann, aber nicht das »Ausgedrückte«. Aus diesem Grunde ist Thomas Mann leicht übersetzbar, und z. B. Stifter oder Rimbaud sind es nicht.

Das beantwortet, soweit mein eigener Geschmack in Betracht kommt, die Frage, mit der der vorherige Absatz begann. Dichtung ist das Ausgedrückte, ein Schriftsteller wird zum Dichter, wenn es ihm gelingt, die bloße Aussage hinter sich zu lassen. Auf die Form der Dichtung, Prosa oder Vers, kommt es dabei nicht an. In unsrer dem Wägen, Messen, Analysieren zugetanen Zeit erhebt sich sofort die Forderung nach einem Test. Am bequemsten wäre ein kleiner Apparat, mit dem man das Werk abtasten und aus der Farbe des aufblitzenden Lämpchens erfahren könnte, ob es sich um ein Genie, einen Schmierer oder um etwas in der Mitte handelt. Damit kann ich leider nicht dienen und muß vielmehr eingestehen, daß, wie fast alles auf der Welt, auch das Erkennen einer wahren Dichtung subjektiv ist. Die Naturwissenschaften sind zwar sehr erfolgreich in ihrem Bestreben, den menschlichen Geist überflüssig zu machen; aber so weit sind sie noch nicht.

Ich habe früher das Auftreten von Fremdwörtern in Gedichten erwähnt. Unsere großen Dichter haben sich nicht gescheut, manche kräftig eingebürgerten Wörter zu verwenden.

> Gottes ist der Orient!
> Gottes ist der Occident!
> Nord- und südliches Gelände
> Ruht im Frieden seiner Hände.

Solche klangvollen dem Lateinischen entstammenden Wörter wie Firmament, Kontinent oder Nation werden nicht als lyrische Fremdlinge angesehen. Aber wäre das auch bei Niveau oder Milieu der Fall? Jedenfalls nicht in der klassischen Zeit, wohl aber, sagen wir, bei Gottfried Benn:

> Neurogene Leier,
> fahle Hyperämien,
> Blutdruckschleier
> mittels Coffein,
> ...

Wenn es einst der Sänger
dualistisch trieb,
heute ist er Zersprenger
mittels Gehirnprinzip,
stündlich webt er im Ganzen
drängend zum Traum des Gedichts
seine schweren Substanzen
selten und langsam ins Nichts.

Jede Dichtung ist, würde ich sagen, mit der gesamten Sprache gleich einem siamesischen Zwilling verbunden, während der aussagende Text in ihr nur mit Vollpension wohnt. Er kann jederzeit ausziehen und in eine andere Sprache übersiedeln.* Solche Werke wie *Ein Wiegenlied bei Mondschein zu singen* oder *Die Sternenseherin Lise* von Claudius, oder wie Goethes *Selige Sehnsucht* können das nicht, ohne zu verkümmern. Auch in den treusten Prosaübersetzungen ist nur der blanke Wörterbuchsinn erhalten und nichts davon, was um die Worte weht. Das sich auf »in Walde« reimende »balde« in Goethes *Wandrers Nachtlied* (»Ein gleiches«) enthält mehr und anderes als »soon« oder »bientôt«.

Wenn ich, wie manchmal geschieht, Gedichte in mehreren Sprachen im Originaltext lese, frage ich mich, ob Bezeichnungen wie deutsche, französische, russische Lyrik sich eigentlich auf die gleiche dichterische Tätigkeit beziehen. Ist ein Gedicht von Puschkin artgleich mit einem von Brentano oder Baudelaire und, noch mehr, sind es die Verfasser in ihrer Eigenschaft als Lyriker? Ich habe da meine Zweifel, denn so verschieden die Sprachen voneinander sind, sind es auch die aus ihnen gewachsenen, mit ihnen

* Man könnte, sich eines der Reichtümer der Sprache bedienend, sagen, daß der Ausdruck aus Worten zusammengesetzt ist und die Aussage aus Wörtern.

verwachsenen Dichtungen. *Madame Bovary, Anna Karenina, Effi Briest* gehören derselben Klasse an, es sind Romane und, wenn man will, Liebesromane mit tragischem Ausgang. Da es sich um dichterische Gebilde von hohem Rang handelt, sind Übersetzungen bedenklich, aber sie vermitteln wenigstens den Gang der Handlung. Große Gedichte jedoch sind inkommensurabel. Hölderlins *Patmos* und Keats' *Ode on a Grecian Urn*, Rimbauds *Le Bateau ivre* und Puschkins *Medny wsadnik* (Der kupferne Reiter): sie haben nichts miteinander gemeinsam, außer daß sie bedeutende Dichtungen sind. Die lyrische Dichtung eines jeden Volkes steht allein da, mit keiner andern vergleichbar; und eigentlich gilt das für jedes einzelne Gedicht in der Sprache: rätselhafte Idole auf einer Osterinsel, die leider in unserer Zeit im Begriffe ist, in ein Meer von Schmutz zu versinken.

Verwandte Texte: N, U

Tagträume des Malaventura

So wie ich als Bub die »gewendeten Anzüge« eines reichen Onkels tragen mußte – im Wien der Inflationszeit war man entweder sehr reich oder sehr arm –, so verwende ich hier einen »gewendeten Titel«. *Die Nachtwachen des Bonaventura*, 1804 ohne Verfassernamen veröffentlicht, sind ein sehr schönes Buch der Frühromantik. Ich habe einmal davon gesagt, daß Leser dieses Romans den Vorbereitungskurs für Jean Paul absolviert haben. Leider, fürchte ich, gibt es nicht viele Anwärter. (Nebenbei gesagt, Historiker, gerade jetzt biberhaft bemüht, dem deutschen Volk eine neue nationale Identität einzusetzen, sollten sich fragen, warum wenige anderen Völker ihre großen Autoren so ungelesen lassen. Wer kürzlich »Laokoon« oder die »Geschichte des Agathon« wieder gelesen hat, hebe die Hand!)

Dieser kurze Text soll aber nicht von Nachtwachen handeln, sondern von Tagträumen, wobei der Nachdruck mehr auf Tag als auf Träumen liegt. Malaventura steht jedoch zu Recht, denn es geht um kurze Tage und lange Jahre in der grimmigen Stadt New York. Vor kurzem las ich in der Zeitung ein Interview mit dem berühmten Anthropologen Lévi-Strauss, worin er begeistert von New York sprach als einer »ville superbe«. Er hatte die Kriegsjahre dort verbracht, weil die deutsche Volksseele damals gerade am Kochen war und daher die Juden verbrennen mußte.

Was macht New York so süperb? fragte ich mich, mir ist es nie so erschienen. Dennoch mußte ich immer wieder bemerken, daß vor allem junge Menschen von dieser Stadt mächtig angezogen sind. Es ist eigentlich keine lustig belebte Stadt in dem Sinne, in dem Paris oder London es sind – oder waren, bevor das Automobil die Alleinherrschaft antrat –; ein Pariser Boulevard im Jahre 1930 oder Piccadilly Circus bot ein ganz anderes Bild. Meinen ersten Eindruck von New York, als ich es 1928 zu Gesicht bekam, habe ich im *Feuer des Heraklit* festzuhalten versucht.

Ich hatte mir die englische Sprache recht gut angeeignet, bevor ich nach Amerika kam, und das machte mir das Staunen leichter. Ich brauchte meine Verwirrung nicht der Sprachunkenntnis zuzuschreiben, sondern den Widersprüchen und Zwiespälten einer nur allzu knetbaren Masse. Daß diese Masse eine sehr seltsame Sprache sprach und in ihrem Verhalten sich nicht den geringsten Zwang auferlegte, wie es in den mir bekannten zivilisierten Ländern der Fall war, kam noch dazu. Der erste Eindruck war der einer schlauen Naivität, eines von Minderwertigkeitsgefühlen zerfressenen Hochmuts. Bald erkannte ich jedoch, daß, was mir schlau vorkam eher schwachsinnig war und die Naivität in Wirklichkeit eine Heuchelei.

Damals herrschte über das Land einer der in der amerikanischen Geschichte so häufigen minderwertigen Präsidenten, Coolidge, und die Stadt fieberte dem größten Wirtschaftskrach des Jahrhunderts entgegen, der dann auch im nächsten Jahr eintraf. Nachdem so viele Leute ihr Geld verloren hatten, nahm die Stadt viel menschlichere Züge an und büßte, nach der Aufhebung der »Prohibition«, viel von ihrem korrupten Schmelz ein. Eine gewisse Fadenscheinigkeit, inmitten von imitiertem Brokat und echtem Talmi, ist ihr jedoch verblieben.

Vor sechzig Jahren war New York noch verhältnismäßig ungefährlich: ich konnte lange Wanderungen unternehmen und mich davon überzeugen, daß es die Neger waren, die viel zur Heiterkeit und Menschlichkeit dieser grimmigen Stadt beitrugen. Eines hatten meine damaligen Forschungsreisen mit denen von Bonaventuras Nachtwächter gemeinsam: auch sie endeten im NICHTS, dem jener am Ende seines Buches seinen Respekt bezeigt. Meines war jedoch ein Nichts voll von Stimmen und Gesichtern. Die Stimmen waren verschieden, aber die Gesichter ähnelten einander: der erste Eindruck war, daß es so etwas gab wie ein amerikanisches Gesicht. Auch dieses habe ich in meiner bereits erwähnten Selbstbiographie zu schildern versucht. Jetzt, da alle Menschen mit Bildinformationen überschwemmt werden, braucht man dem amerikanischen Gesicht kaum viele Worte zu spenden: die Leere dröhnt durch die ganze Welt.

So erschien es also dem jungen Mann, wie erscheint es dem alten? Zuerst einmal, der jeden Ankömmling begrüßende Ausspruch – es ist fast ein Gemeinplatz – »New York ist nicht Amerika« ist falsch: New York *ist* Amerika. Alles in Amerika ist Amerika. Wenn die Wüsten des Südwestens reicher zu sein scheinen an Giftschlangen als, sagen wir, New York oder Chicago, so trügt der Augenschein, denn sie kommen auch hier vor, jedoch in verkleideten Formen. In einem so großen Land ist alles überall, man muß nur die Augen dafür haben.

Lange nach seiner Entdeckung ist Amerika erfunden worden – ich habe das schon einmal irgendwo gesagt –, erfunden als Utopie, und es ist eine verzerrte Utopie geblieben, ein Paradies von einem Komitee entworfen. Die Gründer der unabhängigen Republik waren wahrhaft große Männer, würdige Produkte des Zeitalters der Aufklärung. Aber sie litten an dem kurzsichtigen Optimismus ihrer Zeit: sie glaubten an die Güte des Menschen. Rousseau oder Lessing hätten sich mit Jefferson sehr gut verstanden. Das war vielleicht die beste Zeit der europäischen Kultur, aber ihren amerikanischen Repräsentanten fehlte der Sinn für Dialektik. Immerhin versuchten sie, diese verpfuschte Utopie von Sklaventreibern und Sklaven, von draufgängerischen jüngeren Söhnen und deportierten Verbrechern, von verzweifelten Armen und skrupellosen Gaunern – sie versuchten, sage ich, diese Utopie in die Bahnen des Gesetzes zu lenken. Und so ist Amerika wirklich unter vielem anderen ein Paradies der »shysters«

geworden (»Winkeladvokat« ist eine völlig unzureichende Übersetzung); ein Land, in dem die alten Gesetze viel schneller gebrochen als neue gemacht werden; ein Land, in dem sogar das hier zu Ehren gekommene Wort »politician« das Schimpfwort geworden ist, als das es Jacob Burckhardt empfand.

»Das sind aber nicht besonders süße Tagträume«, mag jemand sagen, und ich würde ihm zustimmen. Jetzt habe ich beinahe sechzig Jahre zur Verfügung gehabt, um Vergleiche anzustellen, und ich sehe fast nichts, was besser geworden wäre, jedoch viel Verschlechterung. Wenn, als ich hier ankam, die Parole des angeblichen »Schmelztiegels« das Miteinander war, so ist sie jetzt zum Gegeneinander oder bestenfalls zum Nebeneinander geworden. Viel hat sich in New York verändert, aber nichts mehr als das Verhalten der Rassen zueinander. Ich verwende das Wort Rasse nicht gern, denn es riecht nach vergorenem Blut. Aber wie kann ich es anders sagen, wenn die Rede ist von der Stellung der Weißen zu den Schwarzen, Braunen, Gelben – und so weiter im Spektrum?

New York hatte lange als ein Musterbeispiel für das Funktionieren des Schmelztiegels gegolten. Inwieweit dieser jemals existierte oder legendär war, dies zu untersuchen steht mir nicht zu, denn ich bin – gleich dem Salamander der Mythologie – notorisch unschmelzbar. Nehmen wir also an, daß es den Wundertopf wirklich einmal gegeben hat. Ist das der Fall, so muß diese oft schmerzliche Homogenisierung hauptsächlich darin bestanden haben, daß die Einwanderer sehr rasch ihrer eigenen Sprache und Geschichte enthoben oder beraubt wurden und dafür sehr allmählich eine Surrogatgeschichte und eine Sprachprothese erhielten. Ich würde denken, daß das fast immer ein geistiger Verlust gewesen sein muß, wenngleich hie und da ein ökonomischer Gewinn zu verzeichnen war. Sogar jetzt, da die Legierungen halbwegs stabil geworden sind, ist die amerikanische Sprachlandschaft eine Wüste geblieben. Meiner Meinung nach gibt es noch keine amerikanische Sprache. So schnell – in 250 oder 300 Jahren – bilden sich überhaupt keine neuen Sprachen. Wieviel Zeit mußte vergehen, bevor man von einer englischen, französischen, italienischen, spanischen oder deutschen Sprache reden konnte? Sprachen sind natürlich niemals abgeschlossen; sie wachsen, oft mehr durch Verarmung als durch Bereicherung – ein Prozeß, der im sogenannten Amerikanisch noch sehr lebhaft im Gange ist. Ich würde mich wundern, wenn ein Vergleich der Vokabulare in vor 150 Jahren geschriebenen Privatbriefen von Amerikanern mit denen von heute geschriebenen Briefen nicht eine enorme Schrumpfung des Wortschatzes zeigte.

Als ich seinerzeit nach Amerika kam, war das Nebeneinander der Rassen und Völker unendlich viel friedlicher als es jetzt ist. Besonders die Schwarzen – damals durfte man noch von Negern sprechen – zeigten eine unglaubliche Gutmütigkeit und Menschenfreundlichkeit. Ob diese jetzt nur verdeckt sind oder gegen fiktive Bürgerrechte eingetauscht, kann ich nicht sagen. Jedenfalls bin ich mir jetzt Tag und Nacht einer Spannung, eines schwelenden Hasses bewußt, wovon ich ursprünglich nichts verspürt hatte. Dazu gesellt sich ein gar nicht zu beschreibendes Anwachsen der Kriminalität, die unter Umständen Züge eines beginnenden Bürgerkrieges aufweist, allerdings häufig gepaart mit dem der Mythologie des Landes entsprechenden Raffergeist.

Amerika erscheint mir also nicht so sehr als ein Amalgam wie als ein Mosaik; ein Mosaik, das noch viele Hunderte von Jahren braucht, bevor ein erkennbares Bild zustande kommt. Vorläufig wackeln alle Steinchen. Armut, verschämt und unverschämt, Obdachlosigkeit, Verzweiflung gehören dazu. Sie wackeln, diese Steinchen, obwohl der Kitt, der sie zusammenhalten soll, in dicken Schichten aufgetragen wird. Den Kitt repräsentiert das infernale Reklamegeheul, das alle Tätigkeiten und Unterlassungen begleitet. Reklame ist natürlich nicht ein hinreichendes Wort, um die Beeinflussungsmaschinerie zu beschreiben, die, auf die einzelnen Menschen losgelassen, sie zu einer hantierbaren plastischen Masse zusammenschweißt. Nichts lebt im Land, was nicht zugleich ein Bestandteil und ein Opfer dieser Maschine ist. Jeder Puppenspieler ist auch ein Hampelmann. Man kann sich nur schützen, indem man wahllos alle Stricke kappt. Dazu gehört jedoch eine Entschlußkraft, die selten geworden ist, denn die soeben erwähnte Maschinerie ist damit betraut, einem jeden sein Persönlichkeitszentrum auszusaugen. Das ist vielleicht die größte Veränderung, die ich in Amerika erlebt habe.

Eines ist jedoch geblieben: der Glaube an die religiöse Beweiskraft des Besitzes. Gott ist ein reicher Mann in Amerika. So ließ Er es zu, daß die Einwohner das Land als Sein eigenes bezeichneten: »God's Own Country«. Gottes eigenes Land? Bevor die Konquistadoren es ihrem Gott zueigneten, hat es den Indianern gehört. Aber das hat nur wenige bekümmert: lange bevor Darwin seinen Namen dazu hergab, hat der Sozialdarwinismus unzählige Verbrechen beschönigt. Was Schuld bedeutet, haben die alten Griechen besser gewußt als die christlichen Völker, die auf sie folgten. Der Begriff der Sünde ersetzte den der Schuld, und Sünden sind dazu da, vergeben zu werden. So ist Amerika das christlichste Land der Welt geblieben, was natürlich heißt, daß dort das Christentum häufig zu einer Farce geworden ist, zu einem Haushaltsgerät wie der Staubsauger oder das Bügeleisen. Wenn es reparaturbedürftig wird, wirft man es hinaus und ersetzt es durch ein neues; weshalb es so viele Sekten gibt im Land. Höchst verwirrend für den vorgeblichen Besitzer des Landes: jedes Mal, wenn er nach Haus kommt, sind die Tapeten erneuert.

Wenn Malaventura in der Früh ins Büro fährt, kommt er zum Columbus Circle, einem Platz in New York. Dort wird gerade an einer Ecke ein ungeheurer Wohnturm errichtet, 60 Stock oder mehr. Das ist einer von zahlreichen derartigen babylonischen Gebäuden, die in den letzten Jahren in allen wohlhabenden Gegenden der Stadt in den Himmel aufschießen. Dort kostet eine Wohnung mehrere Millionen Dollar. Ein paar Schritte weiter, und Malaventura ist an seinem Arbeitsplatz angelangt. Entlang dem großen Spitalsgebäude liegen gewöhnlich einige Obdachlose auf der Erde und erwärmen sich an dem Heizungsdampf, der aus ein paar Löchern des Trottoirs hervorquillt. Wenn es geschneit hat, liegen die Absolventen des amerikanischen Traumes auf Schnee und Eis. Wer bei diesem Anblick die Dialektik des Wohlstands noch immer nicht begriffen hat ist ein Dummkopf, besonders wenn er hört, daß die Anzahl von Obdachlosen allein in der Stadt New York zwischen 30 000 und 50 000 liegt.

Woher kommt es, fragt sich der Tagträumer, daß all das den meisten Menschen so ganz anders vorkommt? Es liegt natürlich an ihm; er ist mit einem Stein im Schuh geboren. Dennoch soll man sogar dem minoritären Abweichler eine gewisse Bedeutung nicht aberkennen: er fungiert manchmal als das postume Alibi seiner Zeit. Dabei ist er keineswegs blind gegen die guten Eigenschaften des Volkes, gegen die große Schönheit des Landes, gegen den edlen Inhalt seiner Verfassung. Nur fühlt er sich beklommen, ja verzweifelt gegenüber dem dämonischen Angriff auf das Bewußtsein und das Gewissen der Menschen, der seit Jahren mit großem Erfolg ausgeführt wird.

Von woher diese Attacke kommt, ist mir rätselhaft geblieben, nicht aber, worin sie besteht. Sie bewirkt die Paralyse oder die Amputation des von mir postulierten oder erfundenen, zugegebenermaßen mythischen Organs, das ich das Persönlichkeitszentrum genannt habe; eines Organs, das für alle individuellen menschlichen Reaktionen verantwortlich ist. Der Angriff muß permanent sein und darf nie nachlassen, denn die durch ihn bewirkten geistigen Schäden sind nicht erblich.

Will man die Angreifer identifizieren, so gelangt man zu dem Schluß, daß es die Gesellschaft – auch sie ein mythischer Begriff – selbst ist, die ihre Mitglieder dazu zwingt, sich der Amputation zu unterziehen. Die Gesellschaft selbst ist ihr eigener Zwingherr geworden; oder anders gesagt, jeder Sklave ist des andern Treiber. Das ist wahrscheinlich ein wichtiges Element der Pathologie aller demokratischen Staatssysteme. Aber ich will diese Frage nicht weiterverfolgen, denn ich besitze keine akademische Lizenz darüber nachzudenken.

Daher halte ich mich lieber an einen großen Schriftsteller, der alle nötigen Genehmigungen besaß, an Lord Macaulay, den britischen Historiker und Staatsmann. Gerade als ich den hier vorliegenden Text komponierte, lenkte der Zufall meinen Blick auf eine Stelle aus einem Brief, den Macaulay am 23. Mai 1857 an den Amerikaner H. S. Randall schrieb. Es ist ein sehr langer Satz, den ich hier übersetze.

> Entweder wird ein Cäsar oder Napoleon die Zügel der Regierung fest in die Hand nehmen, oder Ihre Republik wird im 20. Jahrhundert von den Barbaren ebenso schrecklich geplündert und verwüstet werden wie das Römische Imperium im 5. Jahrhundert; mit dem Unterschied, daß die Hunnen und Vandalen, die das Römische Reich verheerten, von außen kamen, während Ihre Hunnen und Vandalen in Ihrem eigenen Land durch Ihre eigenen Institutionen werden hervorgebracht werden.

Macaulays Vorhersage ist, glaube ich, eingetroffen.* Was anfing als vielleicht der größte Traum, den die Menschheit je geträumt hat, ist, ohne daß sie aufwachen mußte, zerstoben. Ich brauche mich nur in meinen eigenen Erinnerungen umzusehen. Zum Beispiel, unter den elf Präsidenten des Landes, die ich erlebt habe, war nur einer hervorragend: F. D. Roosevelt. Alle andern waren unter dem geistigen Durchschnitt und mit Ausnahme Eisenhowers auch unter dem moralischen Durchschnitt der Leute, die ich in meinem Leben gekannt habe. Wobei man sich allerdings fragen muß, ob bedeutendere und anständigere Politiker einem geradezu programmierten Zersetzungsprozeß hätten Einhalt gebieten können. Vielleicht hätten sie auch nicht mehr getan als das Meer zu peitschen.

Ich sehe keinen Ausweg, um so weniger als ähnliche Verfallserscheinungen in den meisten Ländern zu verzeichnen sind, obwohl sie dort langsamer auftreten und gegen geschichtliche Erinnerungen und Traditionen zu kämpfen haben. Sogar das Vorhandensein fester gefügter politischen Parteien schützt manchmal vor dem Ärgsten. Wo sonst hätten ein gut sitzender Anzug, ein telegenes Filmlächeln und sehr reiche verborgene Freunde ausgereicht, um einen Präsidenten zu erzeugen? Allerdings würde ich nicht glauben, daß selbst ein besserer Staatsmann viel Unterschied machen könnte, wäre nicht meine Erinnerung an Franklin Roosevelt noch lebendig, der in Zeiten schwerster politischen und ökonomischen Krisen das Volk geradezu aufzuwecken vermochte. Leider hat die Regeneration nicht lange angehalten.

Der am Anfang seiner Geschichte nicht ganz unberech-

---

* Obwohl ich sagen möchte, im Gegensatz zu Macaulay, daß ich mir auch von den Cäsars und Napoleons nichts Gutes erhoffe – den gleichen Dreck, aber viel mehr Blut. Wenn man Pech hat, wird eben aus jedem Cäsar ein Attila, aus jedem Napoleon ein Geiserich.

tigte Draufgängergeist hat das Land mit Hilfe der Massenmedien, besonders des Fernsehens, in einen Paroxysmus kostspieliger und meistens sinnloser Macherei gehetzt: Mondlandung, Raumfähren, übertriebene Dotierung der Forschung, Waffenproduktion usw. Gleichzeitig hat die Industrie verlernt, kleine, haltbare, zum täglichen Leben notwendige Dinge zu erzeugen. So findet die finanzielle und industrielle Krise im jetzigen Amerika ein Land, das zum größten Schuldner- und Entwicklungsland der Welt geworden ist. Um so lächerlicher, daß das Glaubensbekenntnis anscheinend noch immer lautet: »Das Allerschwerste haben wir gestern gemacht, das Unmögliche tun wir heute.« Amerika scheint zu glauben, daß, solange man nicht weiß, was das Ziel ist, man schneller dort ankommt. Aber was heißt schneller, wo ist dort?

Die Aushöhlung der Menschlichkeit durch die Massenmedien, ist sie Ursache, ist sie bloß Symptom? Ich glaube, daß sie eine der grundlegenden Ursachen ist, und zugleich – wir leben in zirkulären Zeiten – ein Symptom, das nicht anders handeln kann als es handelt. In meinem kleinen Buch *Kritik der Zukunft* habe ich ausführlich darüber gesprochen. Karl Kraus, dieser apokalyptische Denker, hielt die Presse für die einzig schuldige. Mir fehlt die Absolutheit dieses großen Schriftstellers. Ich sehe eine Welt, in der Millionen von Hebeln aufeinander wirken, und von keinem kann man sagen, er sei der erste gewesen. Wenn ich durch die trostlosen Gassen der Stadt wandere – jedes Haus ein Faustschlag gegen seine Nachbarn, jedes Gesicht ein Vorwurf gegen seine Eltern –, träume ich mich in einem Chaos der Ungewordenheit, als strebte die Welt zurück zu einer Zeit vor der Zeit, drei Millisekunden vor der Schöpfung.

Verwandte Texte: D, I

Ungehaltene Reden, ungezogene Lehren

Der Mensch ist ein Klotz. Nichts kann ihm seine Undurchdringlichkeit nehmen. Wenn er durchlässig ist, so nur für stupide Schlager, Politikerlügen und Diktatorengebrüll. Er fürchtet sich vor dem Tod, aber das Jenseits wird ihm ein Gähnseits, ein fades Paradies, wo er endlich die Füße auf den Tisch legen darf. Ich hoffe jedoch, daß er, der Mensch, mir diese Worte nicht zu sehr übelnimmt, denn ich möchte ihm versichern, daß ich mich auch zu seinesgleichen zähle; auch ich bin oft hereingefallen, und erst als mit der Weisheit das Zipperlein kam, habe ich der Irdischkeit entsagt. Eines aber kann ich ihm, dem Menschen, verraten, ruhmsüchtig wie ich bin: im Gegensatz zu ihm habe ich mich geweigert, jemals »Amadeus« anschauen zu gehen, da ich es nicht vertragen kann, wenn eines der Wunder Gottes beblödelt wird. »Il nome della rosa« habe ich hingegen gelesen, leider ohne wesentliche Verbesserung meiner Italienischkenntnisse, da die ekklesiastischen und historischen Lexika, die zur Kompilation des langweiligen Buches beigetragen haben, sich nicht durch besondere Sprachkunst auszeichnen und andererseits Agatha Christie sich viel besser im englischen Original liest.*

Worüber ich hier sprechen will, das ist die Unwirksamkeit der Propheten. Obwohl die Propheten des Alten Testaments die hauptsächlichen Vertreter dieses edlen und traurigen Berufes sind, will ich den Begriff erweitern auf Leute, die der leicht höhnisch verzogene Volksmund als Seher oder Mahner bezeichnet. Die Unhörbarkeit, die Wirkungslosigkeit ist in die Berufung zu warnen gleichsam eingebaut. Je größer die Fähigkeit, kommende Dinge zu ahnen, je lebhafter der Drang, das Erahnte auszusprechen,

* Ein Bestseller kann definiert werden als ein dickes Buch, das fast jeder kauft und fast niemand zu Ende liest. Seine Halblebenszeit in den Bücherregalen ist gewöhnlich beträchtlich kürzer als die vieler anderen Bücher.

um so stumpfer das Ohr derer, an die die Warnung gerichtet ist. Der Skeptiker in mir fragt sich allerdings, ob die meisten Propheten nicht höchst unangenehm überrascht worden wären, hätten ihre Worte Gehör und sogar Beachtung gefunden. Ohne starken Widerstand, ohne die Tragik des Scheiterns wird in unserer klebrigen Welt auch die edelste Beschäftigung zu einer Routine.

So ist denn nicht eine der gigantischen Erscheinungen unter den Propheten der Heiligen Schrift der Juden der Inbegriff des Sehers, sondern es ist die Tochter des Königs von Troja: Kassandra. Ihr hatte der boshafte Gott Apollon mit der Gabe der Voraussage den Fluch geschenkt, nicht gehört zu werden. In ihr verbindet sich die Ambivalenz des Menschseins mit der Tragik einer Heilandserscheinung. Dazu gehört, nicht gekreuzigt zu werden um der Wahrheit willen. Ihre herrliche und traurige Figur steht vor uns auf im *Agamemnon* des Aischylos und in den *Trojanerinnen* des Euripides.

So wie der Heilige, wie ich ihn definiere, ein Mensch ist, der zu Lebzeiten nicht erkannt werden kann, ist der Seher einer, der nicht erhört werden kann. Das gilt besonders für eine der beiden Klassen, die ich unterscheide. Mir scheint, daß es zwei Gruppen von Propheten gibt: die Weisen und die Heftigen. Die meisten allgemein Anerkannten gehören zur zweiten Gruppe. Zu den Weisen zähle ich jene Philosophen, die sich auf das Glatteis der Vorhersage zu begeben trauen (aber Schopenhauer und Nietzsche gehören eher zur leidenschaftlichen Klasse); andere Beispiele sind Goethe und vielleicht auch Leonardo da Vinci oder Lichtenberg. Der weise Prophet verfährt wie ein guter Naturforscher: er macht Voraussagen, die auf Erfahrung beruhen und auf einem tiefen Verständnis für die Gesetzmäßigkeit der Naturereignisse und für den analogischen Charakter des Geschehens. Seine Maximen weisen so sehr in die Vergangenheit wie in die Zukunft, und was sie prophezeien sind Wahrscheinlichkeiten. Für den Weisen ist es gleichgültig, ob seine Mahnungen und Warnungen beachtet werden oder nicht. Er hat sie aufgeschrieben, und damit ist es genug.

Ganz anders die Heftigen. Das sind tragische Erscheinungen: sie müssen rufen, aber dürfen nicht gehört werden. Sie sind die ewig Anderen und reiben sich auf an dieser Anderheit. Trotzdem machen sie die Mehrheit derer aus, die man Propheten, Warner, Mahner, Seher nennt. Teiresias, Pythia, geschlagen mit Zweideutigkeit, aber auch die großen Eindeutigen aus der Bibel. Wie spricht Ezechiel über die Stadt Jerusalem?

> Deswegen spricht der HERR HERR also: Wehe der Blutstadt! dem Topfe, an dem ein Rostfleck ist, und wovon der Rostfleck nicht abgehen will! ... Denn das Blut in ihr, welches vergossen worden, hat sie auf einen ausgetrockneten Felsen geschüttet, hat es nicht auf die Erde gegossen, um es mit Erde zuzudecken. Um Zorn zu erregen, um Rache zu üben, habe ich ihr Blut auf einen ausgetrockneten Felsen thun lassen, damit es nicht bedeckt werde. Darum spricht der HERR HERR also: Wehe dir, du Blutstadt! . . . Ich der HERR habe geredet: es wird kommen; und ich werde es vollziehen. Ich will nicht säumen, nicht schonen, und es mich nicht reuen lassen. Nach deinen Wegen, und nach deinen Werken wird man dich richten, spricht der HERR HERR.
>
> (Kap. 24, übersetzt von Leander van Ess)

Es hat nichts genützt, Ezechiel! Was du als Blutstadt erkannt hast, ist es geblieben. Gerade jetzt sind die Zeitungen voll von frisch vergossenem Blut an derselben heiligen Stätte. Ist dieses Blut, das Blut der Araberkinder, bedeckt worden mit Erde oder bloß auf den Felsen geschüttet?

Oder Jesaias (Kap. 59):

> Siehe! des Herrn Hand ist nicht zu kurz, daß sie nicht helfen könnte; sein Ohr ist nicht so taub, daß es nicht hören sollte. Wohl aber eure Missethat hat zwischen euch und eurem Gott die Scheidewand errichtet; und eure Sünden haben sein Angesicht von euch abgewandt, daß er nicht hört. Denn eure Hände sind mit Blut befleckt, mit Unrecht eure Finger; eure Lippen reden Lügen, und eure Zunge spricht Frevel.

Nichts schreit lauter vor den Propheten als das vergossene Blut. Daß ihre Worte auch jetzt noch – nach 2500 Jahren! – zeitgemäß sind wie der heutige Tag, mag als Maß gelten für ihre Wirkungslosigkeit.

Jesaias und Ezechiel – und tatsächlich alle jüdischen Propheten, vielleicht mit Ausnahme des frühesten, Amos – sind Musterbeispiele für die Gruppe der heftigen Propheten. Ihre Rede ist voll von herrlichstem Pathos, von tiefsinnigen Gleichnissen, von lyrischer Erhebung. Sie zeigen, welchen Aufschwungs dieses kleine Wüstenvolk fähig war, wenn sein größtes, ja einziges geistiges Erlebnis sein ihm offenbarter Gott war. Große Neinsager sind ja fast immer auch große Jasager, und die Propheten des Alten Testaments waren beides. Sie sind das großartigste Alibi für das kleine Volk, dessen historische Alltäglichkeit wahrscheinlich auch damals weit von Großartigkeit entfernt war. Jedenfalls sollte die Welt ihm dankbar sein, daß es ihr mehr hinterlassen hat als lange Listen von Kriegsgefangenen. Das besorgen jetzt die Nachkommen.

Die Heftigen sind auch später der Welt nicht ausgegangen; bis auf unsere Zeit, da fast alles zu enden scheint, was die Menschen früher beseelte. Nur wurde der Prophetenberuf sozusagen privatisiert. Die Sibyllen hockten in ihren Höhlen, die Pythien auf ihren Dreifüßen, die Astrologen vor ihren Horoskopen. Sie waren eigentlich die ersten Spezialisten, d.h. Leute, denen man nicht zuschauen kann, wie sie, ein jeder auf seinem Feld, Früchte ernten, die sie nicht gesät haben. Auch die Haruspizes der Römer hatten ihre Unentbehrlickeit als Experten bewiesen. Dennoch würde ich annehmen, daß die Erfolgsquote des Kollegiums für reine und angewandte Eingeweidebeschauung nur unwesentlich höher war als die unserer Krebsspezialisten.

Von all diesen würde ich nicht behaupten, daß sie die ehrwürdige Linie der Prophetentradition fortsetzen: sie antworteten nur wenn gefragt. Viel eher gilt das für die Satiriker und Utopisten. Jene scheinen unserer Zeit abhanden gekommen zu sein, diese, technomanisch zersetzt, wurden zur Science-fiction erniedrigt. Die Funktion der großen Satiriker ist es immer gewesen, ihrer Zeit einen gorgonischen Spiegel vorzuhalten, einen Spiegel, der warnte, indem er verzerrte. Unter den Utopisten waren die ersten die besten: Thomas Morus, Campanella; es folgten viele andere Schriften, von denen ich die meisten nicht gelesen habe, denn ich kann mich für dieses Genre nicht recht erwärmen. Am sympathischsten sind mir noch utopisch gefärbte Abenteuerromane wie *Robinson Crusoe* oder *Die Insel Felsenburg*. Den größten Vertreter dieser Gruppe, *Gulliver's Travels*, rechne ich allerdings zu den Satiren.

Ganz anders steht es mit den Satiren, deren eindrucksvolle Reihe erst um 1914 zu Ende ging. Was die Heftigkeit betrifft, stehen die großen Satiriker den Propheten des Alten Bundes nicht nach, obwohl manche, wie Horaz oder Rabelais, mehr den Humor zu Hilfe zogen als den Haß. Zwischen Propheten und Satirikern erblicke ich mindestens einen Unterschied. Jene sehen nur aufs Große, aufs Allergrößte; das einzelne, das Private ist ausgefallen; man darf nicht zwischen den Zeilen lesen, in den Zeilen steht alles. Der Satiriker hingegen braucht das Kleine, um aufs Große zu zielen; sein Werk ist oft ein Mosaik von Abscheulichkeiten; ihn hetzt ein Haß, der bei ihm eine Form der Gottestrunkenheit ist. Zum Satiriker gehört das Attribut der Bitterkeit: es hätte so anders kommen können, aber nie hat es das getan; er konfrontiert die Schöpfung mit dem Schöpfer. Ich glaube nicht, daß ein innig religiöser Mensch ein Satiriker sein kann, denn der Schluß, den dieser ziehen muß, ist ein Ende. Oder, besser gesagt, Satire ist die Religion der Abtrünnigkeit. Es sei denn, daß der Satiriker sich als den Mistbauer Gottes betrachtet; aber dieser beschuldigt ja nicht den Schmutz, er führt ihn nur weg.

Wer sind also die großen Satiriker? Auf meiner Liste stehen Horaz, Persius, Juvenal, Martial, Rabelais, d'Aubigné, Mathurin Régnier, Donne, Rochester, Dryden, Swift, Pope und, mit starken Vorbehalten, Voltaire. Dann wird alles seichter und milder. Dafür springt die Kunst ein: Hogarth, Rowlandson, Cruikshank, Daumier, der junge George Grosz. Soll ich Flauberts unvollendetes Buch *Bouvard et Pécuchet* und Léon Bloys *Exégèse des lieux communs* dazurechnen oder die Romane des Céline? Dafür kommt am Ende der Epoche einer der größten Satiriker der Weltliteratur, Karl Kraus, die Armut der deutschen Literatur an bedeutenden Satirikern mehr als wettmachend. Dafür haben die Österreicher in Nestroy einen sehr großen satirischen Dramatiker, den einzigen, der neben Molière zu stehen verdient.

Kein einziger unter diesen Sehern und Dichtern, dem nicht der Kassandrafluch, die Unhörbarkeit, zuteilgeworden wäre. Ich kann mir auch nicht vorstellen, wie es hätte anders kommen können. Die Unbelehrbarkeit gehört zu den Attributen der Menschheit; und dazu kommt noch in unsern Tagen der durch die entfesselte Manipulationsindustrie hervorgerufene Widerstandsgeist der Menschen, denen wahrscheinlich zu allen Zeiten Gift leichter eingeredet werden konnte als Erlösung. Mag der Appell an das Gewissen des einzelnen, oder auch nur an seinen Verstand, noch so überwältigend sein, er reicht nicht aus, und hat es nie getan, um eine kritische Masse von danach Handelnden zu schaffen. Das vermochten nur die Stifter von Religionen, und diese wandten sich nicht an das Gewissen oder den Verstand, sondern an etwas viel Tieferes im Menschen, den Trieb zu glauben. Manches spricht dafür, daß dieser Trieb in der Gegenwart verkümmert ist, obwohl das Sprossen vieler Sekten, besonders in Amerika, darauf hindeutet, daß die Fähigkeit, innig zu glauben, zwar schlummert, aber nicht verschwunden ist.

Ein wahrer Religionsstifter muß die Gabe besitzen, seine Anhänger würdig zu machen, ihm zu folgen. Nicht seine Rede oder Lehre ist es, die die Menschen auf eine Stufe hebt, die ihnen sonst unerreichbar geblieben wäre; es ist eben diese beseelende Gabe, von der ich nicht sagen kann, worin sie besteht und woher sie kommt. Nur in der Luft des Glaubens kann die Flamme des Propheten brennen. Und so vermochte sie es noch in Savonarola, im jungen Luther, in Thomas Müntzer. In der weltlichen Kunst der Satire kann die Glut kaum schwelen, aber auch damit ist es zu Ende. Es ist sehr kalt geworden in unsrer Welt.

Verwandte Texte: D, I, T

Versuch mit oft unzulänglichen Mitteln

Wer würde nicht gerne im *Guiness Book of Records* figurieren? Das ist ein Buch, in dem Weltrekorde aller Arten, oft auch sehr blöde, verzeichnet sind. Ich kann nicht behaupten, daß ich mein ganzes Leben darauf angelegt habe, dort zu erscheinen. Dennoch scheint es mir, daß ich einige Ansprüche anmelden könnte, darunter auch, daß ich höchstwahrscheinlich das einzige Mitglied der National Academy of Sciences in Washington und vielleicht auch der einzige Biochemiker auf der Welt bin, der das ausgezeichnete Buch *Einfache Formen* von André Jolles mit großem Vergnügen gelesen hat. In diesem Buch, 1930 zuerst veröffentlicht und nach dem Krieg nachgedruckt, liefert Jolles eine Art von Anatomie und Morphologie des Körpers Literatur. Er bespricht die Grundelemente, auf die literarische Gebilde zurückgeführt werden können: Legende, Sage, Mythe, Rätsel, Spruch, Kasus, Memorabile, Märchen, Witz.

Als ich das anregende und verwendbare Buch vor Jahren las, fragte ich mich, in welche Kategorie ich eigentlich hineingehöre. Ich war ja zeit meines Lebens ein Naturforscher gewesen und hatte im Zuge meiner Tätigkeit mehr als dreihundert Arbeiten veröffentlicht, von denen die meisten lang genug waren, um als Abhandlungen bezeichnet zu werden. Zu welcher literarischen Klasse gehören wissenschaftliche Abhandlungen? Ich würde sagen, sie sind Essays. Die meisten Leute würden jedoch leugnen, daß solche Aufsätze überhaupt etwas mit Literatur zu tun haben; ein Einwand, den man nicht ganz zurückweisen kann, wenn man weiß, wie wissenschaftliche Arbeiten, besonders auf den Gebieten der Medizin und der Biologie, heutzutage zusammengepfuscht werden. Jedenfalls weigere ich mich, in unerlaubter Arroganz, meine eigenen handgemachten Erzeugnisse diesem verdächtigen Haufen zuzuweisen, denn ich weiß, wie sie zustandegekommen sind.

Ich wage, das um so mehr zu tun, als ich auch nach meinem Rücktritt fast bruchlos fortgefahren habe, Texte von mittlerer Länge zu produzieren, nur waren die Themen anders geworden. Mir erschien dieser Übergang als völlig natürlich, denn man kann die Natur und den Menschen auch durch Nachdenken studieren; meinen wissenschaftlichen Kollegen muß ich hingegen als ein Narr erschienen sein. Vielleicht haben sie sogar recht, denn kann man sich einen Naturforscher vorstellen, der, bevor der Spatel seinen altersschwachen Händen entfällt, sich freiwillig aus den Bergwerken zurückzieht, worin die allerjüngsten Naturgeheimnisse gefördert werden? Unsere Zeit scheint es sich zur Aufgabe gemacht zu haben, alle Grenzen des menschlichen Wissens zu sprengen. Die Erwerbung von sogenanntem neuen Wissen wird als das hauptsächliche Ziel des Menschen proklamiert; und wo sonst kann das vor sich gehen als an den Schranken einer zur Ausbeutung bestimmten Natur? »Forschung, Anwendung, Verwertung« sind die Parolen, denen alle Völker gehorchen müssen. Ein bis zur Stumpfheit verblödeter Dr. Faust scheint unsere Welt zu regieren. Wenn ein Naturforscher, des Hürdenlaufens müde, auch nur einmal stehenbleibt, um sich in der immer öder werdenden Landschaft umzusehen, wird er als Überläufer, als vom wahren und einzigen Wissenschaftsglauben abtrünnig gewordener Renegat geschmäht. Dabei hat er eigentlich nichts anderes getan als sich darüber klarzuwerden, daß ein Marathonlauf ohne ein deklariertes Ziel nur eine Form von Massenwahnsinn ist.

Ich kann also behaupten, daß ich mich den größten Teil meines Lebens als Essayist betätigt habe, nur habe ich anfangs meine Themen an ihren echten Haaren aus dem Dunkel gezogen, und später an ihren metaphorischen. Ein großer Unterschied besteht allerdings: für den Naturforscher schweigen zwar die Himmel, aber auf der Erde herrscht ein riesiger, ihn zu bestätigen vorgebender Lärm; für den Schreiber geistiger Dinge ist es überall still, oben und unten, und den Applaus der Toten hört er nicht. Vielleicht ist aber dieser Unterschied nur scheinbar, denn wenn man die Prämissen richtig auswählt, ist alles verifizierbar.

Wie es dazu gekommen ist, daß ich mich mein ganzes Leben an die deutsche Sprache geklammert habe, an meine erstickte, verbrannte Muttersprache; daß ich das getan habe, obwohl ich im Laufe meiner Praxis Tausende von Seiten englischer Prosa, und nicht nur wissenschaftlicher Prosa, geschrieben habe, darüber habe ich in meinem Buch *Das Feuer des Heraklit* berichtet.

Meine Generation ist eine Generation der Flucht gewesen, der Entwurzelung, der Heimatlosigkeit. Früher als in andern Ländern mußte einer, der in der im Ersten Weltkrieg zertrümmerten österreichisch-ungarischen Monarchie geboren war, darüber Klarheit gewinnen. Ist nicht unsere fragwürdige Gegenwart – aber sie ist die einzige, die wir haben! – dadurch gekennzeichnet, daß sie die meisten Menschen zu Angehörigen von Minderheiten degradiert? Unter diesem minoritären Fluch habe auch ich mein ganzes Leben verbracht; einem Fluch, der durch einen neuen Paß, durch einen neuen Wohnort, durch eine plötzlich in der Nacht umgetauschte Sprache keineswegs aufgehoben wird. Und so ist die ursprüngliche Sprache meine einzige Heimat geblieben.

Leider ist sie eine Heimat, die immer schlechter wird, immer angefressener und zersetzter, zusammengestückelter und zurechtgeflickter. Es geht mit unserer geistigen Umwelt nicht besser als mit unserer physischen; ist es doch die Beschaffenheit des Inhalts, welche die Form des Gefäßes erzwingt. Und so lebt man eher in der Erinnerung an die Sprache, wie sie war, als in dieser selbst, wie sie ist. Auf den Einwand, daß sich alles verändern müsse, will ich nicht eingehen. Es ist wahr, schon Heraklit, mein Lieblingsdunkelmann, hat gesagt, »Alles fließt«. Aber er hat nicht gesagt »Alles fließt als Kloake«.

Es gibt noch einen anderen griechischen Ausspruch, ein Sprichwort, den ich gerne zitiere: »Der Fisch beginnt vom Kopf zu stinken.« Diese Wahrheit habe ich schon früh erkannt, denn ich habe meine wachen Jugendjahre in Wien verbracht, also in der Stadt, die Karl Kraus die Versuchsstation des Weltuntergangs genannt hat. Dort und von diesem großen Schriftsteller habe ich auch gelernt, was ein Essay sein kann. Ich habe mich vorher einen Essayisten genannt, wahrscheinlich mit Unrecht; um so mehr als es nicht leicht ist, diese literarische Form zu definieren. Unter allen Formen ist der Essay wahrhaftig ein Proteus. Wie oft ist es mir widerfahren, daß ich angesichts eines Textes ausrief: »Das ist ein wundervoller Essay!« Aber da rief es zurück: »Ich bin kein Essay, ich bin eine Abhandlung, ein Aufsatz, ein Artikel, eine Arbeit, ein Pamphlet, ein Feuilleton, eine Skizze, eine Streitschrift, ein Fragment!« Manchmal gestand die Stimme kleinlaut ein: »Ich bin ein gedunsener Aphorismus.« (Tatsächlich haben der wahre Essay und der wahre Aphorismus eines miteinander gemeinsam: daß man aus ihnen nichts lernen kann außer alles.)

So mußte ich mich eingeschüchtert zurückziehen, und es blieb mir nichts übrig, als das Buch des großen Montaigne aufzuschlagen, mit dem die Geschichte des Essays begonnen hat. Er war von keinen Nomenklaturskrupeln gequält; auch gab es noch keine Reallexika. Wenn er sagte, daß das, was er geschrieben habe, Essays seien, so waren es Essays.

Essay heißt Versuch, und so nannten sich solche Texte im alten Sprachgebrauch.* Wenn ich also vorher von Wien als einer Versuchsstation gesprochen habe, so gilt das im doppelten Sinn, denn dort erschien die *Fackel*, deren Texte zu meiner Zeit alle von Kraus geschrieben waren. »Versuch« ist ein sehr bescheidener Name, ganz ohne Anspruch auf höhere Weihen. Dafür sind der Höhe oder der Tiefe, in die der Essay sich wagen kann, keine Grenzen gesetzt. Er mag eine Mongolfiere sein, ganz ohne Ballast, oder ein Senkblei, das die Untiefen auslotet. Aber auch die schöne Oberfläche ist ihm nicht verwehrt; nur ist das die schwerste seiner Aufgaben. So wie der Prüfstein oft echter ist als das Gold, das er verwirft, kann auch der Essay ein Prüfstein sein, aber einer ganz ohne Konsequenzen. Er ist so zwecklos und notwendig wie ein Gedicht. Was der Essay jedoch nicht sein darf, ist ein Traktat; er soll kein letztes Wort sprechen, auch wenn er es gesprochen hat.

Die Antwort auf die anfangs gestellte Frage, zu welcher der von André Jolles aufgezählten »einfachen Formen« der Essay gehöre, scheint mir nicht schwierig: er gehört zu allen. Das gilt natürlich nur, wenn man die Kunstform des Essays als ganze betrachtet; eine Form, die ich an anderer Stelle die Quintessenz bewußter, also künstlerischer Prosa genannt habe. Wenn ich recht habe, und wir haben es hier mit der *quinta essentia* des Aneinanderfügens von Worten zu tun, dann liegt es nahe zu vermuten, daß der Essay auch dort auftreten wird, wo wir ihn nicht erwarten. Tatsächlich sind solche Romane wie *Wilhelm Meisters Lehrjahre* oder *Der Mann ohne Eigenschaften* voll von ausgezeichneten Essays.

* Das Grimmsche Wörterbuch, s. v. »Versuch«, beklagt mit Recht die Verdrängung dieses Wortes durch das häßliche Fremdwort »Essay«. Warum das Fremdwort im Deutschen als störend empfunden wird, während z. B. Francis Bacon es ohne weiteres ins Englische einführen konnte – er erklärte es als *dispersed Meditacions* –, könnte zu mancher sprachphilosophischen Überlegung Anlaß geben. Andererseits, welcher Essayist möchte gerne Versucher heißen?

Lange vor der Namensgebung durch Montaigne hat es den Essay gegeben. Manches von Cicero, vieles von Seneca, Plutarch, Lukian gehört dazu. Obwohl Frankreich als die Geburtsstätte des modernen Essays gelten muß, ist dieser nirgends so heimisch geworden wie in England. Dort sind sehr große Namen damit verbunden. Zuerst Francis Bacon, weniger gelesen als bewundert, ein trockener Mann, durch dessen Prosa es manchmal – darin an Hegel gemahnend – durchbricht wie heiße Lava. Und dann Addison und Steele mit dem *Spectator*, Daniel Defoe, Jonathan Swift, Samuel Johnson mit seinem *Rambler*, David Hume, Charles Lamb und gleichzeitig mit ihm einer der größten aller Essayisten, William Hazlitt. Die Reihe geht weiter: Carlyle, Macaulay und Sydney Smith mit der *Edinburgh Review*, Kardinal Newman, Matthew Arnold und Walter Bagehot bis zu Hilaire Belloc, G. K. Chesterton, Max Beerbohm und in unsern Tagen Virginia Woolf und George Orwell. Diese Blüte erklärt sich am besten damit, daß England immer das Paradies der Nichtfachleute gewesen ist.

Die Literatur Frankreichs kann sich damit nicht ganz vergleichen. Pascal, La Rochefoucauld, La Bruyère waren eigentlich nicht Essayisten; wohl aber Voltaire, Diderot, Rousseau, Rivarol und besonders Paul-Louis Courier. Sainte-Beuve ist etwas verstaubt, nicht aber Baudelaire; und dann bis in unsere Tage Léon Bloy, Charles Péguy, Marcel Proust, Paul Valéry, Georges Bernanos, E. M. Cioran.

Von Italien und Rußland weiß ich nicht genug, um darüber zu sprechen. Der bedeutende Philosoph Benedetto Croce war zweifellos ein brillanter Essayist auf vielen Gebieten. Im Vergleich mit England steht die deutsche Literatur zurück. Dennoch fehlt es nicht an großen Namen. Fast alle bedeutenden Dichter des 18. und des beginnenden 19. Jahrhunderts waren irgendwie und irgendwo auch Essayisten: Lessing und Herder, Lichtenberg und Claudius, Goethe und Schiller, Kant, Hamann, Schelling und Friedrich Schlegel.* Aber auch Kleist, Schopenhauer, Heine, Karl Marx, Nietzsche, Kürnberger. Karl Kraus habe ich schon erwähnt, und Theodor Haecker und Walter Benjamin möchte ich auch dazu zählen. Allerdings war schon vor deren Zeit alles seichter und breiter geworden: das süße Schaumgebäck des Feuilletons hatte den Geschmack verdorben.

Besonders an England kann man erkennen, daß zur Blüte der Essaykunst nichts so beigetragen hat wie das Vorhandensein weitverbreiteter Zeitschriften von sehr hohem Niveau. Damit ist es wahrscheinlich auf der ganzen Welt zu Ende. Noch weniger als Lyrik kann der Essay vor einem nur auf Hören und Sehen eingestellten Publikum bestehen. Er bedarf des einzelnen in seinem stillen Zimmer, des Lesers, welcher der Wortwerdung der Wörter in Ruhe und Frieden zu folgen vermag. Ruhe, Frieden, was das für seltsame Wörter sind! Wo gibt es das noch? Jedenfalls finde ich, daß vorgelesene Essays – also, wenn man will, Prosatexte, die über das rein Informierende hinausgehen – wirkungslos und langweilig sind; man muß immer zurückblättern können.** Sonst bleibt nur der Schaum einer glücklichen Wendung, einer unerwarteten Beziehung; aber das Bauprinzip, der Zusammenklang sind verloren gegangen.

Ich habe gerade vorher die reiche Ernte englischer

* Friedrich Schlegel, ein Meister des kritischen Essays, schreibt in einem Fragment aus dem Jahre 1812: »Die einzige eigentlich neue Form, welche die deutsche Literatur in der letzten Zeit gewonnen, ist die der *Kritik*. Alles andere ist noch ganz formlos.« Soweit das als Prophetie gelten kann, hat sie sich, fürchte ich, nicht bewahrheitet.

** Wer Karl Kraus noch hat vorlesen hören, weiß, daß es Ausnahmen gibt.

Essaykunst damit in Verbindung gebracht, daß dort der Nichtfachmann vorherrschte. Dazu gehört auch, daß mit der den Experten gespendeten Bewunderung Maß gehalten wird. In Deutschland begann hingegen schon um das Ende des 18. Jahrhunderts die Vergötterung des Fachmanns. Als Kants große Werke erschienen, war, trotz aller Bewunderung, Befremden Hamanns erste Reaktion. Sehr oft kommt er in seinen Briefen auf Humes klaren und offenen Stil zu sprechen; ein Vergleich, der sehr zu Kants Ungunsten ausfällt. Es ist wahr, zuviel Fachwissen schadet dem Essay, denn es vergiftet die aus dem Innern kommende Überzeugung. Der apodiktische Ton, wie er dem Alleswisser – mit Verfallszeit, denn er weiß eigentlich nur das Allerneuste – anhaftet, widerspricht dem Auftrag des Essays, nämlich nur ein Versuch zu sein. Für das Wesentliche eines gelungenen Essays halte ich, daß *ein* Mensch, *ein* Temperament, ihn geschrieben hat; die Gedanken, die den Text zusammenhalten, fügen sich zu einem Stil, aus dem ein Mensch herausblickt.

Verwandter Text: A

Wegbleiben der Empfindungen vor Friedrichs Seelandschaft*

Manchmal, in jüngeren Jahren, ist es mir widerfahren, daß ich im Gespräch mit Malern höchst erstaunt war zu vernehmen, daß sie nicht die geringste Beziehung zur älteren Kunst verspürten. Für sie begann die Malerei bestenfalls mit dem Impressionismus oder mit Cézanne, aber in Wirklichkeit eher mit Picassos *Les Demoiselles d'Avignon* oder mit dem *Portrait de Madame Matisse à la raie verte* aus dem Jahre 1905. Ähnliches gilt, glaube ich, auch für Bildhauer, aber etwas weniger für Komponisten oder Dichter. Rückerinnerungen, Zitate sind parodistisch, persiflierend: die Vergangenheit als Groteske. Als ich darüber nachdachte, fragte ich mich, ob das nicht der Humor des am Galgen Baumelnden sei, ein Gefühl für die zum ersten Mal unwiederbringlich versunkene Vergangenheit. Den Vätern und Großvätern stand sie noch zur Verfügung. Jetzt aber schien mir unsere Zeit wie auf einer abgelösten Scholle im Eismeer zu treiben, die Entfernung vom festen Kontinent wurde immer größer, der Bruch immer tiefer, der Schmerz des Alleinseins immer brennender.

Eines der Museen durchschreitend, in denen Kunstwerke aus allen Zeiten aufbewahrt werden, ist es mir immer aufgefallen, wie sehr die Stimmung des Betrachters sich von Saal zu Saal wandelt. Nach der klaren, taghellen Schönheit der Antike; nach den geheimnisvollen Abkürzungen der romanischen Kunst; nach dem Gold der Gotik; nach Renaissance und Barock mit ihrer Überfülle von Farben und Formen, immer jedoch unter der Kontrolle eines strukturierenden Geistes; nach der eleganten und oft un-

---

* *Empfindungen vor Friedrichs Seelandschaft* steht in Kleists »Berliner Abendblättern«, Nr. 12 vom 13. 10. 1810. Der Text stammt im Wesentlichen von Kleist, bis auf den Anfang, den er einem ähnlich betitelten Aufsatz Brentanos entnahm. Daher erscheint der Titel in den Werkausgaben beider Dichter. Caspar David Friedrichs Gemälde »Seelandschaft mit Kapuziner« ist 1931 in München verbrannt.

glaublich ergreifenden Zurückhaltung des Rokoko; durch die Verwirrungen der Romantik und das Braun und Grau des Realismus komme ich endlich zur Lichtexplosion der impressionistischen Malerei. Plötzlich bin ich in einer völlig andern Welt, in einer Welt heiterer Oberflächen; die Farben sagen mir nur, daß sie da sind, und auch, daß sie alles sind. Wenig kann ich mit der Glückseligkeit vergleichen, mit der ich vor einem Degas oder Renoir, einem Sisley oder Pissaro stehe. Ich hätte noch viel mehr Namen nennen können, aber das ist nicht nötig. Es genügt, daß alle diese »Impressionisten« zusammengehören, sich miteinander zu vertragen scheinen. Sie haben eine zusammenhängende Welt geschaffen, nicht anders wie, sagen wir, Bellini, Giorgione, Tizian, Tintoretto und Paolo Veronese es taten. Aber dann – Dantes Weg in der umgekehrten Richtung zurücklegend – aber dann komme ich zur Kunst unseres Jahrhunderts, und ich beschleunige unbewußt meine müden Schritte, denn mir wird nicht wohl zumute.

Man kann sagen: nach dem Bruch kam die Rastlosigkeit, der Wettlauf mit sich selbst, die Flucht vor sich selbst. Wenn es plötzlich Licht geworden war, als ich die impressionistischen Räume betrat, so kann ich nicht sagen, wie es in den darauffolgenden aussieht. Manchmal zu grell, manchmal zu finster; zerstückelte Gestalten, verschwommene Würfel, und dann wieder ein Scuroscuro schwarzer Kleckse und Striche. Naiv und tiefsinnig, primitiv und überverfeinert, spöttisch und schwermütig, Gestalt und Abstraktion, Klecksel und Mondrian: alles ist vorhanden, man zahlt an der Kasse – ein Supermarkt des Niegewesenen. Über dem Ganzen scheint ein wahnsinniger Abt von Thélème zu herrschen, und er ruft aus: *Fay ce que vouldras, pourvu qu'il soit nouveau!* Der Betrachter fühlt, daß diese Kunst nur zum Investieren da ist und geht andächtig von einer Kapitalsanlage zur nächsten. Dabei denkt er nicht, daß – seltsam wie es klingen mag – manches wirklich aus dem Herzblut eines Künstlers gekommen ist. Denn ich glaube nicht, daß – trotz allem Bruch – die Künstler sich so sehr verändert haben wie die Kunst. Da stehen sie, und können auch anders. Das Beständigste auf der Welt sind ja doch noch die Menschen.

Aber ist es wahr, daß sie auch anders können? Das gilt wahrscheinlich für manche, aber nicht für alle. Viele sind großartige Zeichner und zeigen in ihrer Graphik, wie viel sie können. Manche sind ausgezeichnete Schriftsteller oder gar Dichter. Bei vielen weist alles, was ich von ihnen weiß und sehe, darauf hin, daß sie bedeutende Menschen sind. Warum empfinde ich dann das meiste, was nach meiner Geburt geschaffen wurde, als so unangenehm? Soll ich die einfachste Antwort wagen? Es ist, weil wahre Künstler ehrlich sein müssen; sie arbeiten in der Strömung der Gegenwart, und wir leben im unangenehmsten aller Jahrhunderte. Wir haben die Kunst, die wir verdienen. Wenn die Welt schwankt und bricht, kann die Kunst aufrecht stehen? Verdienen wir, daß mehr von uns übrig bleibt als ein schwarzer Strich, schräg über einen riesigen weißen Hintergrund? Große Kunst ist oft als Widerspruch gewachsen, oft als Zustimmung; unsere wächst als Verzweiflung über eine völlig verzerrte Welt.

Wer mich auf meiner Museumswanderung begleitet hat wird jedenfalls nicht leugnen, daß in unserem Jahrhundert ein gewaltiger Bruch stattgefunden hat, ein Bruch mit der Erinnerung daran, was einmal die Welt der Menschen gewesen ist. Wenn van Eyck das Ehepaar Arnolfini oder Zurbarán ein Bauernmädchen als Heilige malte, Rembrandt einen alten Juden, Gainsborough eine schöne Frau; wenn Ruisdael, Constable oder Caspar David Friedrich eine Landschaft schilderten oder Utrillo eine Straßenecke: es war nicht Schönheit, was sie wiedergaben, sondern unter ihren Händen entstand eine überwältigende Wirklichkeit. So war die Welt, so waren die Menschen. Ob es die Geschicklichkeit des Handwerkers war oder der Ausdruck lebhaften Nachdenkens, wen kümmerte das, solange die Oberfläche einer Leinwand, eines Blattes eine Tiefe vermitteln konnte, wie wenig sonst auf der Welt? Trotz kurzen heitern Lichtblicken, wie manchmal bei Klee oder Miró, drückt unsere gegenwärtige Kunst, denke ich, nur tiefe Verzweiflung aus oder Entsetzen.

Damit, was ich hier geschrieben habe, ist meine Ernennung zum Oberphilister gesichert. Dabei weiß ich wohl, daß es niemals ein Zurück gibt, daß mit den Impressionisten die objektive Wiedergabe einer subjektiven Wirklichkeit an eine Grenze gelangt war, worüber hinaus nur mehr *pastiche* und Kitsch möglich erschienen. Ich glaube, daß Ähnliches auch von Musik und Dichtung gesagt werden kann, obwohl diese*, sprachgebunden, aus der Sprache wachsend, gewiß eine andere Stellung einnimmt als jene, über die ich nicht zu urteilen wage.

Das ist auch der Grund, warum, wie man mir sagt, die Kunstgeschichte sich in einer Krise befindet. Sie ist gleichsam verloren vor der neuen Malerei, der neuen Skulptur. Im allgemeinen zeigen sich Krisen in den Wissenschaften darin, daß sie ihr weiteres Publikum verlieren und nur den Fachleuten verständlich und interessant sind. Hier ist es jedoch weitergegangen: auf der andern Seite des Bruches enthüllt sich etwas völlig Neuartiges, mit den früheren Kri-

* Es ist zum Beispiel denkbar, daß der Schlußpunkt Mallarmé nur für die französische Lyrik gilt und nicht für die englische oder russische. In der englischen Romanprosa ist vielleicht Joyce der Schlußpunkt, während der etwas ältere Thomas Mann im Deutschen bereits das Epigonentum verkörpert. Aus unerfindlichen Gründen zeigen alternde deutsche Großschriftsteller eine Tendenz, zu Goethe-Karikaturen zu werden, während ihre französischen oder englischen Gegenstücke sich hüten würden, so auszusehen wie Victor Hugo oder Lord Tennyson.

terien nicht zu Bewältigendes. Kann man eine in Kunststoff eingepackte Brücke, ein Portrait einer Suppendose, einen riesenhaften Hot dog mit den gleichen Worten erfassen, wie die Sixtinische Decke oder die Nachtwache? Unter Beibehaltung der äußerlichen Nomenklatur – »Gemälde«, »Skulptur« usw. – ist eine Veränderung erfolgt, die alles Vorhergegangene als Wechselbalg erscheinen läßt.

Ich blicke auf eines meiner Bücherregale, und da stehen manche Werke, die mich lange begleitet haben. So zum Beispiel Ruskins *The Stones of Venice*, Burckhardts *Cicerone* oder *Erinnerungen aus Rubens*, Herman Grimms *Michelangelo, Velazquez* von Justi, *Die klassische Kunst* oder *Kunstgeschichtliche Grundbegriffe* von Wölfflin, Worringers *Formprobleme der Gotik* oder, um nur ein Buch aus jüngerer Zeit zu nennen, *Art and Illusion* von Gombrich. Nichts, was ich vor langer Zeit in diesen und andern Büchern gelesen habe, hat mich auf den Schock, ja das Entsetzen vorbereitet, mit denen mich der Besuch einer modernen Ausstellung jetzt erfüllt. Jeder Betrachter, jeder Besucher wird sein eigener Belsazar, und die Wände strahlen ihm eine fürchterliche Prophezeiung entgegen. Das ist keine Anklage gegen die moderne Kunst. Im Gegenteil, ich meine, daß keine Zeit eine so ehrliche, so aufrichtige Kunst gehabt hat, wie unsere es ist. Hand aufs Herz, können wir mehr erwarten als eine vom Künstler signierte Klosettmuschel?*

Vor kurzem las ich ein 1963 erschienenes Buch des englischen Kunsthistorikers Edgar Wind *Art and Anarchy* und fand darin die folgende Stelle (S. 20 f.).

> Since it is a historical fact that all the arts – music and poetry no less than painting – were simulta-

* Ich habe so ein Kunstwerk vor ein paar Jahren in Philadelphia im Museum gesehen. Es unterschied sich in seiner edlen Einfalt und stillen Größe aufs vorteilhafteste von den Schreikrämpfen vieler jetzt ausgestellten Werke.

> neously seized by a centrifugal force, it would be childish to seek the cause in wilfulness, or in a friendly conspiracy of all the eccentrics: the impulse was far deeper than any individual whim. Hence it cannot be reversed by a simple decision.

Diese entschlossene Feststellung, die ich früher nicht gekannt hatte, erinnerte mich an einige Sätze, die ich, über die Entwicklung unserer Naturwissenschaften nachdenkend, niedergeschrieben hatte. Im *Feuer des Heraklit* (S. 235):

> Ist es wirklich ein Zufall, daß es in unserer Zeit gewesen ist, und fast gleichzeitig, daß Reim und Vers aus der Dichtung verschwanden, die Melodie aus der Musik, und die erkennbare Form aus der Malerei und der Skulptur?

Aus *Zeugenschaft* (S. 153):

> Wenn man mich fragt, woher ich das Recht nehme, etwas so Unschuldiges wie die Wissensexplosion mit etwas so Enormem wie dem Untergang der Menschheit in Beziehung zu setzen, habe ich eine einfache Antwort. Das Herz des Menschen ist zentripetal, die Naturforschung ist zentrifugal. Je weiter und schneller diese fortschreitet, um so mehr muß jenes zerrissen werden. Es gibt eine Grenze, in allem auf der Welt gibt es eine Grenze.

In seinem früher zitierten Buch stellt Wind die These auf, daß die Kunst ihre in vergangenen Zeiten zentrale Stellung an die Naturwissenschaft verloren habe und an den Rand gedrückt worden sei. Das letzte ist sicher richtig, aber ich würde es bezweifeln, daß die Kunst in der Vergangenheit wirklich den Mittelpunkt des Lebens gebildet habe. Vielleicht haben sich die Menschen weniger verändert als man gemeiniglich annimmt, und sie haben wahrscheinlich immer auf alle Vorschläge geantwortet »Wir haben andre Sorgen«. Jedenfalls wird es kaum so gewesen sein, daß der

Physiker oder der Biologe eines Tages gekommen ist und dem Maler zugerufen hat: »Heb Dich hinweg, damit ich mich hersetz'!« Der von den früheren Künsten eingenommene Platz wäre für die gegenwärtigen Wissenschaften viel zu eng und unbequem.

Es ist übrigens bemerkenswert, daß schon Hegel die kommende Marginalisierung der Künste klar erkannt hat. Im ersten Band seiner *Vorlesungen über die Ästhetik* (Bd. 13, S. 142 der Suhrkamp-Ausgabe) stehen die folgenden Sätze.

> Ist aber der vollkommene Inhalt vollkommen in Kunstgestalten hervorgetreten, so wendet sich der weiterblickende Geist von dieser Objektivität in sein Inneres zurück und stößt sie von sich fort. Solch eine Zeit ist die unsrige. Man kann wohl hoffen, daß die Kunst immer mehr steigen und sich vollenden werde, aber ihre Form hat aufgehört das höchste Bedürfnis des Geistes zu sein.

Da ich selbst kleingewerblich als Kritiker des jetzigen Forschungsbetriebes tätig bin, sollte ich mich eigentlich mit der vorgeschlagenen Erklärung zufriedengeben und der Naturforschung die Schuld an dem gegenwärtigen jämmerlichen Zustand der Kunst, der Musik, der Dichtung zuschreiben. Eine gewisse Schuld ist sicher vorhanden: wer in Amerika lebt muß bemerken, daß die Naturwissenschaften, dank der riesigen Zahl ihrer überaus lautstarken Adepten – und noch mehr durch den Leichtsinn ihrer Versprechungen für die Zukunft –, in ihrem Wettlauf um Geld die Künste und die Geisteswissenschaften zu Parias der den Geldbeutel kontrollierenden Gesellschaft gemacht haben.

Dennoch halte ich diese im wesentlichen soziologische oder ökonomische Erklärung für eine Übervereinfachung, denn ich glaube, daß der Antrieb zur gewaltigen Umschichtung unserer Zeit aus sehr tiefen Schichten kommen muß. Es handelt sich um viel mehr als um die Verdrängung einer Klasse, der von der Energie ihrer Einbildungskraft Lebenden, durch eine andere, den vom Sitzfleisch der Wissensproduktion Lebenden. Mit zunehmenden Jahren habe ich gelernt, daß ich oft den Fehler gemacht habe, etwas für eine Ursache zu halten, was in Wirklichkeit selbst ein Symptom ist. Und so frage ich mich manchmal: ist es möglich, daß das Überwuchern unserer Großwissenschaften, der Physik, der Chemie, der Biologie, ähnlich gesehen werden muß wie das Schrumpfen, das Eintrocknen der Kunst, nämlich als eine auf die gleiche Ursache zurückzuführende Degenerationserscheinung? Wenn dem so ist, so kann man versuchen, auch in den so laut verkündeten Errungenschaften der gegenwärtigen Naturforschung nach den Happenings oder den signierten Klosettmuscheln zu fahnden. Ich habe gewisse Vermutungen, will sie aber nicht bekanntgeben.

Die geheimnisvolle Ursache dieser Degenerationen zu finden, kann ich nicht einmal versuchen. Es ist vielleicht nur eine Tautologie zu sagen, daß die Menschheit allmählich, im Laufe der letzten zwei- oder dreihundert Jahre, einer gleichsam gyroskopischen Kontrolle beraubt worden ist; einer Kontrolle, die sie verhinderte, eine recht enge Grenze zu überschreiten. Wer dieses nützliche Instrument gestohlen hat, weiß ich nicht. Vielleicht war es derselbe, der den Dinosauriern zugeredet hat, immer größer zu werden, so daß, als es so weit war, kein Platz für sie war in der Arche.

Verwandte Texte: D, J

ZWISCHENLANDUNGEN

Es ist schwer, über einen Gegenstand zu sprechen, für den sogar ein passender Name fehlt. Dennoch werde ich es versuchen, denn ich halte ihn für nicht unwichtig. So will ich also in Ermangelung einer treffenderen Bezeichnung vom *Zwischenland* sprechen, einer allegorischen Landschaft, darin manche Menschen aus rätselhaften Gnaden sich hie und da aufhalten dürfen, und andere nicht.

Im Deutschen trifft man auf viele Komposita, deren zweiter Teil »Land« ist, das wichtigste ist vielleicht das Vaterland. Was mit Vaterland gemeint ist weiß jedermann, wenn er auch oft nicht sagen kann, welches das seine sei. »Patria« ist ein uraltes Wort; aber wir, lebend im Jahrhundert der Flucht und der Wanderung, haben oft mehrere Stiefvaterländer und sind verwirrt. Ein jeder hat, so wurde ich gelehrt, ein Vaterland und eine Muttersprache. Aber wir, lebend im Jahrhundert herzloser Entwurzelungen, haben oft mehrere Stiefmuttersprachen und können keine.

Hier will ich jedoch über ein anderes Land und eine andere Sprache nachdenken, aber ich kann es nur schwebend tun, fast ohne Berührung – so wie man aus einem Traum erwacht, und man hat ihn noch klar im Kopf, nach ein paar Sekunden ist er jedoch vergessen, denn das Licht der Wörter, die ihn festhalten sollten, war zu scharf. Wer das Zwischenland hat, kann es nicht verlieren; aber leider, leider, nicht alle Menschen haben eines. Meine Vorstellung vom Zwischenland rechnet es zu den Wörtern, vor denen alle Sprachen versagen. Es gibt deren nicht wenige, zum Beispiel Gott, Geburt, Zeugung, Tod, Treue, Liebe. Die Hilfszeitwörter verweigern ihnen den vorgeschriebenen Dienst: »haben« und »sein« umschreibt sie nicht.* Wer

* Der berühmte unausschöpfbare Vers, Exodus, 3,14, scheint dem zu widersprechen, denn ICHBIN spricht zu Moses aus dem Dornenbusch. Im Wortlaut der Vulgata: »Dixit Deus ad Moysen: EGO SUM QUI SUM. Ait: Sic dices filiis Israel: QUI EST misit me ad vos.«

darüber nachdenkt wird merken, daß sogar die Sprache, diese größte Gabe der Menschheit, dort verblaßt, wo das Denken strauchelt. Vielleicht bezeichnet das die Grenze zwischen der Sprache und den Künsten, insbesondere der Musik. Wenn man sich jenen rätselhaften Begriffen nähert, spürt man, daß man einer andern Art von Sprache bedarf, vielleicht der wortlosen Sprache der Träume. Obwohl ich den Eindruck habe, daß Kinder die besten Geographen des Zwischenlandes wären, wenn sie, von ihren Forschungsreisen zurückgekehrt, nicht nur stammeln könnten, berufe ich mich lieber auf Monteverdi, Schütz, Bach, Haydn und Mozart. Ihnen konnten die Worte nicht wegbleiben; nur ist leider Musik mehr an Ort und Zeit gebunden als andere Werke des Geistes: nach ein paar hundert Jahren sind die Töne nur mehr das Echo davon, was der Hörer in sie hineinruft.

Wer zuweilen im Zwischenland leben darf, verläßt es niemals ganz. Es ist, als lebte er, glücklich gespalten, in zwei Welten. Er wirkt in einer, der Außenwelt, aber wenn er einen festeren Halt braucht als den Boden der Erde, so findet er ihn jederzeit. Für ihn ist das Zwischenland die Gegenwelt. Von solchen Menschen sagt man manchmal, sie hätten sich ihr ganzes Leben hindurch die Kindlichkeit bewahrt; man sagt es tadelnd, aber zu Unrecht, denn sie haben sich, wie es auch die Kinder tun, eine zweite, nur ihnen zugängliche Ebene vorbehalten. Dorthin können sie sich zurückziehen, wenn sie Rat und Hilfe benötigen; in ihrem Zwischenland ist die Mutter nicht gestorben, sie wird ihre Kinder nie verlassen.

Von außen gesehen sind die derart zwischen zwei Welten Schwebenden keine glücklichen Menschen; sie leben in einer stillen Wehmut, vielleicht weil sie darüber trauern, daß ihre Entdeckungsreisen in ihr eigenes Innere bald zu Ende gehen müssen. Das sind Reisen, die ihnen Aufschluß geben über viel mehr als sich selbst. So wie große Schönheit ein Schrei ist, daß sie vergeht, ist wahres Glück eine Träne über sein Verschwinden.

Es wird bereits klar geworden sein, daß ich nicht die Entdeckung eines neuen inneren Kontinents zu schildern vorhabe. Ich habe überhaupt nichts entdeckt, sondern nur den Versuch unternommen, den Vorgang zu verstehen, den wir im Sinn haben, wenn wir sagen, daß dieser oder jener Mensch Zuflucht in sich selbst finden könne. Das ist nicht wenig: die Welt ist immer besonders rauh umgegangen mit den Nichtrauhen. Mein Zwischenland, in seiner rührend unwissenschaftlichen Form, ist das Gegenteil von dem Unterbewußtsein der Psychopraktiker, in dem alles, was nicht penilisiert und vaginisiert werden kann, den Todes- und Zerstörungstrieben unterliegt. Im Zwischenland wird weder gezeugt noch zerstört, es wird auch nicht gestorben, sondern die Seele weiß, daß sie immer dort landen darf, wo der Atem ewig frisch und grün ist, und alles, was in den Straßen so fern schien, ist nah: Gott und die Sterne und die Eltern. Alles ist dort vorhanden, was hilft, die Welt der Menschen zu ertragen.

An dieser Stelle mag der Einwand erhoben werden, daß ich nur ein dummes Synonym dafür vorgeschlagen habe, was man gewöhnlich als Phantasie oder Einbildungsvermögen bezeichnet. Dieser Einwand, denke ich, ist unberechtigt, denn die beiden Begriffe decken sich nicht, wenn sie auch an einigen Stellen einander berühren. Mein Zwischenland hat wenig damit zu tun, was man gemeinhin ein Genie nennt. Die Gnade des Zutritts wird eher den Stillen im Land zuteil, denen die Unfähigkeit Aufsehen zu erregen, geradezu angeboren ist. Oft sind es Leute, die mit einer Tarnkappe auf die Welt gekommen sind, aber manchmal trifft es auch die von weit her Sichtbaren. Daher habe ich das Wort Gnade verwendet, ein Wort, mit dem unser Verstand nichts anfangen kann. Dem logisch Denkenden ist Gnade völlig unbegreiflich, sie wirft alle Normen und Würden durcheinander; um das Ärgste einzugestehen: sie ist völlig undemokratisch und in Amerika wahrscheinlich verboten. Es liegt im Wesen meiner schwebenden hingehauchten Vorstellung vom Zwischenland, daß die Vorzugsschüler der Historie seiner nur selten teilhaftig werden, aber auch das wird vorgekommen sein.

Obwohl es nicht leicht ist, Beispiele zu geben, will ich doch einige Namen erwähnen, Namen von Dichtern oder Künstlern, von denen ich sagen würde, daß sie ihre Schreibtische oder Staffeleien geradezu in jenem Zwischenland aufstellen durften. Matthias Claudius und William Blake, Büchners *Leonce und Lena*, Gérard de Nerval, Lewis Carroll, *Peer Gynt* und *Hanneles Himmelfahrt*, und insbesondere der schöne, leider vergessene Roman des so jung, 1914, gefallenen Henri Alain-Fournier, *Le grand Meaulnes*; von Malern, zum Beispiel, Hugo van der Goes, Piero della Francesca, Vermeer, Georges de La Tour, Watteau, Chardin, C. D. Friedrich, Odilon Redon, Morandi; zu den früher genannten Musikernamen würde ich noch Boccherini, Schubert und Hugo Wolf hinzusetzen. Das ist natürlich eine sehr willkürliche Auswahl, kann aber vielleicht einen Begriff davon geben, was ich im Sinn habe. Daß zwei oder drei dieser Namen Menschen angehören, die später wahnsinnig geworden sind, macht mir nichts. Alle sind sie eines Paradieses ansichtig gewesen, das dem im Buche Genesis beschriebenen gar nicht glich: es war ein Paradies, das den Sündenfall einschloß und dennoch der Schlange spottete.

Es wäre aber falsch, aus diesen Worten den Schluß zu ziehen, das Zwischenland erscheine mir als ein riesenhaftes Paradies der Herzen, bevölkert von Leuten, die man jetzt oder in Zukunft aus dem Lexikon kennenlernen kann.

Ganz im Gegenteil, es gibt so viele Zwischenländer wie es Begnadete gibt; ein jeder besitzt sein eigenes, und Ruhm hat nichts damit zu tun. Er hat mir nur einige Beispiele geliefert. Auch kann ich nicht sagen, ob ein inniger religiöser Glaube den Zutritt erleichtert, vielleicht macht er ihn unnötig. Wie schon gesagt, ich denke, es sind hauptsächlich die Stillen im Land, die Namenlosen, denen der Weg offen ist.

Gnade ist, was man nicht erzwingen kann. Shakespeares Narren empfingen sie, und selten die Könige. Eine Landkarte des Zwischenlandes kann ich nicht entwerfen: für den Kartographen der Seele ist es ein weißer Fleck. Der einzelne jedoch trifft den Eingang, wenn er ihn braucht. Mitten in den Bedrängnissen des täglichen Lebens erfaßt ihn der Gedanke – ist es eine Erinnerung? –, daß es etwas Höheres gebe. In den Nöten der Welt, in dem Elend der Zeit, wann immer dem Herzen weh ist, weht ihn plötzlich die Luft der Kindheit an; immer ist es früher Frühling, und es kommen schon die Blätter. Wem die Türe sich öffnet ins Zwischenland, der empfindet zuerst etwas wie einen kurzen glückseligen Schüttelfrost, und alles, was ihn trieb und anfiel, ist verschwunden. Aber nur wenigen ist es vergönnt, lange dort zu verweilen.

Verwandter Text: H

Namensverzeichnis

Inhalt

Verlagsgemeinschaft Ernst Klett Verlag –
J. G. Cotta'sche Buchhandlung
Über alle Rechte dieser Ausgabe verfügt die
Ernst Klett Verlag für Wissen und Bildung
GmbH, Stuttgart 1989

Printed in Germany
Ausstattung: Klett-Cotta-Design
Im Fotosatz gesetzt aus der 10/12 Punkt Baskerville
von Steffen Hahn, Kornwestheim
Auf säure- und holzfreiem Werkdruckpapier
im Offset gedruckt von Gutmann, Heilbronn
Gebunden von G. Lachenmaier, Reutlingen
Zweite Auflage 1990

CIP-Titelaufnahme der Deutschen Bibliothek
Chargaff, Erwin:
Alphabetische Anschläge/Erwin Chargaff.
– 2. Auflage –
Stuttgart: Klett-Cotta, 1990
ISBN 3-608-95646-8